Mein Ruf als Krankenschwester ist nicht mehr sehr gut. Meine Patienten werden nervös, wenn sie hören, dass ich Schwester Sarah Keate heiße. Aber jetzt kann ich nur hoffen, dass der Fall Thatcher in Vergessenheit gerät.

In einer kühlen Sommernacht wird Schwester Sarah zu Bayard Thatcher gerufen, der sich angeblich beim Reinigen seiner Pistole selbst angeschossen haben soll. Es sei keine ernsthafte Verletzung, doch eine Pflegerin sei dringend erwünscht. Schwester Sarah macht sich auf den Weg, um den Verletzten zu pflegen, doch dann überschlagen sich die Ereignisse im Thatcher-Haus. Ein Mord geschieht, und Schwester Sarah wird nicht eher ruhen, bis sie den Mörder überführt hat.

Mignon Good Eberhart wurde 1899 in University Place/Lincoln, Nebraska, geboren. Sie studierte Anglistik und Geschichte und arbeitete als Journalistin. 1923 heiratete sie den Bauingenieur Alanson Eberhart. Ihr erstes Buch erschien 1929, mehr als 60 weitere Bücher folgten. Anfang der 30er Jahre war sie eine der berühmtesten US-amerikanischen Schriftstellerinnen und wurde auch als die amerikanische Agatha Christie bezeichnet. Sie erhielt viele Preise und Auszeichnungen, u.a. den Grand Master Award für ihr Lebenswerk. Mignon Eberhart starb 1996 in Greenwich, Connecticut.

Unsere Adresse im Internet: www.fischerverlage.de

Mignon G. Eberhart

Keiner will's gewesen sein

Kriminalroman

Aus dem Amerikanischen von
Adi Oes

Fischer Taschenbuch Verlag

Veröffentlicht im Fischer Taschenbuch Verlag,
einem Unternehmen der S. Fischer Verlag GmbH,
Frankfurt am Main, September 2009

Die amerikanische Originalausgabe erschien 1941
unter dem Titel ›Murder of my Patient‹
bei Penguin Books

Satz Pinkuin Satz und Datentechnik, Berlin
Druck und Bindung Norhaven A/S, Viborg
Printed in Denmark
ISBN 978-3-596-18470-5

1

Mein Ruf als Krankenschwester ist nicht mehr sehr gut. Meine Patienten werden nervös, wenn sie hören, dass ich Schwester Sarah Keate heiße. Sofort wehren sie ab: »Die rothaarige Pflegerin will ich nicht. Sie war in zu viele Morde verwickelt!«

Aber ich bin Krankenschwester und nicht Polizist und will es auch nicht sein. Krankenpflege ist mein Beruf! Jetzt kann ich nur auf recht viele Blinddarm- oder Mandelfälle hoffen, damit der Fall Thatcher in Vergessenheit gerät.

Es ist ja nun endgültig vorbei. Aber ich möchte doch erzählen, was alles passierte, bis ich das Haus der Thatchers endlich wieder verließ.

Letzte Woche habe ich sogar mein Telefon abgestellt. Jetzt schlafe ich besser. Ich schrecke nicht mehr plötzlich auf und starre ängstlich in die Dunkelheit. Immerhin bin ich über das Telefon in den Fall Thatcher verwickelt worden. Dr. Bouligny rief an und sagte, Bayard Thatcher habe sich beim Revolverputzen versehentlich angeschossen. Keine ernsthafte Verletzung, aber Miss Adela Thatcher bestehe darauf, eine ausgebildete Krankenpflegerin einzustellen. Ich hatte den deutlichen Eindruck, dass Adela Thatchers Wunsch Befehl bedeutete.

Der Anruf weckte mich um halb drei Uhr in einer kühlen Sommernacht. Ein Unfall oder ein Baby? Es sei sehr eilig, sagte der Arzt, der Unfall habe sich vor einer halben Stunde ereignet, er habe die Wunde behandelt und werde mir Anweisungen hinterlassen. Ich solle sofort kommen. Am liebsten hätte ich geantwortet, ich wolle lieber erst ausschlafen, aber dann packte ich meine Tasche, nahm den Vorortzug, und bald darauf ging ich mit lautlosen Schritten auf einem sanft ansteigenden Weg durch weite, kurzgeschnittene Rasenflächen, die das Haus der Thatchers umgaben.

Es war kurz vor Tagesanbruch. Ein Gefühl friedlicher Ruhe und Heiterkeit erfüllte mich. Der Rasen lag im ersten grauen Morgendunst. Die Umrisse der Büsche waren noch undeutlich, das Vogelgezwitscher in den großen Bäumen noch ganz verschlafen. Das alte Haus aus gebrannten Ziegeln mit weißem Holzwerk lag hingestreckt zwischen den Bäumen. Der Stil war nicht auszumachen: überall ein Türmchen, ein Erker oder plötzlich ein Vorsprung. Ursprünglich musste das Haus ganz einfach gewesen sein, Generationen hatten immer wieder Neues hinzugefügt. Im Gesamten wirkte es trotzdem graziös und hatte einen würdevollen Charme.

Die breite Eingangstür stand offen, die Halle dahinter war schwach erleuchtet. Eine kleine Dame kam mir entgegen, knapp über fünfzig, in schleppender lila Seide mit Spitzen um die Handgelenke. Sie wirkte ängstlich und besorgt, aber nicht aus der Fassung gebracht.

»Miss Keate?« Ihre weiche, ziemlich hohe Stimme hätte man in meiner Jugendzeit »elegant« genannt. Oder vornehm. »Ich heiße Adela Thatcher. Kommen Sie bitte herein!« Sie ging vor mir die Treppe hinauf. Von oben fiel Licht auf ihr Gesicht und das graue Haar, das ein wenig durcheinander war. Die hochmütige Krümmung ihrer Nase, die ich bald als typische Thatcher-Nase kennenlernen sollte, wirkte bei ihr etwas sanfter und vornehmer. Ihre blassblauen Augen blinzelten kurzsichtig. Sie war, wie gesagt, nicht groß, und, bis auf eine gewisse Fülle um

Taille und Hüften, eher schlank. Ihre Hand, die jetzt das blanke Treppengeländer hinaufglitt, war sehr weiß und hatte breite Fingerknöchel. Eine großzügige, aber keine feinfühlige Hand.

Im ersten Stock stand in einer Tür gegenüber der Treppe eine junge Frau in einem gelben Chiffon-Negligé. Obwohl sie ihr dunkles Haar achtlos zurückgebunden hatte, war sie auffallend schön.

Schön ist zwar eine Bezeichnung, mit der man sparsam umgehen sollte, aber für Janice Thatcher die einzig Zutreffende. Ich frage mich noch heute, worin ihre Schönheit lag. Sie hatte regelmäßige Züge und war schlank. Das weich gewellte Haar schimmerte. Sie hatte ernste dunkelgraue Augen unter schön geschwungenen Augenbrauen und lange Wimpern. Viele Frauen haben das auch und sind dennoch nicht schön. Nein, sie hatte etwas Ungreifbares, ein inneres Feuer, das sie zum Leuchten bringen konnte wie einen Feueropal, den man im Licht dreht.

Miss Adela fragte kurzatmig: »Wie geht es Bayard? Besser?«

Die junge Frau nickte. »Ist das die Pflegerin?«

»Miss Keate. Mrs. Dave Thatcher«, stellte Miss Adela vor. »Kann man Bayard wirklich allein lassen, Janice?«

»Ja!«, antwortete Janice kurz und sah mich unverwandt an. »Es geht ihm besser. Es ist nichts Ernstes.«

Erst jetzt fiel mir auf, dass zwei Uhr in einer Sommernacht eine merkwürdige Zeit zum Revolverputzen war.

Die beiden Frauen musterten mich eingehend und wechselten einen verständnisvollen Blick.

»Miss Keate wird das sehr gut machen«, meinte Janice.

»Ja, ich bin davon überzeugt«, erwiderte Adela Thatcher mit Bestimmtheit. Plötzlich verfinsterte sich ihre Miene. »Wo ist Dave?«

Ein Schleier legte sich über Janices dunkle Augen. »Ich weiß es nicht«, antwortete sie und öffnete eine Tür.

Ich folgte den beiden in ein großes, luftiges Schlafzimmer mit hohen, offenstehenden Fenstern, frischgerüschten Chintzvorhängen, alten Mahagonimöbeln, glänzendem Fußboden und marmoriert gemaltem Getäfel. Auf dem breiten Bett lag mein Patient, Bayard Thatcher. Er öffnete die Augen, musterte mich eingehend über seine arrogante Thatcher-Nase hinweg, sagte unhöflich: »Teufel«, und schloss wieder die Augen.

Nun ist zwar drei Uhr morgens nicht gerade eine ideale Zeit, und ich bin keine ausgesprochene Schönheit. Trotzdem schmeckte mir sein Kompliment nicht besonders.

Janice sagte kurz: »Bayard! Das ist deine Pflegerin, Miss Keate.«

»Weiß ich.« Seine eingesunkenen Augen blieben geschlossen. Das harte, dunkle Gesicht mit dem schütteren bräunlichen Haar hob sich lebhaft gegen die weißen Kissen ab. »Ich brauche keine Krankenschwester, Adela! Es ist nur ein Kratzer. Der Arzt kann ihn jeden Tag verbinden …«

»Nebenan ist ein Schlafzimmer, wenn Sie sich umziehen wollen, Miss Keate.« Adela ignorierte Bayards Protest. »Zeig es ihr, Janice! Dr. Bouligny hinterließ eine Nachricht für Sie auf dem Tisch dort drüben. Ich glaube, er verschrieb Bayard ein Schlafmittel.«

Das war also meine Einführung in das Haus der Thatchers.

Als ich in knisterndem weißem Kittel und mit der gestärkten Haube, die auf der grauen Strähne in meinem ungebärdigen roten Haar thronte, zu meinem Patienten zurückkehrte, waren Janice und Miss Adela fort. Ich sah auf den Zettel, den Dr. Bouligny hinterlassen hatte, notierte mir einiges und kontrollierte den Puls des Verletzten. Er war etwas höher als normal. Ich prüfte den Verband und streckte mich dann in einem sehr bequemen Sessel neben dem Fenster aus, gähnte und entspannte mich. Obwohl eine Krankenschwester daran gewöhnt ist, zu jeder Nachtstunde aus dem Schlaf gerissen zu werden, ist es trotzdem nie angenehm.

Im Haus war es sehr still, und ich konnte die ersten deutlicheren Vogellaute in den Bäumen draußen hören. Mein Patient schien zu schlafen. Sein scharfes Profil wirkte düster und vogelähnlich. Die Augen waren tief eingesunken, die Backenknochen hoch, die Stirn war gewölbt, der Mund ein dünner Strich. Er wirkte sogar im Schlaf noch spöttisch. Ein grausames Gesicht, oder viel eher: ein Raubvogelgesicht.

»Passt Ihnen mein Aussehen nicht?«

»Darüber habe ich noch nicht nachgedacht«, antwortete ich überrascht. »Sie sollten lieber schlafen.«

»Ich will aber nicht. Die Pillen, die mir der Arzt verschrieben hat, sind ebenso nutzlos wie alles andere an ihm. Kennen Sie Dr. Bouligny?«

»Flüchtig. Er hatte ein paar Fälle in unserer Klinik.«

»Er ist eine hohle Nuss, aber ein Thatcher.«

»Ein Thatcher?«

»Ja. Und darum gesegnet. Wenn ein Thatcher geboren wird, wird automatisch der Schlüssel zum Himmelreich mitgeliefert.«

»Sie sollten jetzt lieber schlafen. Sonst steigt Ihr Puls, und Sie bekommen Fieber. Und wir wollen doch keine Komplikationen!«, meinte ich steif.

Er lächelte. »Ach ja, meine Wunde. Da müssen wir sehr aufpassen. Übrigens, Miss – Keate, nicht? –, Sie dürfen sich gern im Zimmer umsehen. Falls Sie den Revolver finden, legen Sie ihn, bitte, weg.«

Ich tat es bereitwillig. Zufällig herumliegende geladene Revolver machen mich nervös. Obwohl ich mich überall umsah, auch im angrenzenden Badezimmer, kam kein Revolver zum Vorschein. Ich sah sogar in den Schubladen der großen Kommode nach. In einem leichten Lavendelduft kamen nur ein Riesenstoß gebügelter Hemden, mindestens fünfzig Krawatten und eine große Flasche Gin zum Vorschein, sorgfältig in sehr hübsche weiße Seidenunterwäsche eingewickelt. Kein Revolver.

»Hm«, murmelte mein Patient, der mich genau beobachtet hatte. »Jetzt frage ich mich wirklich, wer den geklaut hat.«

Ich vergaß meine Zurückhaltung und fragte scharf: »Was fiel Ihnen eigentlich ein, morgens um zwei Uhr Ihren Revolver zu putzen?«

»Was soll das heißen?«, fragte er schnell.

Als ich meine Frage wiederholte, lachte er. Auf jeden Fall kein angenehmes Lachen. »Meinen Revolver putzen. Behauptet das Adela?«

»Dr. Bouligny.«

»So ist das also.« Er dachte nach. »Die kluge Adela! Wenn sie es behauptet, stimmt es wohl. Fragen Sie mich nicht, warum ich das tat. Meiner Meinung nach ist es das Letzte, was man um diese Zeit tun sollte. Man kann die Nacht sehr viel angenehmer verbringen. Und falls Sie wissen wollen, warum ich die Ginflasche verstecke: es ist wegen Emmeline.«

»Emmeline?« Ich war verwirrt.

»Ja. Emmeline mit dem wohlbekannten, bohrenden Blick! Emmeline mit der munteren Zunge. Emmeline die Tugendreiche. Mit ihren tauben Ohren hört sie besser als andere mit gesunden. Emmeline ist Adelas größte Stütze. Adela glaubt, dem Haushalt vorzustehen, aber in Wirklichkeit tut es Emmeline. Und wegen dem Gin – Emmeline hält es für ihre Pflicht, wenn ich hier zu Besuch bin, dafür zu sorgen, dass ich nicht auf Abwege gerate, alle Knöpfe an meinen Hemden angenäht und meine Strümpfe gestopft sind. Aber sie ist immer noch jungfräulich – mit über fünfzig –, daher ist meine Unterwäsche tabu.«

»Zu Besuch? Ich dachte, Sie leben hier.«

»Noch lange nicht.« Ein scharfer Unterton lag in seiner Stimme. »Ich bin eine Art Vetter. Was man als Verwandtschaft bezeichnet. Ein Verwandter, ein entfernter, aber immer noch ein

Thatcher. Darum nahm mich Adela auf, als ich in zartem Alter ohne Geld dastand. Sie versuchte, mich mit ihren beiden Brüdern zusammen aufzuziehen. Es klappte nicht so recht. Dave und Hilary waren schon damals besonders ungezogene, kleine Snobs, und ich war nie –«

»Jetzt müssen Sie aber schlafen«, unterbrach ich ihn hastig. Denn ich hatte damals keine Lust, in die Innenpolitik der Thatchers eingeweiht zu werden. Später bereute ich, dass ich meine Skrupel nicht überwand und gierig jedes Wort erhaschte. Rückblickend hätte ein Hinweis oder ein Wort der Schlüssel zu dem dunklen Geheimnis sein können, das uns so bald schon umhüllen sollte.

Endlich schloss er die Augen. »Meine Schulter tut weh. Können Sie den Verband ein wenig ändern? Das Pflaster zieht wie die Hölle.«

In der rechten Schulter war eine Fleischwunde, nicht schlimm, aber schmerzhaft. Eine seltsame Stelle für einen selbstausgelösten Schuss, dachte ich einfältig.

»Trotzdem ist es möglich«, sagte mein Patient amüsiert, als habe er meine Gedanken gelesen. »Wenn ich den Revolver in der linken Hand habe, ihn an die rechte Schulter halte und abdrücke – immer vorausgesetzt, dass er geladen ist.« Sein Lachen war unausstehlich.

Wahrscheinlich dösten wir beide eine Weile, obwohl ich in dem Polstersessel nicht bequem saß. Ich war unruhig und hatte den Eindruck, kein Auge zugetan zu haben. Plötzlich schreckte ich auf. Der Rasen lag im vollen Sonnenschein – leuchtend grün und kühl. Die Vögel zwitscherten laut, und ein Duft nach Kaffee und gebratenem Speck lag in der Luft. Ein Wagen fuhr die Auffahrt herauf.

Ziemlich steif erhob ich mich, zog mein Häubchen zurecht und trat auf den weinumrankten Balkon. Unter mir führte ein Kiesweg von der Straße am Haus vorbei, wahrscheinlich zu einer Garage, die ich nicht sehen konnte. Aus dem langen gelben Sportwagen, der unter dem Balkon hielt, stieg ein Mann aus, der mir für seine schätzungsweise vierzig Jahre etwas zu massig vorkam. Ich warf einen kurzen Blick auf sein weiches rosiges Gesicht und das dünne dunkle Haar, als mein Patient hinter mir sagte: »Das wird Hilary sein.«

»Ich denke, Sie schlafen.«

»Wirklich, Miss Keate, so was kann ich nicht leiden. Sie scheinen einen Schlafkomplex zu haben. Sie reden von nichts anderem. Schleichen Sie sich in die Halle, und versuchen Sie zu verstehen, was Adela zu ihm sagt.«

»Kommt überhaupt nicht in Frage!«

»Pardon! Ich dachte auch nicht, dass Sie es tun würden. Trotzdem wüsste ich gern, was sie reden. Gleich werden Sie Hilary Thatcher kennenlernen, die Zierde der Bankiergilde, ein Mann von blauestem Blut und auch stolz darauf, kurz: ein Kleinstadtaristokrat, neben dem es nichts Aristokratischeres gibt, nichts Selbstsichereres, nichts Selbstzufriedeneres – hallo, Hilary!«

Hilary Thatcher stand unter der Tür, massig, rosig, fast kahl und frisch rasiert. Seine grünblaue Krawatte passte zu seinen Augen. Es war kein Stäubchen an ihm. Seine wachsamen Augen und sein kurzer Atem verrieten, dass er besorgt war und sich Mühe gab, es nicht zu zeigen. Er schien mir keine Spur Anteilnahme zu haben.

»Adela sagte, du hattest einen Unfall.« Er sah nur Bayard in seinem Bett. Als ich die Sonnenblende herunterziehen wollte, drehte er sich überrascht um. »Aha – ist das die Krankenschwester? Sehr erfreut. Darf ich Sie bitten, uns einen Augenblick allein zu lassen?«

Er war so höflich, dass ich seiner Bitte entsprechen wollte, aber mein Patient sagte scharf: »Bleiben Sie genau da, wo Sie sind, Miss Keate!«

»Ich –«

»Also, Hilary. Willst du dich nicht setzen?«

»Danke, ich habe nicht viel Zeit. Adela rief meine Frau an. Evelyn – schickte mich sofort her. Ich – Adela meint, es ist nicht gefährlich.«

Seltsam, dass er so besorgt wirkte und so ganz ohne Zuneigung.

»Nein, es ist nicht gefährlich«, sagte mein Patient. »Ein wenig schmerzhaft, das ist alles. In ein paar Tagen bin ich wieder wohlauf. Seltsam, wie ich in Unfälle verwickelt werde, wenn ich hier bin. Erinnerst du dich an das letzte Mal? Ich bekam einen Wadenkrampf, als wir im Thatcher-See schwammen, und es gelang mir nicht, dir meine Hilfeschreie verständlich zu machen.«

»Du wirst deine Besuche einschränken müssen, wenn das anhält.«

»Allmählich sieht es wie Vorbestimmung aus«, meinte Bayard. »Aber ich werde nicht wegbleiben. Nein, das könnte ich nicht.«

»Kann ich etwas für dich tun?«

»Nein, Hilary. Vielen Dank für deinen Besuch.«

Hilary öffnete den Mund, als wolle er noch etwas sagen, dann warf er mir einen irritierten Blick zu und ging hinaus.

Mein Patient lächelte. Seine hellen Augen sahen nicht eben verwandtschaftlich liebevoll auf die Tür.

»Es ist schon nach sieben«, bemerkte ich, auf die Uhr blickend. »Soll ich Ihre Emmeline bitten, Ihnen Kaffee zu bringen?«

»Nicht jetzt. Ich glaube, ich kann wieder schlafen. Übrigens, Miss Keate, verhindern Sie, dass jemand von der Familie mit diesem Revolver ins Zimmer kommt. Denn das nächste Mal könnte er treffen. Der Schuss, meine ich.«

Ich brauchte eine Weile, bis ich mich gefasst hatte. »Wollen Sie damit sagen, dass jemand absichtlich auf Sie geschossen hat?«

»Jawohl!«

2

Als ich sprachlos dastand, sagte er: »Es wäre besser, Sie würden nicht so viel reden. Sie lassen mich nie schlafen. Frühstück ist um acht. Sie können jetzt hinuntergehen. Hier ist der Schlüssel. Schließen Sie hinter sich ab und verwahren Sie ihn. Ich möchte nicht – gestört werden.«

»Das kann doch nicht Ihr Ernst sein!«

»Warum nicht?«

»Das kommt von den Schlafmitteln, die Ihnen Dr. Bouligny gegeben hat. Sie reden Unsinn. Warum sollte Sie jemand umbringen wollen? Sie sind hier bei Ihrer Familie. Leute, die Sie lieben ...«

»So wie Hilary?«

Also gut, es stimmte, dass Hilary den Patienten offenbar nicht besonders mochte. Aber ein seriös wirkender Bankkaufmann wie Hilary erschießt nicht einfach jemand, nur weil er ihn nicht liebt. Außerdem war da noch Miss Adela Thatcher, mit ihrer eleganten Stimme und ihrem wohlerzogenen Gesicht. Und dann die Atmosphäre im Haus: unbeschreiblich vornehm, einfach, ehrbar und – ich dachte an Bayards bittere Worte – aristokratisch. Nein, ich konnte Bayards Anschuldigungen nicht in Einklang bringen mit dem, was ich von den Thatchers gesehen hatte. »Sie wissen nicht, was Sie sagen!«

»Meine Liebe, es ist mir völlig egal, ob Sie mir glauben oder nicht. Es macht überhaupt keinen Unterschied. Gehen Sie jetzt, bitte, und lassen Sie mich schlafen!«

»Wer hat auf Sie geschossen?«

»Ich habe nicht die Absicht, es Ihnen zu verraten.«

Er schloss die Augen, und obwohl ich mir dumm und lächerlich vorkam, versperrte ich die Tür hinter mir und steckte den Schlüssel ein.

In dem großen schönen Flur kam ich mir noch lächerlicher vor. Die weitgeöffneten Fenster ließen den herrlichen Sommermorgen ein. Hinter offenen Türen lagen luftige Schlafzimmer mit hübschen Chintzbezügen und gebauschten Vorhängen. An der gegenüberliegenden Wand hing ein blankgeputzter Spiegel. Überall waren Bücherregale voller Bücher, Überbleibsel, wie ich später erfuhr, der riesigen Bibliothek im Erdgeschoss. Nein, das war bestimmt kein Ort, wo Bayard etwas zustoßen konnte.

Am Fuß der Treppe stieß ich auf ein Hausmädchen in frischem grünem Baumwollkleid und weißer Schürze, die putzte. Sie sah auf und grüßte. Offenbar hatte sie von meiner Ankunft gehört, denn sie zeigte keine Spur von Überraschung. Sie hieß Florrie und sagte, es gäbe in einer Viertelstunde Frühstück. Nach einem friedlichen Frühstück mit Miss Adela und Janice – Adela sah mit ihrer goldgeränderten Brille und in dem weißen Leinenkleid etwas streng aus, Janice war unglaublich schön, was die rosa Rosen, die sie auf den Frühstückstisch stellte, noch unterstrichen – und einer höflichen Konversation über Gärten, ohne dass ein Wort über Bayard oder Revolver oder Wunden oder Ärzte fiel, kehrte ich in das Zimmer meines Patienten zurück.

Diesen ganzen Donnerstag, den 7. Juli, verbrachte ich dort oder auf dem kleinen Balkon. Meistens schlief mein Patient, und ich beobachtete das bunte Kommen und Gehen der Familie. Ich beschloss, Bayard nicht zu glauben. Es stimmte zwar, dass der Unfall einige Merkwürdigkeiten aufwies, und es war mir auch aufgefallen, dass Hilary keine einzige Frage gestellt hatte. Er hatte weder nach Details, noch nach der Uhrzeit noch nach dem Revolver gefragt, noch ob Bayard gewusst hatte, dass er geladen gewesen war. Aber Miss Adela hatte ihm ja schon vorher von dem Unfall erzählt, und auf jeden Fall war es belanglos.

Der kleine Balkon lag über dem Rosengarten und einem Teil des Rasens, und als ich mich im Liegestuhl ausstreckte, boten sich mir verschiedene interessante Blickwinkel. Ein Spalier führte zum Balkon herauf mit Wein und Rosen, und der Duft war fast unerträglich.

Längere Zeit arbeitete Janice, schlank und sehr schön in einem blassen grünen Baumwollkleid, im Garten bei den großen Gladiolen, die vor der Blüte standen. Sie trug keine Arbeitshandschuhe und gab mit einer gewissen kühlen Sachlichkeit, die ich mochte, einem Mann Anweisungen, der, wie ich später erfuhr, Higby hieß. Einmal kam Miss Adela, gefolgt von einem alten, zu gut ernährten Hühnerhund, und unterhielt sich ziemlich aufgeregt mit Janice.

Der gelbe Wagen fuhr noch einmal vor. Diesmal saßen zwei Personen darin, eine Frau, vermutlich Evelyn, Hilarys Frau, und ein junger Mann. Auch sie sprachen mit Janice. Evelyn war eine große, auffallend gut aussehende Frau um die vierzig mit weichem goldblondem Haar, das sie in einem schlichten Knoten trug, einem braungebrannten Gesicht, einem schönen Profil und dunkelblauen Augen. Ich musste wieder an das abgedroschene Wort »aristokratisch« denken: es gab keinen anderen Ausdruck, um die Thatchers zu beschreiben.

Der junge Mann, der sie begleitete und zögernd mit Janice sprach, als Evelyn Thatcher ins Haus gegangen war, ähnelte Evelyn auffallend. Später erfuhr ich, dass er Allen Carick hieß und bei Hilary Thatcher in seinem Haus auf dem Hügel zu Besuch war. Als Janice sich kurz darauf beim Rosenschneiden an einem Dorn kratzte, nahm er ihre Hand und war über Gebühr besorgt. Ich bemerkte, wie ein wenig Farbe in Janices Gesicht kam, aber vielleicht war es nur die Sonne.

Dave Thatcher – Janices Mann und Adela und Hilarys jüngerer Bruder – erschien weder zum Mittagessen noch zum Dinner. Beim Lunch sagte Emmeline zu Miss Adela, er sei auf den Friedhof gegangen. Er wurde mir allmählich immer geheimnisvoller. Besonders, nachdem Janice etwas gesagt hatte, der Friedhof mit der Familiengruft liege nur etwa eine Viertelmeile vom Haus entfernt. Nicht gerade ein Ganztagsausflug.

Um die Mittagszeit brachte Emmeline frische Wäsche in das Zimmer meines Patienten. Sie war eine düstere, große, unglaublich magere Person mit streng nach hinten gekämmtem, eisengrauem Haar. Sie sah einem auf den Mund statt in die Augen, was auf ihre Taubheit zurückzuführen war. Trotzdem nicht gerade angenehm. Ebenso wenig wie ihre Angewohnheit, die Hände zu kneten, während sie sonst still dastand.

Sie fragte Bayard nach seinem Befinden, in dem harten, eintönigen Ton einer völlig Tauben, nickte kurz, als er »besser« brüllte, musterte mich scharf und ging hinaus.

Es war ein träger, angenehmer Tag. Dr. Bouligny kam nach dem Lunch kurz vorbei. Bayard hatte seine geschwätzige Phase hinter sich und war in tiefes Schweigen verfallen, und ich machte ein Nickerchen auf dem Balkon, fast den ganzen Nachmittag lang.

Hilary sah nach dem Abendessen kurz herein. Um halb zehn richtete ich meinen Patienten für die Nacht her und verschloss auf seine Bitte hin die Tür zum Flur. Ich ließ mich wieder in meinem Sessel nieder. Eigentlich brauchte er keine Nachtwache, und ich hätte lieber nebenan im Bett geschlafen, aber er wollte es so.

Nach vielen Jahren Krankenpflege habe ich mich an die fixen Ideen meiner Patienten gewöhnt und machte es mir also so bequem wie möglich. Ich hatte alle Lampen ausgemacht, auch im angrenzenden Badezimmer. Mein Patient schien zu schlafen, und im Haus war es still. Als ob es den Atem anhält, dachte ich schläfrig.

Die Balkontür stand offen, und ich konnte das sanfte Rauschen des Regens hören und trotz der Dunkelheit das hellere Rechteck der Balkontür erkennen. Eine Dachrinne tropfte monoton.

Ich konnte nicht schlafen. Ich wälzte mich hin und her und versuchte, Schafe zu zählen. Dann starrte ich wieder zur Balkontür und lauschte auf den Regen. Allmählich wurde mir klar, dass ich kein helleres Rechteck mehr vor mir hatte. Lautlos hatte es sich mit einem schwärzeren Schatten gefüllt.

Ich setzte mich auf. Es schien mir, der Schatten habe sich bewegt und einen schwachen Laut von sich gegeben. Jemand stand auf dem Balkon und wollte sich ins Zimmer schleichen. Bayards Andeutungen kamen mir schlagartig zum Bewusstsein. Wer stand da draußen und warum?

Mein Herz schlug so wild, dass ich sicher war, man könne es draußen hören. Die Tür zum Korridor war viel weiter weg als die Balkontür und verschlossen. Würde ich das schlafende Haus aufwecken können, wenn ich jetzt schrie, bevor man mich zum Schweigen brachte? Musste ich wie erstarrt hier sitzen bleiben und meinen Patienten ermorden lassen?

Da drang noch ein schwacher Laut von der Tür her, dann war eine Pause, als lausche der Eindringling, ob ihn jemand entdeckt habe. Durch die atemlose Stille erklang das sanfte Geräusch des Regens. Der süße Duft der regennassen Rosen war überwältigend.

Und da schlug ich die Lampe vom Tisch herunter.

Ich tat es nicht absichtlich. Ich wollte aufstehen und suchte blind nach einem Halt, während meine Augen den Schatten an der Balkontür fixierten. Die Lampe fiel mit lautem Krachen auf den dicken Teppich, und die Birne zersprang. Es gab ein kratzendes Geräusch auf dem Balkon. Der Schatten war weg. »Was ist los? Schwester! Miss Keate! Was ist passiert?«

»N-nichts«, sagte ich zitternd. »Nichts.«

»Was war das für ein Geräusch?« Bayard Thatchers Stimme wurde schärfer. »Drehen Sie das Licht an. Was war das für ein Geräusch?«

Aus langgeübter Gewohnheit wollte ich meinen Patienten unwillkürlich beschützen. »Nichts«, wiederholte ich beruhigend. »Ich streckte zufällig meinen Arm aus und wischte die Lampe vom Tisch. Die Birne ist kaputt, das ist alles.«

»Ach so«, sagte er zweifelnd.

Jedenfalls machte ich jetzt einen Fehler. Statt zur Balkontür hinauszusehen und auf die Rückzugsgeräusche des Eindringlings zu achten und seine Identität auszumachen, ging ich ins Badezimmer, drehte ein kleines Licht an und ließ die Tür zum Schlafzimmer offen. Mein Patient war, benommen von den Schlafmitteln, wieder eingeschlafen, also störte ihn das Licht nicht, und ich fühlte mich sehr viel sicherer und normaler. In der Regel habe ich nachts keine Angst.

Wen wundert es, dass ich trotzdem nicht einschlief. Etwa um zwei Uhr versuchte man ein zweites Mal, in Bayard Thatchers Zimmer zu gelangen, diesmal vom Hausinnern aus. Ich hörte einen schwachen Laut auf dem Flur und dann das Knacken des Türknaufs. Es war natürlich abgeschlossen, aber ich kann meine Gefühle nicht beschreiben, als ich in dem schwachen Licht aus dem Bad dasaß und zusah, wie sich der Türknauf bewegte und drehte. Schließlich schlich ich zur Tür. Ich hörte ein Keuchen – wie ein Hund an einem heißen Tag.

Diesmal packte mich der Mut der Verzweiflung. Ich drehte den Schlüssel um, obwohl ich nicht wusste, wie es weitergehen sollte. Meine Finger zitterten, der Schlüssel klemmte, und es vergingen mindestens zehn Sekunden, bis ich die Tür offen hatte.

Draußen war niemand.

Ein schwaches Nachtlämpchen brannte im Flur. Die Reihe geschlossener Türen und die gebohnerte Treppe, die in die Dunkelheit hinunterführte, verrieten mir nichts. Oder – doch! Hatte ich nicht eine Bewegung an der gegenüberliegenden Wand gesehen? Aber dort war nichts – außer dem Spiegel!

Er hing genau gegenüber und reflektierte die Türen, auch meine eigene. In einer dieser Türen bewegte sich etwas. Langsam und vorsichtig.

In dem Zimmer dahinter brannte kein Licht. Doch ich war sicher, dass in der schmalen Öffnung der Tür ein Gesicht lauerte, ein Paar Augen. Jemand beobachtete mich und war Zeuge meines Schreckens – im Spiegel!

Ein entsetzliches Gefühl. Schließlich schloss sich die Tür. Ich stand da wie angewurzelt. Ich habe es mir immer hoch angerechnet, dass ich den Mut hatte, auf den Flur hinauszutreten und zu zählen. Es war die zweite Tür nach dem Fenster.

Vielleicht hätte ich diese Geistesgegenwart nicht gehabt, wenn ich gewusst hätte, dass ich von einer ganz anderen Seite aus beobachtet wurde. Erst als ich mit dem Zählen fertig war, entdeckte ich, dass ein Mann am Treppengeländer lehnte und mich mit teilnahmslosen, halbgeschlossenen Augen beobachtete.

Um ein Haar hätte ich geschrien. Aber meine Stimme war weg. Lange standen wir da – ich mit der Hand auf dem Türknauf zum Patientenzimmer, er am Geländer.

Er war jung, um die dreißig, mit einer großen Ähnlichkeit mit Bayard Thatcher um Nase und Stirn. Sein Kinn wirkte unentschlossen, der Mund bleich und weich. Allmählich verging meine Angst. Dies musste der geheimnisvolle David Thatcher sein, Janices Mann.

Es war eine seltsame Situation. Keiner sagte ein Wort, keiner schien zu atmen. Er stand nur da, erschreckend bleich, müde und leblos. Ich zog mich in Bayard Thatchers Zimmer zurück und lehnte mich gegen die geschlossene Tür.

Er war nicht betrunken gewesen, dessen war ich sicher. Er hatte eher wie halb bewusstlos gewirkt, wie ein Automat. Warum wanderte er in diesem Zustand herum, mitten in der Nacht?

Überflüssig zu sagen, dass es mit dem Schlafen vorbei war. Als die Sonne aufging, hatte ich zweierlei beschlossen: erstens, dass Bayard Thatcher sehr wohl das Opfer eines Mordanschlags hätte sein können. Und zweitens, dass ich diesen Fall sofort aufgeben würde.

Ich tat es doch nicht. Ich habe noch nie einen Fall aufgegeben, obwohl ich später bitter bereute, dass ich nicht beim ersten Verdacht Fersengeld gegeben hatte.

Als die Sonne die Spitzen der Ulmen berührte, entspannte ich meine verkrampften Muskeln und ging das Badezimmerlicht ausschalten. Als ich zurückkam, bewegte mein Patient den verletzten Arm und murmelte etwas. Ich trat ans Bett im Glauben, er habe gerufen. Er schlief immer noch. Als ich mich über ihn beugte, hörte ich ihn deutlich sagen:

»Verdammter Allen Carick!« Und dann, mühsam: »Nitas Grab!«

Ich weiß genau, dass er das sagte. Ich habe es mir seither immer wieder überlegt! Er sprach mühsam, als fiele ihm das Reden schwer, aber das tun alle, die im Schlaf sprechen, und wie gesagt – die Worte waren genau zu verstehen.

Dann stammelte Bayard noch etwas, bewegte sich wieder, öffnete die Augen und sah mich misstrauisch und erstaunt an. »Wer, um Himmels willen …« Sein Gesicht erhellte sich. »Natürlich, Sie sind die Krankenschwester! Sie sehen mit Ihrem aufgelösten Haar wie eine Walküre aus. Ich bekam einen Schreck. Ich habe – geträumt.«

»Was haben Sie geträumt?« Ich ging mein Häubchen holen.

»Absurdes Zeug. Es hat heute Nacht geregnet, nicht wahr?«

»Ja, es regnete.«

Ich setzte mir mein Häubchen auf und trat zur Balkontür. Der regennasse Garten sah sauber und hell und heiter aus, als ob er sich eben gewaschen hätte.

Mein nächtlicher Schreck wurde unwirklich. Ich sah mich auf dem Balkon um. Der Liegestuhl stand zusammengeklappt an der Wand. Und auf dem Boden lag ein Dreckklumpen, wie ein Fußabdruck, aber ohne feste Umrisse. Gestern war der Balkon fleckenlos sauber gewesen. Und außerdem lag da ein feuchter weißer Umschlag.

Später interessierte mich vor allem der säuberlich zusammengeklappte und an die Wand gestellte Liegestuhl. Ich hatte ihn offen stehen gelassen, und seither war niemand aus dem Zimmer auf den Balkon gekommen. Ein gewöhnlicher Dieb hätte sich sicherlich nicht die Mühe gemacht, ihn wegzustellen. Ich bückte mich nach dem Umschlag. Er war weder adressiert noch zugeklebt. Ich öffnete ihn.

3

»Was ist das?«, fragte Bayard scharf. »Was ist das?«

Ich hatte das Blatt schon herausgenommen, ein gewöhnlicher gefalteter Bogen, auf dem seltsamerweise gar nichts stand.

»Geben Sie ihn mir!«, befahl Bayard Thatcher. »Er ist für mich. Was fällt Ihnen ein, ihn zu öffnen und zu lesen?«

»Er ist weder an Sie noch sonst jemand adressiert. Es ist nur ein Stück weißes Papier!«

Hastig nahm er es entgegen, betrachtete es und sah mich wütend an. »Es war was darin! Sie haben es genommen!«

»Was fällt Ihnen ein!«

Vielleicht überzeugte ihn meine helle Empörung. Jedenfalls lächelte er plötzlich, als sei ihm eine Erklärung eingefallen.

»Werfen Sie es in den Papierkorb, Miss Keate! Nur wieder ein Versuch, mich hereinzulegen.« Er lächelte den Bettpfosten an. Plötzlich kam mir der Gedanke, dass der Jemand, der Bayard Thatcher so entschlossen ins Jenseits befördern wollte, vielleicht seine guten und ausreichenden Gründe hatte. Ab und zu trat ein Ausdruck in seine gelbgrauen Augen, der mir einen Schauder über den Rücken jagte. Jeder andere in Lebensgefahr wäre nervös gewesen. Daher mochte ich nicht, wie er jetzt mit mir sprach.

Trotzdem, Pflicht ist Pflicht.

»Sehen Sie, Mr. Thatcher, ich bin zu dem Schluss gekommen, dass Sie recht haben könnten mit Ihrer Behauptung von gestern, dass jemand im Haus Sie zu ermorden versucht.«

»Nicht im Haus, Miss Keate«, warf er ein. »Ich sagte ›jemand von der Familie‹. Jedenfalls wollte ich das sagen.«

»Also gut, jemand von der Familie. Obwohl ich es immer noch nicht ganz glauben kann. Dennoch – können wir etwas dagegen unternehmen?«

»Sie können sicher sein, dass ich nicht selbst auf mich schoss, Miss Keate«, sagte er trocken. »Warum haben Sie Ihre Meinung geändert? Was hat Sie heute Nacht erschreckt?«

Ich erzählte es ihm kurz, ohne meine Begegnung mit Dave Thatcher – oder dem Mann, den ich für Dave Thatcher hielt – und meine Angst zu erwähnen. Er hörte interessiert zu, war aber nicht besonders besorgt.

»Was schlagen Sie vor, dass wir tun sollen?«

»Erzählen Sie es Ihrer Familie. Und dem Arzt. Rufen Sie die Polizei!«

»Meiner Familie?«, fragte er spöttisch. »Die weiß es schon. Und der Doktor auch. Und hier draußen gibt es keine Polizei. Wir haben nur einen Sheriff. Und einen Constable, der den Posten bekam, als seine Pferde sich nicht mehr rentierten. Der Sheriff baute sein Haus mit Hypotheken von Hilarys Bank.«

»Holen Sie einen Detektiv aus der Stadt.«

Er lachte und gab nicht mal eine Antwort.

»Also gut«, sagte ich verärgert. »Wenn Sie's darauf anlegen, erschossen zu werden, kann ich's nicht ändern. Aber warum fahren Sie nicht weg? Ich kann Sie zum Zug bringen. Sie können noch heute auf und davon, wenn Sie wollen. Ihre Wunde heilt gut, und Sie sind auch sonst nicht ganz hilflos.«

»Nein«, antwortete er kurz. »Nein, ich kann jetzt nicht weg. Bitte, verstehen Sie, Miss Keate: Es ist nicht angenehm zu wissen, dass jemand mich erschießen will. Aber zufällig habe ich die Oberhand. Und Drohungen bedeuten nicht viel. Also vergessen Sie das Ganze, ja? Ich muss durch die vielen Mittel, die mir der Doktor gegeben hat, halb von Sinnen gewesen sein, weil ich so viel geredet habe. Werden Sie bleiben?«

»Ich habe noch keinen Patienten im Stich gelassen. Aber wenn echte Gefahr besteht, finde ich es dumm von Ihnen, zu bleiben.«

»Eine klare Entscheidung«, bemerkte er kühl und amüsiert. »Keine Angst! Ich werde Sie nur noch ein oder zwei Tage brauchen.«

Er verfiel wieder in Schweigen, und ich konnte ein wenig dösen. Später half ich ihm in Morgenmantel und Pantoffeln und hielt ihm den Spiegel hin, während er sich mit einer Hand rasierte.

Janice und Adela saßen schon am Tisch, als wir unten im Esszimmer erschienen. Adela rief:

»Aber Bayard! Ich hatte nicht gedacht, dass du heute zum Frühstück herunterkommst. Bist du gesund genug dafür? Geht das, Miss Keate? Florrie, leg für Mr. Bayard ein Gedeck auf! Setz dich hierher, Bayard!«

Und Janice sagte etwas kühler: »Guten Morgen, Bayard. Du scheinst dich schnell erholt zu haben.«

Es war ein langweiliges Frühstück, weil beide Frauen die ganze Zeit über den Garten sprachen.

»Die Gladiolen gedeihen großartig.«

»Es war eine gute Idee, Löwenmaul dazwischenzusetzen. Soll ich Higby bitten, heute die Ligusterhecke zu schneiden?«

»Ja.«

Kein Wort über Dave, der wieder nicht erschienen war. Nichts über Bayards Wunde. Nur einmal, als ich mich hinüberbeugte, um ihm sein Brötchen zu buttern, fing ich einen kühlen Blick von Adela auf. Ihr Gesicht war plötzlich hart wie Granit. Sie sagte elegant wie immer:

»Hast du einen besonderen Wunsch, Bayard? Emmeline soll dir Karamellpudding machen, den du so gern magst.«

Das war ihre einzige Konzession an seine Verletzung.

Das häusliche Leben nahm seinen gewohnten Lauf. Janice ging in den Garten, Florrie polierte die alten Mahagonimöbel. Dave war nicht zu sehen. Das Klicken von Higbys Gartenschere drang durch die offenen Fenster der Bibliothek, wohin sich mein Patient zurückgezogen hatte. Adela gab am Telefon in ihrem heiteren, kleinen Morgenzimmer die Lebensmittelbestellung auf.

Dann war es Mittag. Ich erinnere mich, dass ich dachte, wie müde Janice von der Gartenarbeit in der sengenden Hitze sein müsste, denn sie hatte überhaupt keine Farbe im Gesicht. Um ihre Augen lagen tiefe Schatten, und an den Schläfen standen Schweißperlen.

»Heute Nachmittag hole ich Butter und Eier beim Bauern«, sagte sie apathisch. »Soll ich Buttermilch mitbringen?«

»Ja«, sagte Adela. »Zwei Liter. Wann fährst du?«

»Etwa um halb drei. Ich will noch in der Garage einen Reifen reparieren lassen, und es ist eine gute halbe Stunde bis zur Farm.«

»Du wirst nicht rechtzeitig zur Versammlung des Wohltätigkeitsvereins zurück sein?«

»Nein. Aber ich kann dich abholen und nach Hause fahren, wenn du willst.«

»Bitte, ja. Könntest du um vier oder halb fünf dort sein?«

Das war der Augenblick, in dem Dave hereinkam.

Denn jener bleiche, leblose junge Mann, der mitten in der Nacht am Treppengeländer gelehnt hatte, war Dave gewesen. Er schien mich nicht wiederzuerkennen. Als Adela mich kurz vorstellte, nickte er nur und setzte sich.

»Ich mag nichts, Florrie. Nur Kaffee, bitte!«, sagte er.

»Kopfweh, Dave?«, fragte mein Patient etwas zu besorgt.

»Ziemlich«, antwortete Dave. Er sah krank aus, bleich und müde, mit schweren Augenlidern. Die beiden Vettern besaßen eine gewisse Familienähnlichkeit in Gesichtsschnitt und Hautfarbe. Daves Gesicht war schlaffer, passiver, weniger hart.

Sein Mund war nicht schmallippig und raffgierig, sondern unentschlossen und mürrisch. »Ich versprach Allen, mit ihm fischen zu gehen. Er wird bald da sein.«

»Heute beißen sie nicht«, sagte Bayard. »Zu heiß.«

»Im Thatcher-See beißen sie immer«, warf Janice ein. Ich hatte den Eindruck, sie und Adela hatten nicht mit seinem Erscheinen gerechnet. Sie waren beunruhigt.

»Hier dein Kaffee, mein Lieber«, sagte Adela ängstlich. »Du solltest heute nicht rausgehen. Es wird am See schrecklich schwül werden. Das tut deinem Kopf gar nicht gut.«

»Dem hilft sowieso nichts«, antwortete Dave.

»Du gehst also mit Allen«, sagte Bayard zu Dave, sah dabei aber Janice an, mit jenem schadenfrohen Blick, den ich schon kannte. »Fall bloß nicht rein!«

Janice senkte die Augen und kniff den Mund zusammen. Gleichzeitig sagte Dave: »Ich kann ja schwimmen. Auf jeden Fall sollte das nicht deine Sorge sein, Bayard.«

»Natürlich nicht«, begann Bayard, aber Adela unterbrach energisch: »Janice, bevor du losfährst, sag doch Higby, er soll heute Nachmittag auf der Westseite mähen. Emmeline wird in der Sommerküche draußen Marmelade einkochen und ihn dabei im Auge behalten. Sonst trödelt er bei dieser Hitze nur. Du solltest aber doch etwas essen, Dave! Ich muss Evelyn fragen, ob sie von den Jungen etwas gehört hat. Meine beiden Neffen«, sagte sie zu mir, »die Söhne meines Bruders Hilary. Nette Kerle – wirklich. Sie sind in einer Art Schullager und kommen bald in den Sommerferien nach Hause. Sie werden den See bestimmt genießen, Dave! Hilary sagte übrigens, dass er den alten Sportwagen eigens für sie von Frank Whitings gekauft hat. Ich war dagegen. Wenn sie sich nicht das Genick brechen, werden sie an ihm viel Spaß haben. Kaffee, Miss Keate? Florrie, schenken Sie bitte Miss Keate Kaffee ein!«

Trotz der brillanten, eleganten Konversation schienen ihre plumpen und weißen Hände ein wenig zu zittern. Glücklicherweise war das Essen bald vorbei. Dann tauchte Allen Carick in einem knatternden alten Zweisitzer auf und wollte gleich mit Dave wegfahren. Im letzten Augenblick entschloss sich die Hündin Pansy fürs Mitkommen und watschelte in ihrem Kielwasser fett die Auffahrt hinunter. Die langen Ohren flogen, und die Zunge hing ihr heraus. Sie musste zurückgepfiffen und von Janice mit Gewalt festgehalten werden. Als ich meinem Patienten in sein Zimmer hinaufhalf, konnte ich Pansy wütend in der Bibliothek kläffen hören, wo Janice sie eingeschlossen hatte.

»Jetzt möchte ich ein Nickerchen machen und allein sein«, sagte Bayard Thatcher, als er wieder im Bett lag.

»Aber ich lasse Sie nicht allein«, protestierte ich. »Es ist nicht – ganz sicher.«

Er lachte. »Vollkommen sicher, glauben Sie mir! Hören Sie: An der Ostecke der Wiese – Sie können sie vom Fenster aus sehen – ist eine Art Laube mit sehr bequemen Sesseln. Es ist dort kühl, schattig und ruhig. Warum gehen Sie nicht an die frische Luft und ruhen sich aus?«

Nachträglich wunderte ich mich über seine Besorgtheit. Sogar schon damals überlegte ich mir, ob er mich aus dem Haus haben wollte. Aber warum? Sein Vorschlag war jedoch sehr verlockend. »Wenn Sie meinen –«

»Natürlich. Gehen Sie nur, Miss Keate!«

Die Laube war ein lauschiger Winkel mit bunten Kissen und bequemen Liegestühlen und hatte einen ungehinderten Blick auf die ganze Hauptfront und die Ostseite des Hauses. Schläfrig legte ich mich hin, hörte mit halbem Ohr auf das Vogelgezwitscher und das ferne Surren des unsichtbaren Rasenmähers und verdaute das gute Mittagessen. Vielleicht waren alle meine nächtlichen Alpträume nur Einbildung. In so einem friedlichen Haus an so einem friedlichen Sommernachmittag konnte einfach nichts Schreckliches geschehen.

Etwa um halb drei sah ich Florrie um die Hausecke biegen und schnell in Richtung Stadt gehen. Sie hatte sich für ihren freien Nachmittag fein gemacht. Es war sehr still und heiß. Der Duft nach Blumen und frischgemähtem Rasen mischte sich mit fernen Marmeladegerüchen von der Sommerküche her. Die Küche war völlig vom Haus getrennt im Waschhaus untergebracht.

Ich war am Einschlafen, als die Eingangstür ins Schloss fiel. Es war Janice, frisch und zart in Weiß, mit einem kleinen, weißen Hut auf dem dunklen Haar. Sie trug einen großen braunen Weidenkorb an jedem Arm. Bei den Blumen machte sie halt, um den einen mit Rosen und blauem Rittersporn zu füllen, und ging dann rasch zur Garage. Geschickt fuhr sie ein kleines Coupé heraus, wendete und fuhr die Auffahrt hinunter.

Dann wurde es wieder still, bis eine Viertelstunde später, gegen drei Uhr, erneut die Haustür aufflog. Diesmal war es Pansy, der es offenbar gelungen war, sich aus der Bibliothek zu befreien, und die über den Rasen ins Gebüsch preschte. Dem eingezogenen Schwanz nach zu schließen war sie gerade bestraft worden. Sie wirkte, als habe sie einen Fußtritt bekommen, was aber absurd war, denn nur Adela und mein Patient waren im Haus.

Ein paar Minuten später erschien Adela, schloss die Haustür hinter sich ab und spannte den Sonnenschirm auf. Träge beobachtete ich, wie sie mit würdevollen, eleganten Schritten den Weg zur Straße entlangging. In ihrem lila Baumwollspitzenkleid sah sie frisch und kühl aus.

Wieder breitete sich Stille aus – bis auf das leise Geräusch des Rasenmähers. Das Läuten des Telefons, etwa eine Viertelstunde nach Adelas Weggang, kam mir besonders aufdringlich vor. Alle Fenster standen offen, und das laute Geklingel brachte mich auf die Beine. Da brach es ab, und ich sank in den Liegestuhl zurück. Flüchtig kam mir der Gedanke, dass mein Patient hätte abnehmen können, denn Emmeline war schwerhörig und kochte außerdem in der Sommerküche Marmelade.

Später fragte man mich, ob ich geschlafen hätte, vielleicht nur ein paar Augenblicke. Ich tat es bestimmt nicht, trotz der durchwachten Nacht. Vielleicht war ich doch zu rastlos oder hatte böse Vorahnungen.

Um vier Uhr – das weiß ich genau, weil ich da wieder auf die Uhr blickte und mich wunderte, wie schnell die Zeit verging – kam Hilary eilig auf das Haus zu. Er sah erhitzt aus. Unter der Tür nahm er den Hut ab und fuhr sich mit dem Taschentuch übers Gesicht. Er verschwand im Innern, kam zehn Minuten später wieder heraus und eilte davon. Wenn er meinen Patienten besucht hatte, war das nur eine kurze Freude gewesen.

Unmittelbar darauf erschien aus der Gegenrichtung der gelbe Sportwagen mit Evelyn am Steuer und hielt an der Seite des Hauses. Ohne mich zu bemerken, ging sie direkt über den Rasen ins Haus. Nach ein paar Augenblicken tauchte sie wieder auf und fuhr ebenso schnittig wie Janice die Auffahrt hinunter, in Richtung Stadt.

Das waren die einzigen Unterbrechungen an jenem langen, schläfrigen Nachmittag.

Allmählich wurden die Schatten länger. Ich wollte mich gerade auf die Beine machen, als das Coupé wieder die Auffahrt heraufpreschte und Janice und Adela ausstiegen. Janice trug die beiden vollen Weidenkörbe ins Haus, Adela entdeckte mich und fragte freundlich: »Haben Sie sich ein wenig ausgeruht?«

»Es war herrlich! Ein wunderbarer Nachmittag!«

»Ich liebe den Platz unter den Bäumen. Emmelines Marmelade kann man bis hierher riechen. Wir müssen sie heute Abend kosten. Frisch schmeckt sie einfach am besten. Nein, nein, bemühen Sie sich nicht. Es dauert noch lange bis zum Abendessen. Eine Krankenschwester muss immer Schlaf nachholen.«

Sie schritt mit schönen Bewegungen über den Rasen. Sie war beinahe bei den Eingangsstufen, als im Haus ein Schrei ertönte. Kurz und gellend. »Hilfe! Mord!«

Adela blieb wie vom Schlag gerührt stehen. Das Geräusch des Rasenmähers erstarb. Alle Vögel schienen zu verstummen. Und wieder schrie eine Frauenstimme: »Mord! Mord! Er ist erschossen worden!«

4

Es war Bayard. Wir fanden ihn in der Bibliothek. Er lag mit dem Gesicht nach unten neben dem Tisch auf dem Boden, den Hals seltsam verdreht, sodass man sofort wusste, er war tot. Mit grauweißem Gesicht ging Adela über den Teppich und drehte ihn um. Sein Mund stand ein wenig offen, eine Haarlocke fiel ihm in die Stirn, die gelbbraunen Augen waren geschlossen, die arrogante Nase noch spitzer. Ich konnte nichts mehr für ihn tun.

Um mich herum schien alles zu schwanken. Janice stand neben mir, grub ihre Finger in meinen Arm und zitterte am ganzen Körper. Higby starrte von der Tür her mit Stielaugen auf den Toten.

»Ich werde Bouligny anrufen«, sagte Adela. »In Daves Arbeitszimmer steht ein Telefon. Helfen Sie mir, Emmeline!« Emmeline beugte sich steif vor und half, Bayard ordentlich auf den Teppich zu betten. Adela kam mühsam auf die Füße. Ich folgte ihr zur Tür am hinteren Ende der langen Bibliothek, weil ich dachte, dass sie jeden Augenblick in Ohnmacht fallen würde. Dann hörte ich sie nebenan am Telefon sagen:

»Dr. Daniel Bouligny bitte! Holen Sie ihn, es eilt!«

Das Zimmer war klein, einfach möbliert, mit einem Schreibtisch, ein paar Stühlen, einem Ledersofa und einem schönen

Teppich. Zu Adelas Füßen lag irgendetwas Helles. Ich hob es auf. Es war ein Stück Zeitungspapier, zusammengefaltet wie ein Keil.

»Daniel – Daniel, bist du es? Ja, ja. Komm sofort! Bayard ist erschossen worden! Beeil dich, Daniel.« Ich konnte das Klicken am anderen Ende hören. Es war ganz deutlich, Dr. Bouligny hatte aufgelegt. Aber Adela fuhr fort: »Einbrecher! Einbrecher!« Dann legte sie den Hörer auf. »Und jetzt zu Hilary!«, sagte sie ganz benommen. »Jetzt muss ich Hilary anrufen. Nein, nein – Daniel wird ihn mitbringen, Hilary muss es wissen –«

»Adela.« Janice stand mit gequältem Gesicht unter der Tür. »Wo ist Dave?«

Adela lehnte sich müde gegen den Schreibtisch. »Ich weiß es nicht. Ich weiß es nicht. Janice, was werden die Leute sagen?«

»Sie sind fischen gegangen. Dave und Allen! Wo sind sie jetzt? Wo ist Dave?«

Adela machte eine deutliche Anstrengung, sich zusammenzunehmen. Ihr Gesicht war immer noch kalkweiß, aber irgendwie fand sie ihren undurchdringlichen Mantel von Würde wieder. »Wahrscheinlich fischen sie noch. Sie werden bald zurückkommen. Ich muss Hilary anrufen. Ich bin überzeugt«, sagte sie tapfer mit bläulichen Lippen, »es waren Einbrecher.«

»Einbrecher? Warum, Adela – glaubst du – ich dachte nie –« Janices Gesicht belebte sich leicht. »Wäre das möglich?«

»Ich bin davon überzeugt. Bayard hat einen Einbrecher überrascht und wurde erschossen. So was liest man jeden Tag in der Zeitung. Der Safe ist gleich hinter dir, Janice. Ist er offen?«

»Nein – nein, er ist geschlossen.«

»Es müssen Einbrecher gewesen sein! Ich werde ihn öffnen. Zuerst will ich noch Hilary anrufen.«

Aus der Bibliothek waren Stimmen zu hören. Janice drehte sich um. »Da ist Hilary, mit Dr. Bouligny!«

Dr. Bouligny kniete am Boden. Hilary stand neben ihm. Sein

plumpes Gesicht war aschfahl. Unter der Tür erschien Evelyn, sehr bleich, trotz ihrer Bräune. Higby war verschwunden, aber Emmeline war noch da, knetete die roten Hände und sah Dr. Bouligny auf den Mund.

»Hilary –«, begann Adela.

»Großer Gott, Adela, das ist ja grauenhaft! Wie ist es passiert? Wer war es? Wer fand ihn? Wo ist Dave?«

»Dave ist mit Allen Carick beim Fischen. Sie sind noch nicht zurück. Kann ich nichts tun, Daniel?«

Dr. Bouligny stand mühsam auf. Er war ein dicker dunkelhaariger Mann mit einem gutmütigen roten Gesicht und zerknittertem Anzug. »Da gibt es nichts mehr zu tun. Er ist tot. Wer war es?«

»Wie lange ist er schon tot?«, fragte Hilary scharf.

»Bei dieser Hitze schwer zu sagen.«

Evelyn sank in einen Sessel und flüsterte: »Was werden die Leute sagen?«

Dr. Bouligny sah schnell von Hilary zu Adela. »Eine schlimme Sache, aber ich habe so was erwartet –«

»Eindeutig Selbstmord«, unterbrach ihn Hilary. Sein autoritäres, leicht pompöses Gehabe kam wieder zum Vorschein. »Ein klarer Fall von Selbstmord. Keiner wird das Gegenteil beweisen können.«

»Selbstmord?« zweifelte Dr. Bouligny. »Na –«

Evelyn stand plötzlich auf, riss eine Decke vom Diwan und legte sie vorsichtig über Bayard. »Man sollte ihn wegbringen. Es gehört sich nicht, ihn einfach hier liegen zu lassen. Immerhin ist es Bayard!«

»Halt, nein! Der Sheriff muss ihn sehen. Genauso, wie wir ihn gefunden haben«, erklärte Dr. Bouligny.

»Der Sheriff wird Selbstmord feststellen«, meinte Hilary zuversichtlich. »Und du bist Untersuchungsrichter, Dan –«

Dr. Bouligny sah bedrückt aus. »Mir ist dieser Skandal genauso unangenehm wie dir, Hilary. Es trifft mich nicht so hart wie dich – natürlich –, denn es ist ziemlich schlimm für dich, weil jeder weiß, dass du dich mit Bayard nicht verstanden hast. Ja, ich weiß –« Er hob abwehrend die Hand, als Hilary protestieren wollte, »ich weiß, dass du ihn nicht erschossen hast, aber was werden die Leute sagen, was glaubst du? Ich werde alles tun, um die Wogen zu glätten. Aber wenn es Selbstmord war, wo ist die Waffe?«

»Die ist da«, sagte Hilary. »Die ist da! Sie muss einfach da sein!«

Wir sahen uns alle um, suchten auf dem Boden, dem Schreibtisch, in der Nähe der Leiche. Ich rief mir den ersten Blick auf die Leiche in Erinnerung. Keine Schusswaffe hatte neben ihr gelegen. Dessen war ich sicher.

»Es ist kein Selbstmord«, erklärte Adela. »Es war ein Überfall. Ich werde im Safe nachsehen. Die Diamanten waren drin, wie du weißt, Hilary!«

Wir folgten ihr in Daves kleines Arbeitszimmer. Der Safe, ein altmodisches Erbstück, massiv und plump, war in die Wand eingelassen, nichts hing davor. Wir beobachteten, wie Adela daran herumfingerte, drehte, drückte, bis die schwere Türe aufsprang.

Die Diamanten waren tatsächlich weg. Nur ein Stapel leerer Schachteln lag noch da, die Adela mit spitzen Fingern der Reihe nach öffnete.

»Ich wusste es! Da, seht ihr, sie sind weg! Es waren Einbrecher! Der Dieb raubte den Safe aus, Bayard hörte ihn und störte ihn, der Dieb erschoss ihn und entfloh.« Würdevoll und erleichtert holte sie ein rotledernes Etui hervor. »Da war die Lieblingsbrosche meiner Mutter drin!«

Die erschreckten Gesichter wurden langsam wieder normaler. Nur Janice blieb kalt und steif. Dr. Bouligny sah Hilary an und nickte.

»Da haben wir es«, sagte er erleichtert. »Es ist genauso passiert, wie Adela sagt. Jeder hat von den Thatcher-Diamanten gehört. Niemand würde glauben, dass Bayard Thatcher sich selbst umgebracht hat.«

»Aber mein Gott«, rief Hilary, plötzlich bestürzt und wieder alarmiert, »die Diamanten! Das sind Familienerbstücke, die ein kleines Vermögen wert sind. Wir müssen sie wiederbekommen.«

»Das ist Aufgabe der Polizei«, antwortete Dr. Bouligny beinah heiter. Adela warf Hilary einen kalten Blick zu. »Glaubst du nicht, dass es den Preis wert war?«, fragte sie kalt.

Hilary wischte sich das bleiche Gesicht ab und sagte zu Bouligny: »Du wirst das also übernehmen, Dan?«

»Ich werde tun, was rechtlich möglich ist, und nicht mehr. Außerdem ist der Sheriff auch noch da!«

»Mit dem werde ich fertig«, sagte Hilary leichthin.

»Und es wird natürlich eine gerichtliche Untersuchung stattfinden«, brachte Adela mit Mühe hervor. »Eine – Untersuchung!«

»Natürlich. Bei gewaltsamem Tod ist das so. Bei Mord.«

Es entstand ein langes Schweigen. Dann schloss Adela den Safe. »Eine Untersuchung«, wiederholte sie. »Worüber wirst du uns verhören, Daniel?«

Er fuhr sich verwirrt durch das lichte schwarze Haar. »Es wird nicht einfach sein«, sagte er unglücklich. »Man wird über uns herfallen, schon um behaupten zu können, dass etwas faul ist.«

Obwohl es warm war, sah ich Adela frösteln. Und Hilarys plumpes Gesicht sah plötzlich mitgenommen aus.

»Ich schlage vor, wir gehen in die Bibliothek und besprechen alles ... bevor der Sheriff kommt«, meinte Adela.

Ich kam mir vor wie eine Schlafwandlerin, die bald aus einem Alptraum erwachen musste. Alle Fenster in der Bibliothek waren geöffnet. Die Schatten auf dem grünen Rasen wurden länger und sahen kühl aus. Mit einem Schock wanderten meine Augen zu dem Bündel unter der Decke.

»Also, Daniel«, sagte Adela. »Was wirst du uns fragen?«

»Stell es nicht so dar, Adela«, sagte er bedrückt. »Sonst komme ich mir vor wie ein Verschwörer.«

Vorwurfsvoll hob sie die Augenbrauen. Hinter ihrer steifen, verzweifelten Würde verbarg sich Beleidigtheit. »Mein lieber Daniel«, sagte sie betont.

»Er wird wissen wollen, wann Bayard zum letzten Mal lebend gesehen wurde und von wem«, sagte Hilary. Er wischte sich wieder mit dem Taschentuch über Stirn und Mund.

»Also gut. Janice, du gingst heute Nachmittag vor mir aus dem Haus, nicht wahr?«

Janice nickte. Ihr Gesicht war immer noch kalt und steif, ohne eine Spur von Schönheit.

»Hör zu, Daniel, Janice fuhr heute Nachmittag zur Farm. Dave und Allen Carick gingen fischen. Sie sind noch nicht zurück. Ich war bei einer Wohltätigkeitsveranstaltung, und Janice holte mich dort ab. Emmeline kochte in der Sommerküche Marmelade. Higby mähte den Rasen. Nur Bayard war den ganzen Nachmittag da und – der Dieb.«

»Nein. Einen Augenblick, Adela«, protestierte Hilary. »Du irrst dich. Ich war hier. Etwa um vier Uhr.«

Adela drehte sich langsam und sehr steif zu ihm um. »Du? Hast du Bayard gesehen?«

Hilary sah seine Frau an und wollte etwas sagen, aber Evelyn unterbrach ihn.

»Ja, Hilary war da«, sagte sie direkt. »Er wollte nach Bayard sehen. Und ich war auch da. Ich sollte Hilary abholen, aber er war schon weg. Ich fuhr sofort zu Hilary ins Büro.«

»Dann hast du ihn –«, begann Adela steif.

Dr. Bouligny unterbrach sie. »War Bayard noch am Leben? Um welche Zeit war das?«

»Ja«, antwortete Evelyn, und Hilary fügte hinzu: »Etwa um vier Uhr.«

»Das grenzt den Zeitraum ein«, stellte Bouligny fest. »Um welche Zeit fuhrst du weg, Evelyn?«

»Es muss etwa zwanzig nach vier gewesen sein. Um vier sollte ich Hilary hier abholen. Ich war etwas zu spät dran, und er war schon weg. Als ich in sein Büro kam, war es auf der Uhr vom Postamt genau halb fünf.«

»Da waren wir gerade zurück«, sagte Adela. »Janice und ich. Emmeline fand ihn. Sie begegnete mir auf den Eingangsstufen und sagte, er sei tot.«

»Dann wurde er irgendwann nach vier Uhr zwanzig umgebracht. Nach fünf Uhr kam euer Anruf – etwa um Viertel nach fünf. Ich nehme an, du riefst sofort an? Wo ist Emmeline? Hören Sie, Emmeline, wie haben Sie denn entdeckt –«

Emmeline näherte sich steif. »Sprechen Sie mit mir?«

»Ja. Ich wollte wissen, wie Sie Bayard fanden.«

»Sie ist taub, denk daran, Daniel«, erinnerte Adela.

»Ach Gott, ja!«, sagte Dr. Bouligny und schrie: »Wegen Bayard. Wann fanden Sie ihn?«

»Was sagten Sie?«, fragte Emmeline.

Adela war besorgt. Wahrscheinlich fand sie es nicht schicklich, dass er Emmeline über den Toten hinweg anbrüllte. »Ich werde sie fragen, Daniel. Sie versteht mich. Emmeline, wie hast du ihn gefunden? Erzähl es uns!«

»Ich war den ganzen Nachmittag in der Sommerküche und kochte Marmelade. Ich war nicht sicher, ob die letzte Portion gelungen war, darum brachte ich einen Löffel voll, um zu fragen, was Sie davon halten. Ich dachte, Sie müssten zurück sein. Ich sah im Vorbeigehen hier hinein, und da lag er – richtig erschossen. Darum habe ich dort den Löffel fallen lassen.«

Wir starrten alle auf den silbernen Löffel, der in einem klebrigen roten See auf dem Boden neben dem Tisch lag.

»Haben Sie am Nachmittag jemand gesehen? Kam jemand vorbei?«

»Keinen Menschen. Nur Higby war in der Nähe.«

»Dann kam der Dieb nicht von dort«, sagte Hilary. »Emmeline hat Augen wie eine Katze. Ihr entgeht nichts.«

»Um wie viel Uhr war das, Emmeline?«, fragte Adela, und als Emmeline zögerte, wiederholte sie: »Uhr – Um wie viel Uhr war das?«

»Kurz nach fünf. Ich sah gerade auf die Uhr und dachte, dass Florrie zurückkommen müsste, um mir beim Abendessen zu helfen. Sie wusste, dass ich mit der Marmelade so beschäftigt war!« meinte sie vorwurfsvoll.

»Ach, ja«, sagte Adela zu Dr. Bouligny. »Ich vergaß Florrie. Sie hat heute ihren freien Nachmittag.«

»Kannst du nicht die genaue Todeszeit feststellen, Dan?«, fragte Hilary. »Ich dachte, ihr Ärzte macht das schon ganz präzise.«

»So genau auch wieder nicht«, antwortete Dr. Bouligny ehrlich. »Wir können uns nur auf einen Spielraum von ein paar Stunden festlegen. Jetzt kann ich nur feststellen, dass er nicht mehr als höchstens ein paar Stunden tot ist. Die Hitze hat den Körper fast bei normaler Körpertemperatur …«

»Ich bitte dich, Daniel!«, rief Adela. »Frag keine solchen Sachen, Hilary! Daniel braucht nicht so in die Details zu gehen. Also, was könnte beim Verhör sonst noch zum Vorschein kommen? Du weißt, Daniel, wo wir alle waren. Was wir taten. Wer die Leiche fand. Der Dieb muss Bayard mit seinem eigenen Revolver erschossen haben und geflohen sein. Es ist alles ganz klar. Wir wissen alle genau, was passierte. Es ist nur die Familie hier und Emmeline, die dazugehört. Wir wissen alle, warum –« Sie unterbrach sich plötzlich. Sie sah mich an, als hätte sie meine Existenz bis zu diesem Augenblick vergessen.

Alle sahen mich an.

Ich sagte nichts. Langsam wurde mir das Hintergründige an diesen Blicken bewusst. Alle schienen völlig gegen mich zu sein. Es waren Blicke voll Verdacht, Zweifel, leicht feindlich und voll Misstrauen. Ich war die Außenstehende, die Fremde im Haus. War ich eine Gefahr für sie?

Die Stille wurde unangenehm. Da sagte ich: »Ich wollte Sie gerade bitten, Miss Thatcher, da mein Patient – mich nicht mehr braucht, möchte ich sofort zur Klinik zurück. Kann ich noch irgendetwas für Sie tun, bevor ich gehe, Dr. Bouligny?«

»Eh? Oh – nein. Nein. Nicht!«

»Gut. Dann reise ich sofort ab.«

»Ja, natürlich, Miss Keate. Miss Thatcher wird Ihnen Ihren Scheck schicken.«

»Einen Augenblick, bitte, Miss Keate«, mischte sich Adela ein. »Möchten Sie nicht noch ein paar Tage bleiben? Es war ein großer Schock für mich. Ich wäre sehr dankbar für Ihre Hilfe. Wir haben Sie sehr gern, nicht, Janice? Evelyn? Sie würden mir einen großen Gefallen erweisen, wenn Sie noch ein paar Tage blieben. Es wird so viel zu regeln geben, und ich bin nicht die Gesündeste. Daniel –«

»Natürlich, Adela! Auf jeden Fall.« Dr. Bouligny reagierte sehr prompt auf den halb befehlenden, halb bittenden Ton in ihrer Stimme. »Miss Thatcher geht es nicht so gut, Miss Keate. Sie braucht für ein paar Tage jemand, der – eh – die näheren Umstände kennt. Das heißt – eh, können Sie bleiben?«

Schließlich gab ich zögernd nach, ganz eindeutig wollten sie mich im Haus behalten. Ich konnte nicht ahnen, wie verzweifelt ich diesen Entschluss noch bereuen sollte.

»Also gut, Hilary«, sagte Dr. Bouligny. »Du solltest besser den Sheriff rufen. Es ist schon fast eine Stunde ver –«

»Den Sheriff. Was ist los? Warum die Polizei –?« Allen Carick kam eilig herein. Groß, schlank, braun gebrannt, mit aufgerollten Hemdsärmeln und offenem Kragen. Sein helles Haar war gelockt und nass vom Schwimmen. Er hatte dieselben dunkelblauen Augen wie Evelyn. Dave Thatcher folgte ihm auf den Fersen und sah das Bündel auf dem Boden zuerst. Mit einem Schrei stürzte er sich darauf und riss die Decke weg, bevor Hilary ihn aufhalten konnte.

Schreckensbleich starrte er auf die Leiche und fing an zu zittern. Dann fiel er in einen Sessel und bedeckte sein Gesicht mit den Händen.

Adela stand plötzlich neben ihm und sprach ihm gut zu. Sie schickte Emmeline nach Wein, und Hilary erzählte ihm immer wieder, dass es ein Raubüberfall gewesen sei und der Dieb Bayard erschossen habe. Im Arbeitszimmer hörte ich den Arzt am Telefon den Sheriff benachrichtigen. In dem aufgeregten Durcheinander schnappte ich zufällig auf, wie Allen Carick zu Janice leise sagte: »Ist das wahr? Ist es so passiert?« Hilflos antwortete sie: »Ich weiß es nicht. Ich weiß es nicht. Allen, was soll ich tun?«

»Keine Angst!« Der Ausdruck in seinen Augen blieb mir genau in Erinnerung. »Dave war mit mir fischen, denk dran!« Evelyn legte ihm ihre tüchtige braune Hand auf den Arm und sagte: »Der Sheriff wird bald da sein, Janice. Wir sollten Adela auf ihr Zimmer bringen. Sie hält nicht mehr lange durch. Dan sollte Frank Whiting anrufen, damit er sich um die Leiche und das Begräbnis kümmert. Emmeline soll das Abendessen zubereiten. Wir müssen trotzdem etwas essen.«

»Evelyn«, sagte Hilary, der in einer Gruppe am Tisch stand, »Dan will wissen, ob du mit Bayard gesprochen hast, als du heute Nachmittag vorbeikamst.«

»Nein. Ich warf nur einen Blick in die Bibliothek, sah, dass Hilary nicht da war, und ging wieder.«

»War Bayard allein, Evelyn?«, fragte Dr. Bouligny.

»Ja.«

»Ich verstehe nicht, wie –« Dr. Bouligny unterbrach sich. »Wo waren Sie die ganze Zeit, Miss Keate?«

»Im Garten.« Ich konnte mir nicht verkneifen hinzuzufügen: »Ich hatte die ganze Zeit die Vorder- und Ostseite des Hauses in meinem Blickfeld.«

Nachdenklich sah er mich an. »Dann müssen Sie doch den Schuss gehört haben, Miss Keate. Die Fenster standen offen, und es war ruhig.«

»Nein«, antwortete ich verwirrt, »ich hörte nichts. Keinen Schuss. Das begreif ich nicht. Es war heute Nachmittag alles ganz still. Nur das Telefon läutete einmal. Bayard muss abgenommen haben, weil sonst niemand zu Hause war. Ich hatte ihn auf sein Zimmer gebracht –«

»Er muss heruntergekommen sein«, unterbrach mich Hilary. »Ich frage mich, wer mit ihm sprach.«

»Ich habe angerufen«, erklärte Miss Adela. »Auf dem Weg zum Wohlfahrtsverein rief ich von der Apotheke aus an. Ich hatte vergessen, Emmeline zu sagen, dass wir abends zwei Personen mehr sein würden – du und Evelyn. Ich weiß, dass Emmeline das Klingeln nicht hört, ich hoffte, Miss Keate nähme ab. Aber Bayard war hier unten. Offenbar in der Nähe vom Telefon.«

»Ich frage mich, was er hier tat«, sagte Hilary abwesend. Da läutete es an der Haustür.

»Das ist der Sheriff«, rief Dr. Bouligny. »Wenigstens habt ihr alle ein Alibi!«

»Ich nicht«, erwiderte Evelyn. »Ich habe keines. Und ich habe ihn als Letzte gesehen! Aber ich versichere euch –« Schaudernd sah sie auf das Bündel unter der Decke.

Allen legte beschützend den Arm um sie, und Hilary rief: »Unsinn, Evelyn, wir wissen alle, dass du ihn nicht umgebracht hast!« Da erschien Emmeline mit dem Sheriff. Hilary, der Arzt und der Sheriff begannen gleichzeitig zu sprechen, und Evelyn und Janice drängten Adela zur Tür, der passende Augenblick, um die Klinik wegen der zusätzlichen Kittel anzurufen, die ich benötigte. Ich hatte nur mit einem Aufenthalt von ein oder zwei Tagen gerechnet.

Ich ging in das kleine Arbeitszimmer neben der Bibliothek. Mit Mühe konnte ich im Krankenhaus begreiflich machen, was ich wollte. Es war sehr still in dem kleinen Raum, wenn die Tür zur Bibliothek geschlossen war. Unglaublich, dass im Nebenzimmer ein Ermordeter lag, mit geschlossenen Augen ... Halt! Die Augen eines Toten schließen sich nicht von allein. Jemand musste nachgeholfen haben!

Benommen stand ich auf, da fiel mir mein Häubchen herunter, und ich machte eine weitere Entdeckung, die die erste fast aus meinen Gedanken verdrängte.

Das Häubchen war auf den Teppich gefallen – ein dunkelrotes Prachtstück mit Blau und Gold, wahrscheinlich ein Saruk. Die Stelle, neben der es lag, war feucht: Blut, das in den dichten Flor gesickert war.

5

Aber die Leiche lag in der Bibliothek! Wenn Bayard hier in dem kleinen Arbeitszimmer erschossen worden war, konnte er unmöglich bis in die Bibliothek gekommen sein, bevor er fiel. Ich wusste, dass er sofort gestorben war. Warum war dann Blut auf dem Saruk? Und warum waren die Augen des Toten zu?

Die Tür öffnete sich, und der Sheriff sagte: »Wir wollen einen Blick in den Safe werfen.« Das brachte mich auf die Beine. Dr. Bouligny, Hilary und der Sheriff drängten sich um den Safe. Leise ging ich hinaus in die Bibliothek.

Auf dem Teppich waren meine Schritte unhörbar. Allen Carick blickte nicht auf, bis ich neben ihm stand. Er kniete neben dem Toten und durchsuchte fieberhaft die Taschen seines Morgenmantels und der Hose. Seltsamerweise ließ er sich auch durch mich nicht stören. Danach stand er stirnrunzelnd auf und verschwand in die Halle.

Von draußen drang Gemurmel herein. Emmeline erschien mit dem fetten, rotbackigen, vergnügt aussehenden Frank Whiting, dem Bestattungsunternehmer. Er verlor seine Farbe sofort, als er sich über die Leiche beugte.

Mit einem letzten Blick auf Bayard lief ich hinaus, hinauf in sein leeres Zimmer. Meine Instrumententasche war noch im Bad. Das Zimmer war aufgeräumt, das Bett gemacht, bis auf die Mulde, die Bayards Körper am Nachmittag darauf hinterlassen hatte. Mir war nicht wohl hier, obgleich alles ordentlich an seinem Platz war.

Im Badezimmer suchte ich meine Sachen zusammen. Um die Tasche hinter der Tür hervorzuholen, musste ich sie schließen. Ich hatte etwa zwei oder drei Minuten gebraucht, um alles richtig einzupacken. Dann ordnete ich mein Haar vor dem Spiegel und steckte mir meine Haube besser fest. Ich trank noch einen Schluck Wasser und ließ es vorher zur Abkühlung eine Weile laufen. Vielleicht war ich im Ganzen fünf oder sechs Minuten im Bad, bevor ich wieder ins Zimmer trat, wo es aussah, als wäre ein Wirbelsturm hindurchgefegt.

Ich traute meinen Augen nicht! Das Bettzeug war heruntergerissen, die Matratze umgedreht worden, alle Schubladen herausgezogen, der Inhalt überall verstreut. Sogar die Teppiche waren zurückgeschlagen, und die Bilder hingen schief an den Wänden.

Und das alles in so kurzer Zeit! Und so leise, dass ich nebenan nichts gehört hatte. Ich bekam Angst.

Plötzlich kam mir das Haus wie ein Gefängnis vor. Ich wollte weg, nichts als weg! Ich würde Adela Thatcher sofort sagen, dass ich nicht mehr bleiben konnte.

Da erschien Emmeline. Falls die Unordnung sie erschreckte, so zeigte sie es nicht. »Miss Adela bittet Sie zu sich«, sagte sie. Ich folgte ihr, noch immer voller Angst.

Adela lag in einem riesigen alten Bett. Janice und Evelyn hatten sie in ein Spitzenbettjäckchen gesteckt. Ein Glas Sherry stand auf dem Nachttisch. Sie hatte rote Flecken auf den Wangen, und ihre Augen waren sehr hell. Janice saß immer noch bleich neben ihr, und Evelyn, praktisch wie immer, hing die Kleider auf zart duftende Bügel und bat Emmeline, ein Tablett mit dem Abendessen für Miss Adela und mich heraufzubringen.

Wieder überwanden sie geschickt und mit einleuchtenden

Argumenten meine Proteste und baten mich zu bleiben. »Nur für ein paar Tage, Miss Keate, bis wir wieder im alten Geleise sind«, meinte Evelyn. »Denn schließlich war es ein schrecklicher Schock für uns alle.«

Adela seufzte. »Schrecklich! Schrecklich! Wahrscheinlich weiß es schon die ganze Stadt. Oh, Evelyn, was werden die Leute sagen?«

»Hilary hat den größten Schaden«, sagte Evelyn spitz.

»Oh, ich ertrage es nicht«, rief Janice. Sie sprang auf. Strich sich das dunkle Haar zurück und trat ans Fenster. »Wie könnt ihr so reden! Von Hilary, und was die Leute sagen. Von der Reaktion seiner Bank! Ob die Leute klatschen könnten! Was macht das schon aus! Das können wir nicht ändern. Über das wirklich Grauenvolle an der Sache verliert ihr kein Wort. Das wirklich –«

»Janice! Janice, Liebling! Du bist überreizt.«

»Janice!«, rief Evelyn und nahm ihre Hände in ihre feste, warme Faust. »Du weißt nicht, was du sagst! Du musst dich zusammennehmen! Denk an unseren Namen! Denk an meine Jungen. Denk an –«

»Evelyn, warum geht ihr nicht in Janices Zimmer und legt euch ein wenig nieder? Oder geht hinunter und kümmert euch ums Essen. Evelyn –« Adela unterbrach sich plötzlich und sagte ganz offen: »Bring Janice weg – bevor sie zu viel redet.« Als sie verschwunden waren, lag Adela regungslos da und starrte an die Decke. Mit Unbehagen fühlte ich ihr den Puls und maß die Temperatur, weil ich mich verpflichtet fühlte, etwas zu tun, nicht weil sie mich tatsächlich gebraucht hätte. Ein- oder zweimal merkte ich, wie sie mich argwöhnisch beobachtete, und ich wunderte mich, dass ich immer noch hier war, wo ich mich wie eine Gefangene fühlte, mit einem Mörder unter dem gleichen Dach.

Emmeline brachte zwei Essentabletts. Ihre Hände waren noch immer leicht rot vom Traubensaft, aber sie hatte sich eine frische weiße Schürze umgebunden. Ich war über meinen Appetit erstaunt. Sogar Adela nippte an Verschiedenem. Sie schob das Tablett endgültig weg, als Hilary eintrat.

»Bitte, gehen Sie nicht, Miss Keate«, sagte sie, als ich mich erhob. »Bleiben Sie! Hast du etwas entdeckt, Hilary? Was sagte der Sheriff? Hat Higby jemand in der Nähe gesehen? Setz dich, du siehst erschreckend aus! Hast du gegessen?«

Sein plumpes Gesicht war bleich, die Hände zitterten. Er fiel in einen Sessel und rieb sich die Augen. »Darf ich rauchen, Adela?«

»Natürlich! Was sagt Higby?« Als Hilary zögerte, fuhr sie fort: »Lass dich durch Miss Keate nicht stören, Hilary!«

»Also gut. Higby behauptet, den ganzen Nachmittag sei niemand da gewesen. Er hat den Rasen gemäht, Emmeline war in der Sommerküche. Natürlich hat er auch auf der Seite der Bibliothek gemäht. Er hat nichts gehört, nur einmal das Telefon. Wir fragten ihn, ob das Geräusch des Rasenmähers den Schuss übertönt haben könnte.«

»Was meinte er?«

»Er sagte, vielleicht, aber er hat das Telefon deutlich klingeln gehört.«

»Dann war er da gerade näher beim Haus«, sagte Adela. »Ich bezweifle sehr, dass er den Schuss trotz dem entsetzlichen Geknatter des Rasenmähers hören konnte. Seit zwei Wochen soll er ihn schon schmieren. Außerdem ist Higby dumm. Es ist leicht möglich, dass jemand durch ein Fenster der Bibliothek eingedrungen oder sogar durch die Hintertür gekommen ist, ohne dass er es merkte.«

Hilary nickte. »Das sagte ich auch zu Sheriff Strove. Strove ist meiner Meinung. Dan Bouligny hat Zweifel. Strove hat überall herumtelefoniert und alles getan, um eine Spur vom Dieb zu finden.«

»Wann ist die gerichtliche Untersuchung?«

»Morgen. Dan sagt, du sollst dir keine Sorgen machen.« Adela überlegte lange, während Hilary nervös rauchte. Dann fragte sie: »Haben viele Leute angerufen?«

Hilary nickte. »In der Stadt schwirren die unglaublichsten Gerüchte herum. Ein Mann rief aus Muddy Creek an, dort treibe sich ein verdächtig aussehendes Individuum herum, und Strove beorderte ein paar Hilfskräfte hin, um ihn zu fangen. Sie sind noch nicht zurück. Und Mrs. Whiting behauptet, sie habe einen Vagabunden zum Güterzug um fünf Uhr zehn laufen sehen. Aber dann war doch keiner im Zug. Du kennst Pearl Whiting ja. Morgen um diese Zeit hat sie so gut wie jeden in Verdacht.«

Adela nickte. »Hoffentlich hast du Frank Whiting genau erzählt, was passiert ist.«

»Mein Gott, ja! Ich befahl Emmeline, überall zu sagen, dass du von dem Schock krank geworden bist und eine Krankenschwester brauchst und niemanden empfangen kannst. Dr. Lyman kam und brachte einen von seiner Frau gebackenen Kuchen. Ich begreife nicht, was, zum Teufel, sie sich dabei gedacht haben.«

»Sprich nicht so, Hilary. Sie ist die Frau unseres Pfarrers und meint es gut. Hast du den Jungen ein Telegramm geschickt?«

»Nein, noch nicht. Das soll Evelyn tun. Sie ist viel sachlicher in solchen Dingen. Ich dachte, mit den anderen Telegrammen könnten wir noch bis morgen warten.«

»Ja. Wir wollen nicht das Haus voller Verwandtschaft haben. Ich finde, wir sollten die Beerdigung bald ansetzen.«

»Ja, Adela, das dachte ich auch!«

»Hast du gegessen? Das solltest du wirklich tun. Und – wo ist Dave?«

Hilary starrte lange auf seine Zigarette: »In seinem Zimmer, Adela. Dan gab ihm etwas zum Schlafen. Ein Beruhigungsmittel. Wissen Sie, Miss Keate«, erklärte er mir, »Dave ist eine Art

Invalide. Seit Jahren schon. Es geht ihm nicht gut. Wenn so etwas passiert – irgendein Schock, dann versagen seine Nerven.«

»Tatsächlich.« Mir fiel auf, dass Hilarys eigene Nerven auch nicht die besten waren.

Schweigend saß er eine Weile da und ging schließlich hinaus. Adela sagte noch:

»Sorg dafür, dass Dave morgen nicht auf den Friedhof geht. Die Sonne tut ihm nicht gut!«

Ich konnte Hilarys Gesicht nicht sehen, als er antwortete: »Ja. Ich werde noch einmal bei dir vorbeischauen, mit Dan, bevor du schläfst!«

Die laue Sommernacht brach langsam herein. Ich knipste die Lampe auf dem Tisch an. Adela lag stumm da und spielte abwesend mit ihrer langen Türkiskette.

Zwischen neun und zehn Uhr kamen Dr. Bouligny und Hilary herauf. Nachdem sich herausstellte, dass sie noch nicht gegessen hatten, bat mich Adela, Emmeline zu sagen, Kaffee und Sandwiches heraufzubringen. Ich ging mehr als nur bereitwillig hinaus.

Und deshalb wurde ich unfreiwillig Zeuge einer traurigen und tragischen Verstrickung, die eine so wichtige Rolle im Hinblick auf Bayards Ermordung und die schrecklichen Folgen spielen sollte.

Überall im Haus brannte Licht. Ich fand Emmeline, und es gelang mir, ihr meine Botschaft verständlich zu machen. Mir war nicht wohl, als ich an der offenen Tür zur Bibliothek vorbeikam. Auf dem Boden neben dem Tisch war ein nackter Fleck. Der Läufer, auf dem Bayard gelegen hatte, war entfernt worden, vielleicht zur Reinigung. Wie leer und verlassen waren alle diese hellerleuchteten Räume! Da öffnete sich die Tür zum Garten, und zwei Gestalten traten in die Halle. Sie konnten mich nicht sehen. Sie standen genau unter der Lampe.

Es waren Janice und Allen Carick. Eigentlich gibt es da nicht viel zu erzählen. Es lag nur ein so unendliches Einverständnis in ihren Blicken, eine Ruhe, ein Zusammengehören. Sie sprachen nichts, sie standen nur einen Augenblick da. Dann streckte Allen die Hände aus, und ich dachte, er werde Janice umarmen. Aber er nahm nur ihre Hände und betrachtete sie, als würde er sie nie im Leben wiedersehen. Janices schönes Gesicht strahlte und sah gleichzeitig doch weiß und erschöpft aus. Als sie sich umwandte und die Treppe hinaufging, blickte er ihr mit einer solchen Verzweiflung nach, dass ich mir als sehr indiskreter Beobachter vorkam. Dann war er verschwunden. Ich hörte ihn draußen die Eingangsstufen hinuntereilen.

Alles hatte nur ein paar Augenblicke gedauert. Aber ich war voller Rührung und Mitleid, als hätte ich miterlebt, wie etwas Lebendiges und sehr Schönes geopfert wurde.

Das war, sagte ich mir ungeduldig im Weitergehen, nicht nur sentimental und rührselig, es war auch völlig unmoralisch. Obwohl ich nie geheiratet habe und es aller Wahrscheinlichkeit nach auch nicht mehr tun werde, habe ich trotzdem meine Ansichten über die Ehe. Ich hatte immer geglaubt, dass das Herumflirten verheirateter Frauen auf eine Befriedigung der Eitelkeit und auf Faulheit zurückzuführen ist.

Aber diese Szene in der Halle hatte etwas Echtes. Ich glaube, die Menschen müssen sich tatsächlich manchmal verlieben, ob sie wollen oder nicht. Und wie können sie es wissen, bevor sie es nicht selbst erlebt haben?

Etwa eine Stunde später fand ich den Brief.

Dr. Bouligny hatte mir vor dem Weggehen für Adela ein ziemlich starkes Schlafmittel gegeben. Ich kramte in meiner Instrumententasche und suchte die Schachtel mit den Injektionsnadeln, als ich auf einen Umschlag stieß. Er war nicht adressiert, und ich öffnete ihn.

Er enthielt den Teil eines Briefes. Ganz offensichtlich war er für ein bestimmtes Paar Augen gedacht. Die Einleitung fehlte.

»... Freiheit, und zur Liebe stehen und mein eigenes Leben leben. Aber das ist ganz falsch. Es ist auch eine Frage des Anstandes, des eigenen Maßstabes für Würde und Stolz. Ich kann Dave nicht verlassen. Obwohl ich weiß Gott Grund dazu hätte. Der arme Dave!
Du musst weg. Ich kann nicht ertragen, dich zu sehen. Entsetzlich, dies zu schreiben und zu wissen, dass ich nur lebe, wenn ich mit dir zusammen bin, auf dich warte, dich höre. So seltene Augenblicke in all den vielen Jahren, und der Rest meines Lebens eine sinnlose Verschwendung!
Ich werde hysterisch. Ich muss aufhören. Ich stecke dir dies in die Tasche. Du hast den Mantel im Eingang hängen lassen. Ich bin gegen eine solche Methode. Aber ich muss es dir sagen, und ich kann es nicht, wenn du in meiner Nähe bist. Glaub mir, es gibt keinen Ausweg für uns! Janice.«

Es war ohne Zweifel ein kompromittierender Brief. Ich war hin und her gerissen zwischen Missbilligung und Mitleid. Immerhin hatte sie versucht, ehrlich zu sein. Der Brief war ein wenig hysterisch, aber Gefühle wirken leicht so. Er war offen und nicht theatralisch und gekünstelt romantisch, wie Frauen oft schreiben.

Vermutlich war er an Allen gerichtet, und sie taten mir alle leid: Dave und Janice und Allen – so verstrickt in diese tragische Geschichte. War es tatsächlich Allen? Oder vielleicht Bayard Thatcher? Er hatte Zugang zu meiner Instrumententasche gehabt. Allen nicht. Nein – ich hatte Janice mit Allen unten in der Halle gesehen. Der Mann ihrer Liebe war Allen. Aber Janice war mit Bayard fünf Minuten allein im Haus gewesen, bevor der Mord entdeckt wurde! Das hatte ich ganz vergessen.

Bei ihrer Rückkehr ging sie mit den Körben gleich hinein, während Adela noch mit mir sprach. Es konnte sich nur um fünf Minuten gehandelt haben, vielleicht sogar weniger, aber man braucht nicht lange, um einen Schuss abzugeben. Es war unglaubwürdig, aber wen gab es sonst noch?

Ich hörte ein leises Klopfen an der Tür des Zimmers nebenan. Ich hörte Adela sprechen und dann ihren Schrei. Ein erstickter Schrei, als ob Taft zerriss. Ich rannte hinüber.

Adela saß aufrecht im Bett. Ihre Augen waren hell und hart. Emmeline stand vor ihr, in der einen Hand den Eierkorb. Es lagen immer noch ein paar Eier darin. In der anderen hielt sie einen Revolver. »Den habe ich –«, sagte sie und verstummte.

6

Nachträglich fand ich es merkwürdig und traurig, dass das erstaunliche Einverständnis, das zwischen Adela und Emmeline seit vielen Jahren bestand, in diesem entscheidenden Augenblick nicht funktionierte. Denn Adela flüsterte nämlich nur: »Tun Sie ihn weg!«

Ich bin sicher, Emmeline erwartete die Frage, wo sie den Revolver gefunden habe, denn sie antwortete: »Er war im Eierkörbchen im Kühlschrank. Er gehört Mr. Dave. Es fehlen zwei Patronen.« Sie hielt den Revolver auf Armeslänge von sich. »Sie sollten mal fühlen, wie kalt er ist.«

Adela schloss die Augen. »Legen Sie ihn auf den Tisch dort! Danke, Emmeline!«

Nachdem Emmeline mit dem Eierkorb gegangen war, lag Adela einen Augenblick da und sammelte ihre Kräfte. Dann öffnete sie die Augen und sagte müde: »Seltsam, dass Daves Revolver im Eierkorb steckte. Aber das besagt nichts! Gar nichts! Der Revolver lag wahrscheinlich im Auto, als Janice heute Nachmittag wegfuhr, und sie legte ihn in den Eierkorb, weil sie ihn ins Haus mitnehmen und weglegen wollte, und dann vergaß sie ihn. Ja, so muss es gewesen sein. Sie sehen selbst, Miss Keate, dass es nicht die Mordwaffe gewesen sein kann! Trotzdem bitte ich Sie, darüber zu schweigen. Dr. Bouligny ist ein guter Mensch, doch er ist ein wenig dumm. Er könnte denken – also, es ist wohl das beste, nicht alles durcheinanderzubringen!«

»Ein Ballistikexperte würde rasch feststellen, ob Bayard mit dieser Waffe getötet wurde«, sagte ich schlagfertig.

Mein Kommentar gefiel Adela nicht. Sie sah mich kühl an. »Sie nehmen doch nicht an, ein Dieb würde Daves Revolver benützen und ihn obendrein im Eierkorb im Kühlschrank verstecken«, erklärte sie frostig. »Abgesehen davon hätte er keine Zeit dazu gehabt. Wenn Sie mir jetzt das Mittel geben, das mir Dr. Bouligny verschrieben hat, werde ich schlafen!«

Als ich einen Augenblick später mit der Injektionsnadel neben dem Bett stand, war der Revolver weg. Sie musste ihn in eine Schublade gelegt haben. Ich würde ihn schon finden, falls ich es später für meine Pflicht halten sollte, es bei der Untersuchung zu erwähnen.

Sie schlief fast augenblicklich ein, und ich ging mit einem unguten Gefühl in das Nebenzimmer.

Als ich erwachte – es war wieder ein warmer sonniger Sommermorgen –, stürzten die Erinnerungen an die Ereignisse wie eine Lawine über mich her. Ich beeilte mich mit dem Anziehen. Meine Bedrücktheit kam mir lächerlich vor, als ich die Tür aufschloss und in den sonnendurchfluteten Flur trat. Es war gut, wenn Adela so lange wie möglich schlief! Unten in der Halle begegnete ich Florrie. Ihr grünes Hauskleid war frisch und sauber wie immer, aber ihr Häubchen war zerknittert. Sie grüßte mich ziemlich mürrisch. Einen Moment blieb ich unter der Haustür stehen und sah auf die sonnige Wiese hinaus. Als ich mich umdrehte, hatte sie mit Staubwischen aufgehört, starrte mich an und verschwand dann in der Bibliothek.
Evelyn saß hinter der großen silbernen Kaffeekanne. Offenbar hatte sie hier übernachtet, denn sie trug noch das geblümte Chiffonkleid, das sie gestern angehabt hatte. Es sah fröhlich und

deplatziert aus, vor allem neben Janices weißem Leinenrock. Sie erschien kurz nach mir.

»Guten Morgen, Miss Keate«, sagte Evelyn. »Sonst ist noch niemand heruntergekommen, aber wir können Emmeline schon bitten, uns das Frühstück zu servieren. Wir brauchen nicht zu warten. Hilary und ich sind über Nacht geblieben.«

Sachlich, ruhig, praktisch. Aus ihrem Benehmen hätte man nie darauf geschlossen, dass etwas Ungewöhnliches passiert war. Ihre goldenen Haare waren weich und frisch, ihre Schultern gerade, ihre dunkelblauen Augen klar und kühl, und nur die dunklen Ringe darunter ließen vermuten, dass sie – vielleicht – eine angstvolle Nacht verbracht hatte. Ihre Haltung weckte meine Bewunderung, obwohl sie vermutlich weniger auf Mut zurückging als auf einen Mangel an Temperament, und auf die Fähigkeit, nur die praktischen, materiellen Seiten eines Problems zu sehen. Evelyn würde sich nie mit Zweifeln oder Selbstvorwürfen herumschlagen. Sie befasste sich nur mit dem Zweckmäßigen.

Sie bat Emmeline gerade, das Frühstück zu servieren, und schenkte mir Kaffee ein, als Janice erschien.

»Oh, meine Liebe, ich habe dich nicht so früh erwartet. Setz dich bitte hierher! Ich wollte nicht deinen Platz einnehmen.«

»Nein, nein, bleib doch!« Janice setzte sich müde. »Guten Morgen, Miss Keate. Kommt Adela zum Frühstück, Evelyn?«

»Sie scheint auszuschlafen«, antwortete Evelyn und reichte mir meine Tasse. »Das ist auch gut so! Sie sah schlecht aus. Adela ist nicht mehr so jung wie wir.«

Janice trank eine Tasse Kaffee und sah dann weniger leblos aus. Ihr Gesicht wirkte kalt und gefühllos, wie ihr weißer Rock. Von der Leidenschaftlichkeit in ihrem Brief war nichts zu merken. Auch nicht von ihrer glücklichen Miene von gestern Abend.

»Hast du gut geschlafen?«, fragte Evelyn.

»Nein«, antwortete Janice kurz. »Wo ist Hilary?«

»Er ging nach Hause, um sich zu rasieren und umzuziehen. Er dürfte bald zurück sein. Allen kommt mit. Ich dachte, wir könnten ebenso gut hier frühstücken. Dr. Bouligny wollte hereinschauen und uns von der Voruntersuchung erzählen – wann sie stattfindet und so. Dave schläft auch lange.«

»Ja.«

Schnelle Schritte in der Halle kündigten Hilarys Ankunft an. Er war wie immer tadellos: Das dünne Haar sorgfältig gebürstet, der Schlips sorgfältig gebunden, der helle Anzug wie frisch vom Schneider. Aber die Nacht hatte es nicht gut mit ihm gemeint. Seine Augen waren geschwollen, das ganze Gesicht war heruntergesackt und hatte seine Rosigkeit eingebüßt. Seine Hände zitterten etwas, als er sich setzte und die Kaffeetasse nahm, die ihm Evelyn anbot.

»Guten Morgen, Janice. Miss Keate!«, sagte er. »Es liegt Post für dich in der Halle, Evelyn. Danke. Keine Milch.«

»Wo ist Allen?«, fragte Evelyn.

»Er kommt gleich. Er wollte noch mit dem Sheriff Strove sprechen.«

»So früh?«

Hilary nickte ziemlich grimmig. »Er stand auf dem Rasen und untersuchte die Stelle unter den Fenstern der Bibliothek. Ich weiß nicht, was er dort zu finden hoffte. Fußabdrücke vielleicht. Da kommt Allen! Ich nehme gern noch eine Tasse Kaffee, Evelyn!«

Allen waren die Ereignisse der letzten vierundzwanzig Stunden am wenigsten anzumerken. Aber auch er sah steif und müde aus, wie wenn er nicht geschlafen hätte. Er vermied es, Janice anzusehen.

»Was sagte Strove?«, fragte Hilary.

Allen zuckte mit den Schultern. »Nichts. Aber was glaubst du, was er hat? Ein Fernglas!«

Hilary lachte kurz auf. »Es wird ihm nicht viel nützen. Verdammt gut, dass du mit Dave fischen warst. Kannst du dich erinnern, dass jemand dich gesehen hat? Es würde die Sache erleichtern. Dan und ich werden es bei der gerichtlichen Untersuchung nicht so einfach haben.«

Es lag ein ziemlich verkniffener Zug um Allens Mund. »Ich weiß niemanden. Aber schließlich wird es keiner wagen, die Dinge offen beim Namen zu nennen.«

»Nachher wird auf jeden Fall viel geredet werden. Wir müssen bei der Untersuchung sehr vorsichtig sein.«

»Sie verstehen, Miss Keate«, sagte Evelyn eilig, »wir machen uns Sorgen wegen dem unangenehmen Gerede, das es geben könnte.«

Falls es ihre Absicht war, Hilary zu warnen, dass da ein Außenseiter am Tisch saß, so war es ihr gelungen. Hilary warf mir einen ungnädigen Blick zu und sagte nichts mehr. Das Gespräch versandete, bis Dr. Bouligny erschien. Auch er sah elend aus und nahm bereitwillig die Tasse Kaffee, die Evelyn ihm anbot.

»Meine Haushälterin kann keinen Kaffee kochen«, klagte er. »Ich hoffe, Emmeline wird es ihr mal zeigen. Schläft Adela noch?«

Die gerichtliche Untersuchung sollte am Vormittag sein, stellte sich heraus, und Dr. Bouligny fand es ratsam, die Beerdigung für den nächsten Tag anzusetzen. »Besser so schnell wie möglich«, meinte er offen.

Hilary stimmte ihm zu. »Würdest du, bitte, heute die Telegramme aufgeben, Evelyn?«, fragte er.

»Was ist mit den Jungen, Hilary?«, fragte Evelyn dagegen. Ihre Stimme klang ängstlich. Ich spürte deutlich, dass sie sie bei der Beerdigung nicht dabeihaben wollte.

»Ich – weiß es nicht«, antwortete Hilary. »Ich – was meinst du, Evelyn?«

»Nun – ich glaube nicht, dass sie herkommen müssen. Natürlich kannten sie Bayard. Aber sie sind noch Kinder. Und es würde ihr Leben im Ferienlager unterbrechen. Der Schwimmwettbewerb findet in ein paar Tagen statt.« Es war nicht typisch für Evelyn, nach Ausflüchten zu suchen.

Allen sah sie kurz an. »Ich würde sie nicht herholen. Telegrafiert ihnen, was passiert ist, denn sie werden es ja doch aus der Zeitung erfahren. Sie würden sicher auch nicht kommen wollen.«

»Und bis sie dann hier sind, wird alles vorüber sein. Ich glaube, Allen hat recht, Hilary. Was meinst du?«

»Ja«, stimmte Hilary erleichtert zu. »Ich überlasse alles dir, Evelyn. Also dann, Dan, wenn du den Kaffee ausgetrunken hast – ich muss tausend Dinge erledigen. Vielleicht kommst du einfach in mein Büro mit. Ich fahre in deinem Auto mit. Man wird meines hier brauchen. Sagtest du, die Untersuchung ist um zehn? Jetzt ist es neun. Allen, du nimmst die Damen mit und natürlich Dave. Was ist mit Emmeline und Schwester Sarah? Müssen sie auch dabei sein?«

»Ja, natürlich!«, antwortete Dr. Bouligny. »Es macht Ihnen doch nichts aus, Miss Keate?«

»Nein, überhaupt nicht«, erwiderte ich.

»Ich werde wahrscheinlich nur ein paar Fragen an Sie richten, falls überhaupt«, sagte Dr. Bouligny. »Da ja die Todesursache derartig – eh – klar ist, wollen wir die Sache so kurz wie möglich machen. Evelyn, sag Adela, sie soll keine Angst haben oder nervös sein.«

»Mach dir keine Sorgen um Adela«, meinte Hilary. »Sie wird gelassener sein als wir alle. Auf Adela kann man immer zählen.«

»Bis zehn«, meinte Janice nachdenklich, »haben wir nicht mehr viel Zeit. Am besten kümmere ich mich um den Speisezettel. Du und Hilary und Allen, ihr werdet heute hier essen, nicht wahr? Wir wollen zusammenbleiben für den Fall, dass –« Sie beendete den Satz nicht und stand auf.

An der Tür wandte sich Hilary um. »Vielleicht sehe ich euch vorher nicht mehr. Ich werde im Gerichtsgebäude zu euch stoßen. Ich fahre jetzt mit Dan los. Wir wollen die – die Linie für das Verhör festlegen. Beantwortet nur die gestellten Fragen. Keine freiwilligen Informationen. Passt auf, was ihr sagt.«

»Falls du mich meinst, Hilary«, sagte Janice langsam, »auf mich kannst du zählen. Ich werde euch nicht im Stich lassen. Jedenfalls nicht in der Öffentlichkeit.«

»Na, na, was denn, Janice«, sagte Hilary verwirrt. »So meinte ich es nicht. Ich möchte nur, dass man nichts Unnötiges erzählt – das heißt, keine indiskreten – keine –«

»Du machst alles nur noch schlimmer, Hilary«, sagte Allen kühl. »Geh schon! Wir schaffen es. Komm in den Garten, Janice. Es wird dir guttun. Du auch, Evelyn«, fügte er höflich hinzu. Aber Janice lehnte ab. Sie wollte sich um die Essensvorbereitungen kümmern. Allen erhob sich.

Ich stand auch auf. Hilary und der Arzt waren gegangen. Allen und Evelyn traten in die Halle, und Janice verschwand in der Küche. Ich folgte ihr, weil ich ein Frühstückstablett für Adela herrichten wollte.

Hinter dem Esszimmer lag eine Anrichte, von der aus man durch eine breite Schwingtür in eine Küche mit weißen Vorhängen und glänzend sauberem Fußboden gelangte. Es war ein großer Raum mit moderner Einrichtung, eine Stätte zum Kochen, zum Bereiten großzügiger Mahlzeiten und zur Aufbewahrung riesiger Vorräte. Die Küche war ein ebenso wichtiger Bestandteil des Hauses wie die Bibliothek mit den zerlesenen Büchern. Zeig mir die Küche, die Bücher und den Frisiertisch einer Frau, und ich sage dir, wer sie ist!

Janice stand bei meinem Eintritt mit dem Rücken zu mir und beugte sich über einen Weidenkorb. Es musste der Eierkorb sein, in dem Emmeline den Revolver gefunden hatte.

Durch eine Seitentür kam Emmeline herein. Janice fuhr hoch.

Ihr Gesicht war schneeweiß. »Emmeline«, sagte sie atemlos, »wer war in der Küche? War Jim Strove hier?«

»Was ist los? Reden Sie lauter!«

Janice warf ihr einen resignierten Blick zu und stellte den Eierkorb wieder in den Kühlschrank. »Sie legen diese Eier lieber in einen anderen Behälter.« Sie schloss die Kühlschranktür mit einem Knall, drehte sich um und sah mich.

Es war mir peinlich, den Schrecken auf ihrem weißen Gesicht und das Augenflattern zu sehen. Ich trat schnell auf sie zu. »Ich möchte ein Frühstückstablett für Miss Adela«, sagte ich. »Vielleicht wäre es besser, wenn Sie Emmeline darum bitten. Sie ist an meine Stimme nicht gewöhnt, und ich kann mich nur schlecht verständlich machen. Ihre Schwägerin wird wohl etwas Warmes trinken wollen, wenn sie aufwacht.«

Das gab ihr Zeit, sich zu fassen. Sie brauchte nur ein paar Sekunden. Sie wiederholte meine Bitte bei Emmeline.

»Aha!«, sagte Emmeline. »Dann ist Miss Adela schon zurück!«

7

Sie ging steif zu einem Schrank und holte ein Tablett herunter. »Ich richte es gleich her«, sagte sie. »Sie wird müde sein.«

Ich fand die Sprache wieder. »Was soll das heißen? Ist sie denn weggegangen? Ich dachte, sie schläft noch.«

Offenbar hörte mich Emmeline nicht, obwohl sie mir einen wissenden Blick zuwarf. Auch Janice war überrascht und beunruhigt.

»Was heißt das, Emmeline? Ist Adela nicht in ihrem Zimmer? Sie sagte nichts von einem Spaziergang. Wohin ist sie gegangen?«

Emmeline war wirklich sehr taub. Sie sagte nur: »Die Liste liegt auf dem Tisch, falls Sie die Lebensmittel bestellen wollen, Miss Janice. Was sagen Sie zu Suppenhuhn mit Gurkensalat zum Mittagessen? Und nachher eine Zitronencremetorte?«

Janice wandte sich ziemlich hilflos an mich. »Würden Sie bitte nachsehen, ob Adela in ihrem Zimmer ist, Miss Keate? Ich kann mir nicht vorstellen, was Emmeline meint.« Sie nahm die Bestellliste und überflog sie abwesend. Ich ging zur Tür. Weil mein Kittel in der Schwingtür hängen blieb und ich ihn erst befreien musste, hörte ich Janice deutlich sagen: »Wo ist Miss Adela?«

Emmeline antwortete leise: »Auf dem Friedhof. Was ist mit der Zitronencremetorte?«

»Was heißt das – nein, keine Torte.«

Emmeline verstand sie wohl nicht, denn Janice schrie: »Keine Torte!«

Zögernd ging ich nach oben.

Der Friedhof! Das war ein sehr friedlicher Spaziergang. Aber die Thatchers zeigten ein auffälliges und unübliches Interesse an Friedhöfen. Obgleich im Hinblick auf den Zuwachs in der Familiengruft Adelas Unternehmung vielleicht nicht abwegig war.

Ich klopfte an Adelas Zimmertür. Als sie sich nicht meldete, öffnete ich vorsichtig. Das Bett war leer, Adela nicht da. Pansy erhob sich müde aus ihrer Ecke und watschelte zu mir, schnupperte misstrauisch und keuchte, als hätte sie Asthma. Hundegebell hatte mich geweckt. Es musste Pansy gewesen sein, die Adela zurückgelassen hatte. Sie war also schon seit einiger Zeit weg.

In einer halben Stunde fand die gerichtliche Untersuchung statt. Ich ging die Treppe wieder hinunter und setzte mich vor den Eingang auf einen der Gartenstühle. Es war noch angenehm kühl in der Sonne, obwohl es sicher wieder ein heißer Tag werden würde.

Kein Mensch war zu sehen. Nur die Vögel plusterten sich unter dem Rasensprenger, den jemand aufgedreht hatte. Tod und Mord konnten über dieses Haus kommen, aber seine Gewohnheiten blieben dieselben. Aus dem Haus drang gelegentliches Stimmengemurmel. Dann tauchte Allen mit einem Stoß Telegrammen auf und eilte den Weg zur Straße entlang. Sein kurzes helles Haar leuchtete in der Sonne, er wirkte sehr groß und schlank und jung.

Wie ich so dasaß, hatte ich plötzlich Zeit zu prüfen, was ich für Beweismaterial über den Mord hatte.

Das ist so bei einem Mord, und ich entdeckte es, während ich mich bei den Thatchers aufhielt: Jeder wird zum Jäger. Ich konnte nicht umhin, selbst nach dem Mörder Ausschau zu halten. Es handelt sich nicht darum, dass man in anderer Leute Angelegenheiten herumschnüffeln will. Vielmehr ist es so, als wäre ein Tiger ausgebrochen. Es ist eine Frage der Selbsterhaltung. Der Tiger muss gefangen werden, ehe er jemand frisst. Es gab drei wesentliche Punkte bei der ganzen Geschichte. Zunächst die Frage, ob alle – Adela und Hilary und Evelyn und Janice, ja, sogar Higby – die Wahrheit sagten. Wenn ja, hatte Evelyn Bayard noch lebend verlassen. Emmeline hatte seine Leiche entdeckt, und nur Janice und Emmeline waren in der kurzen Zwischenzeit im Haus gewesen. Außer dem sehr fragwürdigen Einbrecher natürlich.

Falls sie jedoch nicht die Wahrheit sagten, war die Frage nach der Person des Mörders immer noch auf den engsten Familienkreis beschränkt, also auf Adela, Hilary, Evelyn, Janice und Emmeline. Und natürlich Higby. Kein anderer kam in Frage.

Außer – und das war eine dritte Überlegung – außer, wenn Higby und Emmeline beide aus demselben Grund logen und jemand zur Hintertür hereingekommen war, den ich nicht gesehen hatte. Ich wusste, dass Emmeline, Higby und ich zusammen das ganze Haus im Auge gehabt hatten und keiner von uns den Eindringling übersehen haben konnte. Viel, so schien mir, hing von der Ehrlichkeit ihrer Aussagen ab.

Nicht zu vergessen Bayards Verletzung. Er hatte diesen ersten Anschlag ganz richtig eingeschätzt gehabt, und ich warf mir selbst vor, dass ich so nachlässig über seine Argumente hinweggegangen war. Immerhin hatte ich ihn gebeten, sich in Sicherheit zu bringen. Und noch am selben Nachmittag war er getötet worden.

Ziemlich sicher wusste die Familie, wer den ersten Schuss auf Bayard abgegeben hatte. Es war nicht anzunehmen, dass zwei verschiedene Personen die Absicht gehabt hatten, ihn zu beseitigen. Wenn ich herausfinden könnte, wer beim ersten Mal …

nein, das würden sie nie verraten. Kein Thatcher würde das tun.

Dann schien mir noch etwas anderes bedeutungsvoll zu sein. Warum hatte ich – an so einem stillen Nachmittag – keinen Schuss gehört? Warum hatte Bayard die Augen zu? Wer wollte in jener Nacht in sein Zimmer eindringen? Warum war Blut auf dem Teppich im Arbeitszimmer? Konnte es trotzdem ein Dieb gewesen sein? Wenn nicht, wo waren die Diamanten?

Und da waren Janice und der Revolver im Eierkorb. Janice, die fünf bis zehn Minuten mit Bayard allein gewesen war, unmittelbar bevor der Mord entdeckt wurde. Janice und der geheimnisvolle Brief! Hatte er vielleicht mit dem Mord zu tun? Ich musste einen Weg finden, ihr den Brief zurückzugeben.

Heute scheint es mir unglaublich, dass ich von Anfang an den Schlüssel zu dem Puzzle in den Händen hielt und es nicht merkte. Dass ich die Bedeutung eines ganz bestimmten Vorfalls nicht begriff. Dabei war alles so einfach, so schrecklich einfach, wenn man erst den Ansatzpunkt hatte. Man musste ihn nur als solchen erkennen.

Als ich schließlich in Adelas Zimmer hinaufging, war ich ein wenig erstaunt, weil sie dort war und sich mit Janice unterhielt. Sie war ganz in Weiß und sah müde aus, streng, mit ihrer goldgeränderten Brille, den weißen Handschuhen und dem Spitzentaschentuch in der Hand. Sie mahnte, es sei Zeit, mich fertig zu machen.

»Fuhr Evelyn nach Hause?«, fragte sie Janice.

»Sie wollte sich nur umziehen. Sie wird gleich zurück sein.«

»Also, machen Sie sich lieber bereit, Miss Keate! Allen will uns alle im großen Wagen mitnehmen. Wir werden Hilary im Gerichtsgebäude treffen. Keine angenehme Sache.«

Wie gut erinnere ich mich noch an Adelas überlegene, elegante Stimme, als sie »Keine angenehme Sache« sagte. Es war wirklich eine merkwürdige Untersuchung, obwohl eigentlich nicht viel passierte. Dr. Bouligny führte den Vorsitz. Alles zusammen dauerte kaum eine halbe Stunde.

Sie fand im alten Gerichtsgebäude der Grafschaft statt. Die Hauptstraße des Ortes war voll, wie am Markttag. Offenbar waren alle Farmer aus der Umgebung da, um über die Neuigkeiten zu reden und der Sitzung beizuwohnen. Sicherlich fühlten sie sich ein wenig um die Schau betrogen, weil alles so schnell geschah. Erst viel später begriff ich, was in Wahrheit hinter jenen sorgfältig abgewogenen Fragen und vorsichtigen, zurückhaltenden Antworten steckte.

Im Grund war ich schockiert über den Telegrammstil, in dem Dr. Bouligny und Hilary die Sache abwickelten. Sie machten es so geschickt, dass sie mich beinahe überzeugten – wenn ich nicht gewusst hätte, was ich wusste. Die Jury verließ nicht einmal den Raum zur Urteilsfindung. Sie entschied, dass Bayard Thatcher von unbekannter Hand getötet worden war. Viel Wesens wurde um den Verlust der Thatcher-Diamanten gemacht, über die alle Anwesenden Bescheid zu wissen schienen. Nur einmal drohte das sorgfältig errichtete Gebäude aus Vermutungen einzustürzen, als ein Mitglied der Jury – ein Farmer mit wettergegerbtem Gesicht – zögernd fragte, ob Bayard Thatcher nicht einen Tag vor seinem Tod einen Schuss in die Schulter bekommen habe.

»Diese Frage«, sagte Dr. Bouligny sehr bestimmt, »ist unerheblich. Auf jeden Fall«, fügte er schnell hinzu, da der Mann einen Einwand machen zu wollen schien, »stimmt es. Das ist kein Geheimnis. Er putzte seinen Revolver, und zufällig löste sich ein Schuss. Ich selbst habe ihn verarztet, ich weiß genau, wie es geschehen ist. Es hat überhaupt nichts damit zu tun, dass er gestern von einem Dieb umgebracht wurde. Higby, jetzt sind Sie als Zeuge aufgerufen.«

Und Higbys Aussage, unter Dr. Boulignys geschickter Führung, unterstrich die Tatsache, dass der Rasenmäher sehr laut sei, er am späten Nachmittag ziemlich weit weg vom Haus gemäht habe und beim Hin- und Hergehen auf dem Rasen öfters den Bibliotheksfenstern den Rücken zukehrte.

»Aber nicht so oft, dass jemand über den Rasen durch die Fenster ins Haus hätte gelangen können, ohne dass ich ihn gesehen hätte«, murmelte Higby störrisch. Was er meinte, war deutlich. Aber Dr. Bouligny winkte schnell ab und schickte ihn auf seinen Platz zurück. Neben mir fuhr sich Adela mit ihrem prächtigen Spitzentaschentuch über die bläulichen Lippen.

Meine Aussage war ebenso kurz. Als ich nach der Beantwortung einiger sehr allgemeiner Fragen mit Dank entlassen wurde, sah ich, wie Hilary Dr. Bouligny einen erleichterten und heimlich triumphierenden Blick zuwarf.

Wie gesagt, das Urteil war sehr prompt. Auf dem Heimweg überlegte ich, dass zumindest kein Mitglied der Familie offen des Mordes angeklagt worden war. Zweifellos würde es Gerede geben, aber wenigstens war die gerichtliche Untersuchung überstanden. Ich dachte an Adelas verzweifelten Ausruf: »Was werden die Leute sagen?«

Der Sheriff begleitete uns, und ich hörte Adela eine Beschreibung der verschwundenen Diamanten geben.

»Ein Ring mit einem einkarätigen Diamanten, einem Saphir und zwei Perlen.«

Jim Strove schrieb es in sein Notizbuch.

»Zwei Karat, in einen Ring gefasst in Form von gefalteten Händen. Eine Halskette mit elf Diamanten. Eine Diamantbrosche mit sechsundzwanzig – oh, Sie müssen sie kennen, Mr. Strove! Meine Mutter hat sie hundertmal getragen.«

»Sicher, Miss Adela. Aber ich muss eine genaue Beschreibung durchgeben. Haben Sie keine Unterlagen darüber? Vom Juwelier –«

»Ja, ja. Also –«

Und so ging es weiter, Symbole einer Zeit, als man erst dann eine feine Familie war, wenn man eine Menge Land, Silber und Diamanten angehäuft hatte. Die Sammlung war nicht sensationell und keines der Stücke besonders wertvoll, trotzdem alles in allem nicht zu verachten.

Als ich hinaufging, um wieder meine Tracht anzuziehen, stieß ich auf Florrie, die mein Bett bezog.

»Macht es Ihnen etwas aus, Ma'am«, fragte sie, »wenn ich schnell noch fertig mache?« Ich verneinte. »Ich bin heute Morgen spät dran. Wahrscheinlich bin ich zu nervös. Ich habe ständig das Gefühl, dass mich jemand von hinten angreifen will.«

»Unsinn. Nicht am helllichten Tag.«

Sie warf mir einen langen Blick zu. »Gestern ist es auch am Tag geschehen«, sagte sie und schüttelte ein Kissen aus.

Das stimmte allerdings.

»Und es kann wieder passieren.«

»Unsinn«, wiederholte ich. Und weil ich eigentlich ihrer Meinung war, fuhr ich brüsk fort: »Gar nichts wird geschehen! Sie sind ein wenig nervös, das ist alles.«

»Wer würde das nicht sein?«, fragte sie grimmig. »Ein Mann über den Haufen geschossen – im eigenen Haus! Denken Sie an meine Worte, Ma'am, dabei wird es nicht bleiben! Wissen Sie«, fügte sie hinzu und ließ das Kissen los, »ich bin eine siebte Tochter. Ich habe Gesichte.«

»Sie haben Gesichte! Was um Himmels willen –«

»Ich meine, ich sehe Dinge voraus. Ich habe das zweite Gesicht. Das heißt, manchmal. Und jetzt sehe ich Schwierigkeiten voraus.« Ihre Ernsthaftigkeit war sehr überzeugend und beängstigend.

»Das ist doch unmöglich!«

Ihr flaches Gesicht war ruhig, fast wie in Trance. »So? Warum spüre ich dann den Tod im Haus? Warum wusste es meine Mutter gestern schon, bevor wir es wussten? Warum sagte sie zu mir: ›Florrie, geh nicht zu den Thatchers. Dort gibt es Schwierigkeiten!‹«

»Hören Sie auf, so zu reden, Florrie. Oder ich muss es Miss Thatcher sagen. Sie sind hysterisch und lassen Ihrer Phantasie die Zügel schießen. Hören Sie sofort auf!«

Das berührte sie keineswegs. Ihr starrer Blick änderte sich nicht. »Es wird was passieren«, sagte sie und zog das Laken gerade. »Sie werden es sehen. Ich habe Angst. Ich habe Angst, wo der Tod das nächste Mal zuschlagen wird.«

»Jetzt reicht es!«, sagte ich scharf.

»Schon gut, Ma'am. Meine Mutter hat mich gewarnt. Sie hat mehr Erfahrung und sagt, ich soll mich in Acht nehmen, dass ich nicht im Schlaf ermordet werde.«

»Ermordet –«

Das Mädchen nickte. »Im Schlaf! Bei Vollmond! Und es wird etwas aus einer Schachtel sein. Ich schließe meine Tür bei Vollmond immer ab. Aber bis jetzt fehlte immer das dritte.«

»Das – dritte –«

»Ja. Wenn alle drei Dinge zusammentreffen, muss ich mich vorsehen. Oder ich werde im Schlaf ermordet. Die Schwierigkeiten entstehen durch Nummer drei, und das ist –«, sie zog kräftig die Steppdecke glatt, »eine rothaarige Frau. Und Sie haben doch rotes Haar, oder nicht, Ma'am?«

»Florrie! Sie sind verrückt! Was soll das heißen? Glauben Sie etwa, dass ich Sie ermorden werde?«

»Das habe ich nicht behauptet. Aber Sie haben rotes Haar!«

»Es ist kastanienbraun. Und wenn Sie so weiterreden, mein Kind –«

»Ich finde, es ist rot. Und meine Mutter hat noch nie unrecht gehabt. Welche Seife wollen Sie, Ma'am?«

»Wahrscheinlich hat Ihre Mutter Ihren Äußerungen entnommen, dass Mr. Bayard durch eine Revolverkugel verletzt wurde und ich ihn pflegen kam«, widersprach ich und hätte nicht sagen können, warum ich den absurden Fall jetzt klären wollte. »Natürlich sah sie da Schwierigkeiten voraus.«

»Hm!« Florrie warf mir noch einen langen kritischen Blick zu: »Hm. Also wussten Sie auch, dass es kein Unfall war.«

8

Nach einer Weile fragte ich: »Was meinen Sie damit?«

»Was ich damit meine?« wiederholte sie zornig. »Ich habe Augen im Kopf! Und Ohren! Wenn Sie gehört hätten, was ich hörte –« Sie sah nervös zur Tür. »Ich hörte sie streiten, Bayard und Allen Carick. Sie standen direkt vor dem Küchenfenster, auf dem Weg. Ich trocknete ab und hörte Allen Carick sagen: ›Dafür werde ich dich umbringen!‹ Bayard lachte. Und in derselben Nacht wurde er angeschossen. Zufällig!«

»Aber – schoss denn Allen Carick auf ihn?«

Misstrauisch runzelte sie die Stirn und schien zu überlegen, ob ich sie hereinlegen wollte. Sie hatte farblose Brauen und hellgrüne Augen und ein breites, einfaches Gesicht. Ihre absurden plumpen Verdächtigungen passten schlecht zu ihrem adretten grünen Kleid.

»Ich weiß es nicht«, meinte sie. »Aber, wer sonst? Und seine Drohungen? Bayard und Dave klebten zusammen wie die Kletten. Das heißt, die meiste Zeit. Ab und zu hatten sie auch Streit. Die Thatchers sind eben so. Als Außenstehender konnte man denken, dass es noch nie eine so nette Familie gab. Es stimmt nicht, wenn man sie näher kennt.«

»So dürfen Sie nicht sprechen, Florrie!«

»Sie werden es nicht weitersagen«, meinte sie leichthin. »Ich bin nervös. Ich kann mich einfach nicht beruhigen. Es liegt an Ihrem roten Haar, Ma'am! Und, dass ich im Haus war, als der Mord geschah.« Ihre grünen Augen blickten wieder seltsam, wie in Trance. »Ich glaube, es wäre besser, Ma'am, wenn Sie abreisten.«

Das fand ich auch, allerdings nicht aus demselben Grund. »Warum gehen Sie denn nicht, wenn Sie solche Angst haben?«, sie zuckte mit ihren breiten Schultern. »Es ist eine gute Stelle. Und ich verriegle nachts die Tür.«

Mir gefiel nicht, wie sie mich ansah. »Mein Paket aus der Klinik ist noch nicht da«, sagte ich ausweichend. »Ich muss wohl nochmal anrufen.« Ich ging zur Tür.

»In Miss Adelas Zimmer ist ein Telefon«, rief Florrie mir nach.

»Ja – gut. Oder ich gehe in das Zimmer neben der Bibliothek.«

»Bitte nicht, Ma'am. Das ist Daves Zimmer, ich meine Mr. Daves Zimmer. Wissen Sie, wir gingen zusammen zur Volksschule, und ich kann mich nicht daran gewöhnen, Mister zu sagen, wie es Miss Adela wünscht.«

»Warum soll ich nicht sein Telefon benützen? Es ist doch nicht etwa kaputt?«

»Wir betreten Mr. Daves Zimmer nie. Es ist sein Arbeitszimmer, er schreibt, Gedichte oder so was. Wenigstens behauptete das jeder. Ich persönlich habe nie eine Zeile gesehen. Aber niemand geht rein. Meist ist abgeschlossen.«

»Gestern Nachmittag war nicht abgeschlossen.«

»Wahrscheinlich vergaß er es. Wir dürfen ihn nie stören. Nicht mal zum Staubwischen. Miss Adela sagt, eines Tages werden wir stolz auf ihn sein. Das finde ich dumm. Denken Sie an die vielen Bücher, die es schon gibt. Aber seit er das schalldichte Zeug an den Wänden und in der Tür hat, hat Miss Adela wenigstens keine Angst mehr, wir könnten ihn stören.«

Im Nu war ich bei ihr und packte sie bei den Schultern. »Was haben Sie da gesagt? Was heißt das?«

Sie starrte mich wie eine erschreckte Katze an. »Fassen Sie mich nicht an!«, schrie sie. »Bleiben Sie mir vom Leib! Ich kann mich selbst schützen, jawohl! Kommen Sie mir nicht zu nahe!«

»Um Himmels willen! Ich will Ihnen nichts tun! Seien Sie nicht blöde. Was meinten Sie, wo ist es schalldicht? In Daves Arbeitszimmer?«

Meine Fragen verwirrten sie. Sie wich vor mir zurück. »Dave ließ es machen. Wenn man drin ist und die Tür zu ist, könnte man ebenso gut hundert Meilen weg sein. Man hört nichts. Aber kneifen Sie mich nicht mehr so, Ma'am! Das mag ich nicht! Nicht wenn jemand so rote Haare hat wie Sie und meine Mutter mich gewarnt hat.«

»Sie sind komplett verrückt, verschwinden Sie, sonst passiert was!«

Eine unglückliche Wortwahl. Florrie wurde grünlich, raffte die Leintücher zusammen, verschwand türenschlagend und überließ mich dem Sturm meiner widersprüchlichen Gefühle. Ich war über meine Entdeckung höchst beunruhigt. Ein schalldichtes Zimmer! Das erklärte, warum ich den Schuss nicht gehört hatte. Und es erklärte das Blut auf dem Teppich. Bayard Thatcher war in Wirklichkeit in dem kleinen Zimmer ermordet worden. Davon war ich völlig überzeugt!

Seiner Wunde nach zu schließen, konnte er auf keinen Fall noch in die Bibliothek gegangen sein, wo man ihn fand. Wer hatte ihn hinübergeschafft? Und warum? Wer hatte ihm die Augen geschlossen?

Dave war mit Allen Carick den ganzen Nachmittag fischen. Mit Allen Carick! Warum hatten Allen Carick und Bayard so erbittert gestritten, dass Allen drohte, Bayard umzubringen? Hatte Allen es tatsächlich getan? Wer hatte es das erste Mal versucht?

Und dann Janice – Janice mit dem stillen Gesicht und den unergründlichen Augen. Hatte sie Bayard Thatcher in dem kleinen Zimmer erschossen, dann die Tür geöffnet und die Leiche in die Bibliothek gezogen?

Ich versuchte, diesen hässlichen Gedanken abzuschütteln. Da fiel mir ihr Brief ein. Ich musste eine Gelegenheit finden, ihn zurückzugeben. Aber ich konnte nicht einfach zu ihr hingehen und sagen: »Da ist Ihr Brief. Ich fand ihn und las ihn.«

Der Nachmittag war lang und warm, und außer dem Hin und Her wegen einiger Besucher und Boten geschah wenig. Adela ruhte eine Weile, obwohl sie herunterkam, als Dr. Lyman um vier erschien. Ich saß mit Evelyn und Janice im kleinen Morgenzimmer und half ihnen beim Organisieren der Trauerfeier, bei den Anrufen und Telegrammen und eine Menge Beileidsbesuche zu empfangen.

Um sechs kam Mrs. Whiting, die tat, als sei sie eine intime Freundin des Hauses. Sie redete ohne Unterlass und dazu ziemlich taktlos. Als sie erzählte, wie schön ihr Mann Bayard für die Beerdigung zurechtmache, erhob sich Janice bleich und fragte mich plötzlich, ob ich einen kleinen Spaziergang machen wolle. Ich willigte sofort ein.

»Eine schreckliche Frau«, sagte Janice in der Halle. »Es tut mir ja leid, Evelyn mit ihr allein zu lassen, aber ich kann ihr einfach nicht zuhören. Gehen wir in den Garten! Oh«, sie hielt den Atem an, »ich habe dich nicht gesehen, Allen.«

Allen erhob sich aus seinem Sessel und trat auf uns zu. »Ich begleite euch, wenn es euch nichts ausmacht.«

Ich spürte, wie Janice und Allen sich große Mühe gaben, beiläufige Konversation zu machen. Ich empfand Mitleid mit den beiden. Die hübsche Janice, deren Gesicht jetzt strahlte, und der zurückhaltende Allen, der so bewusst ruhig war und sie mit lebhaften blauen Augen leidenschaftlich ansah. Die Gefühle zwischen ihnen waren spürbar wie etwas Lebendiges, aber sie zeigten sich nur einmal ganz offen, als wir zu den Rosen unter dem Balkon kamen. Janice blieb vor einem der üppig blühenden Büsche stehen, bückte sich graziös und pflückte eine große Rose, die sie an ihre zarte Wange hielt. Wahrscheinlich war ihr nicht bewusst, welchen Eindruck diese kleine Geste auf Allen machte, der sie beobachtete. Sie wusste bestimmt nicht, wie schön sie aussah mit dem Sonnenlicht auf dem Haar und ihrer schlanken Figur in dem dünnen grünen Kleid.

Wir starrten sie beide bewundernd an, bis Allen es nicht mehr aushielt. Er nahm ihre Hand mit der Rose und sah ihr ins Gesicht. Dann ließ er sie plötzlich los, wandte sich ganz bleich ab und sagte atemlos: »Wie schön die Rosen unter dem Balkon sind.«

»Ja«, sagte Janice. »Sie sind herrlich!«

Die Rosen unter dem Balkon – den Rest des Spaziergangs konnte ich nicht mehr genießen. Meine Gedanken beschäftigten sich mit der Erinnerung an einen Schatten auf dem Balkon. Eine zufällige Bemerkung von Janice rüttelte mich auf. »Ich muss Tante Ellas Adresse finden, damit ich den Brief abschicken kann. Sie ist oben in meinem Schreibtisch, aber wenn ich durch die Halle gehe, wird sich Pearl Whiting auf mich stürzen. Die arme Evelyn – ich hätte sie nicht allein lassen sollen.«

»Ach, Evelyn kann sich schon wehren«, meinte ihr Bruder gleichgültig.

Da fiel mir der Brief ein. Vielleicht konnte ich in Janices Zimmer schlüpfen und ihn auf den Schreibtisch legen, wo sie ihn unfehlbar finden musste. Sie würde die Adresse ihrer Tante sofort suchen, wenn sie die Abendpost noch erwischen wollte, also war das Risiko gering, dass er in andere Hände geriet. Ohne auf Janices Druck auf meinen Arm und die stumme Bitte in ihren Augen zu achten, ließ ich die beiden im Garten zurück und lief über den Rasen ins Haus. Aus dem kleinen Morgenzimmer drang Mrs. Whitings Redegeplätscher. Hilary kam kurz aus der Bibliothek, warf mir einen – wie mir schien, grundlos – verärgerten Blick zu und verschwand wieder darin. Oben war niemand. Der Brief lag noch in seinem Versteck – in meiner Instrumententasche. Ich lief damit auf den Flur. Florrie, jetzt in Schwarz und Häubchen, kam mit einem Stoß Handtücher über dem Arm aus einem Zimmer. Ich achtete nicht auf die wenig schmeichelhafte Geste, mit der sie sie sich wie ein Schild vor die Brust hielt. – »Wo ist Miss Janices Zimmer?«

»Ostseite vorn. Zweite Tür vor dem Fenster.« Florrie verschwand kurz angebunden hinter einer Tür.

Langsam und in Gedanken ging ich zur Vorderseite des Flurs, an der Tür meines ehemaligen Patienten vorbei, an der Treppe und dem langen Spiegel. Es war also Janice gewesen, die mich beobachtet hatte. Janice musste in jener seltsamen Nacht versucht haben, in Bayards Zimmer zu gelangen.

Nun, ich wollte ja nur den Brief zurückgeben.

Vorsichtig und mit Schuldgefühlen wegen meines gutgemeinten Betrugs öffnete ich die Tür. Bei einem Blick in den Flur zurück sah ich gerade noch ein weißes Häubchen um eine Ecke verschwinden.

Das Zimmer war hübsch, groß und kühl und wirkte in seiner Schlichtheit etwas spartanisch. Auf dem Schreibtisch stand ein großer Strauß dunkelroter Rosen in einer grauweißen Keramikvase. Ich schob den Brief darunter, damit er nicht weggeweht werden konnte, und ging wieder hinaus.

In meinem Zimmer ließ ich die Tür weit offen, um Janice vorbeikommen zu hören. Dann konnte ich sicher sein, dass der Brief wieder in ihren Händen war.

Aber zunächst huschte Florrie vorbei. Mit einem unguten Gefühl überlegte ich, was ich tun sollte. Wenn sie den Brief fand und las ... Ich wollte ihr schon folgen, um ihn notfalls an mich zu nehmen, als ich Janices Schritte hörte. Als sie verklungen waren, trat ich auf den Flur und ging ihr zögernd nach. Da sagte jemand laut: »Legen Sie ihn sofort hin! Das werden Sie bereuen, Florrie!« Es war Janice.

»Ich habe kein Wort gelesen!«, beteuerte Florrie. »Ich wusste nicht – er lag da! Ich –«

»Sie können gehen!«

Um nicht mit Florrie zusammenzustoßen, zog ich mich hastig in Adelas Zimmer zurück, dessen Tür einladend hinter mir offen stand. Unglücklicherweise nahm Florrie den gleichen Weg, und ich musste mich ins Bad flüchten, wo ich mich auf den Wannenrand setzte und sie nebenan rumoren hörte. Ich war so in Gedanken versunken, dass ich nicht hörte, wie sie hinausging. Mit Schrecken bemerkte ich plötzlich, dass jemand anders ins Zimmer getreten war und die Tür zum Flur laut geschlossen wurde.

»... und bring ihn weg, bevor man herausfindet, dass er Bayard erschossen hat!«, sagte jemand.

9

Es war Evelyns Stimme. Ich setzte mich wieder auf den Wannenrand.

Niemand gab Antwort. Es entstand ein Geräusch, als ob sich jemand in einen Sessel setzte, und ich hörte, wie ein Rollo heruntergezogen wurde. Dann sprach ein Mann – es war Hilary. »Was meinst du, Adela?«

Adela, Evelyn und Hilary – eine geheime Familienkonferenz, und ich hockte da und hörte jedes Wort. Ich wollte mich gerade bemerkbar machen, da erklärte Adela: »Die Krankenschwester ist eine Gefahr für uns.«

»Stimmt. Wenn wir sie zum Schweigen bringen könnten – wir hätten sie nie engagieren dürfen!«

»Das weiß ich jetzt auch«, antwortete Adela, »aber zuerst hielt ich es für das Beste. Ich dachte, sie würde eine Art Schutz für ihn sein. Bayard weigerte sich abzureisen. Und ich konnte ihn schließlich nach dem Vorfall nicht einfach wegschicken, krank wie er war.«

»Ich kann sie nicht leiden«, stellte Hilary verdrossen fest. »Sie macht mich nervös. Immer ist sie dort, wo man sie nicht vermutet.«

Was hätte er wohl erst gesagt, wenn er gewusst hätte, wo ich in diesem Augenblick steckte.

Ziemlich verärgert fuhr er fort: »Warum hast du sie nicht gleich nach dem Mord weggeschickt? Ich verstehe dich nicht, Adela! Sie lebt mitten unter uns und sieht alles. Wie lange können wir ihr wohl noch vormachen, dass er von einem Einbrecher erschossen wurde?«

»Er ist doch von einem Einbrecher erschossen worden«, beharrte Adela dickköpfig. »Und bedenke, Hilary, wie verrückt es wäre, sie mit Zweifeln gehen zu lassen. Ich kann sie ihr ansehen. Wie gestern Nachmittag unten in der Bibliothek. Wir müssen sie im Auge behalten.«

»Bis in alle Ewigkeit?«, fragte Hilary unhöflich.

»Sprich nicht so, Hilary!«, sagte Evelyn scharf. »Adela hat ganz recht. Du kannst mit dem Sheriff fertig werden und Adela mit Dan Bouligny, und wir alle können die Gerüchte zerstreuen. Aber diese Schwester Sarah ist ein Problem, eine Gefahr. Was sollen wir tun? Natürlich können wir sie nicht ewig hier behalten. Ständig sagt sie, sie müsse abreisen. Ich glaube, sie hat einen Verdacht. Du solltest dir was ausdenken, Adela, wie du sie beschäftigen kannst.«

»Begreifst du denn nicht, Hilary«, erklärte Adela. »Wenn wir sie davon überzeugen können, dass es ein Einbrecher war – irgendjemand, der nicht zur Familie gehört –, haben wir nichts mehr zu befürchten. Wenn wir sie davon überzeugen, dann haben wir praktisch die ganze Welt überzeugt.«

»Es wird nicht leicht sein«, sagte Hilary. »Sie hat unerhört scharfe Augen! Aber vielleicht hast du recht. Es gefällt mir nicht, wie sie mich heute Morgen angesehen hat. Ist euch klar, dass wir keine Sorgen hätten, wenn sie nicht den ganzen Nachmittag in jener verdammten Laube gesessen hätte? Niemand hätte gewusst, dass ich hier gewesen bin. Oder Evelyn. Dann hätte der Dieb zum Vordereingang hereinkommen können. Diese verdammte Schwester hat alles durcheinandergebracht! Ich warte nur darauf, dass jemand behauptet, ich hätte ihn getötet, weil alle Welt weiß, dass wir uns nie leiden konnten.« Nach einer Pause sagte Adela leise: »Hilary – du hast dich doch mit Bayard nicht über etwas Besonderes gestritten, oder doch?«

»Nein!«, explodierte er. »Mein Gott – nein! Was soll das heißen, Adela?«

»Gar nichts, Hilary. Ich möchte nur sicher sein, dass ihr keinen Krach hattet. Selbst wenn alle Leute wissen, dass ihr keine Freunde wart, so kann man dennoch nichts Konkretes behaupten. Es gibt keinen besonderen Grund, warum du – warum du –«

»Warum ich ihn erschossen haben sollte, wolltest du wohl sagen, Adela«, stieß Hilary hervor.

Evelyn murmelte warnend: »Hilary – bitte, sei vernünftig!« Hilary fuhr fort: »Also, ich sage es nochmal, Adela: Ich habe ihn nicht erschossen! Ich habe ihn immer gehasst, und du weißt warum. Und er hasste mich. Aber ich habe ihn nicht erschossen!«

»Vorsicht, Hilary, dein Gesicht ist sehr rot! Denk an deinen Blutdruck!«, warnte Adela kühl.

»Ich pfeif auf meinen Blutdruck!«, schrie Hilary. »Glaubt ihr, ich lasse mich von euch des Mordes beschuldigen? Es gibt Grenzen, Adela –«

»Hilary!«, unterbrach Evelyn ihn scharf. »Du vergisst dich! Adela ist deine beste Freundin, das weißt du. Und auf jeden Fall war es – sicherlich ein Dieb. Denk an die Diamanten!«

»Die Diamanten! Ja, wo sind sie? Das ist ein weiterer Punkt, den ich nicht verstehe! Dave behauptet, er wisse nichts davon. Sie waren ganz sicher weg, als Adela den Safe nach dem Mord öffnete. Sie waren sehr viel wert. Wir müssen sie unbedingt wiederfinden!«

»Meiner Meinung nach ist das Verschwinden der Diamanten der einzige Hoffnungsstrahl bei der ganzen Sache. Ich will nicht wissen, was passiert ist. Die Schwester stand dabei und hat mit eigenen Augen gesehen, dass sie nicht da waren. Ich finde wie Adela, dass das den Preis wert ist.«

»Ihr Frauen seid verrückt«, sagte Hilary entmutigt. »Manchmal glaube ich, ich bin es auch. Einerseits besteht ihr darauf, dass es ein Dieb war, dass er die Diamanten stahl und dass ihr froh darüber seid. Im nächsten Atemzug beschuldigt ihr mich praktisch, Bayard getötet zu haben, und dann –«

»Hilary!« Adela sprach leiser als sonst und unaffektierter. »Hilary, worüber hast du gestern Nachmittag mit Bayard gesprochen?«

»Also, ich – das heißt, wir – wir sprachen über – ich weiß es nicht mehr genau.« Er räusperte sich. »Warum möchtest du das wissen, Adela?«

»Weil genau das die Leute auch wissen wollen! Bist du ganz sicher, Hilary, dass du –«. Sie schwieg kurz. »Dass du überhaupt mit ihm gesprochen hast?«

Ich hörte, wie er aufsprang. »Was soll das heißen, Adela? Ich schwöre, ich habe ihn nicht getötet! Ich hatte keinen Grund dazu. Du – du machst mich ganz verrückt!« Seine Stimme zitterte vor Wut und – wie mir schien – Angst.

»Bist du sicher, dass du keinen Grund hattest?«, fragte sie. »Adela, was soll das! Du redest, als ob ich ins Haus geschlichen wäre und ihn erschossen hätte, bevor er noch um Hilfe schreien oder sich verteidigen konnte. Aber ich tat es nicht! Ich sage dir, ich tat es nicht!« Seine hohe Stimme klang hysterisch.

»Du solltest dich besser in der Gewalt haben, Hilary!« Evelyn sprach mit der enervierenden Herablassung einer lang verheirateten Ehefrau. »Dich wird der Schlag treffen, wenn du so weitermachst. Sieh dich doch an! Adela hat dich nicht beschuldigt. Sie wollte nur wissen, worüber ihr gesprochen habt. Ganz einfach!«

»Was hat er am Telefon zu dir gesagt, Adela?«, fragte Hilary.

»Nicht viel. Nur ja und in Ordnung. Du hast kein Wort mit ihm gesprochen, Evelyn, als du Hilary abholtest?«

»Nein!«, sagte Evelyn mit Bestimmtheit.

»Hörte er dich nicht hereinkommen?«

»Nein. Als ich sah, dass Hilary schon weg war, hielt ich mich nicht lange auf.«

»Evelyn«, schrie Adela plötzlich und schien ihre guten Manieren zu vergessen, »warum sagst du mir nicht die Wahrheit? Du und Hilary verbergt mir etwas! Ich weiß es! Wir können nur davonkommen, wenn ihr mir sagt ... wenn du was gesehen hast, wenn du was weißt ...«

»Wir verbergen nichts, Adela!«, erklärte Evelyn. »Du bist nervös. Du –«

»Unsinn!« Adela war so wütend, wie ich es ihr nie zugetraut hätte. »Ihr behandelt mich wie eine alte Frau. Und es ist mein Haus! Und meine Familie! Und ich muss es wissen.«

»Hol ihr ein Glas Wasser, Evelyn!«, bat Hilary. »Schon gut, Adela –«

Evelyn musste jeden Augenblick ins Badezimmer kommen! Meine Augen irrten durch den kleinen Raum. Sogar eine Fliege hätte Schwierigkeiten gehabt, sich zu verstecken, geschweige denn eine Frau von so beachtlichen Maßen wie ich. Selbst die Dusche war mit durchsichtigem Glas verkleidet. Und die Tür begann sich schon zu öffnen. Im kritischen Augenblick sagte Hilary drüben plötzlich: »Nein, Evelyn, hier ist Sherry. Das ist besser. Da, Adela, trink! Du solltest dein Herz nicht so überanstrengen.«

Die Tür glitt zu. Mein Herz klopfte so stark, dass ich nicht sofort wieder hören konnte, was drüben gesprochen wurde.

»... ganz nervös und aufgeregt, kein Wunder«, sagte Hilary, als ich meine Sinne wieder beisammen hatte. »Wir wissen verdammt gut, dass einer von der Familie ihn getötet hat. Diese Gewissheit ist nicht so angenehm. Schließlich sind wir nicht viele. Das Gerede führt uns nicht weiter. Wir müssen dafür sorgen, dass David von hier verschwindet, bevor die Schwester was merkt.«

»Was hast du mit ihr vor?«, fragte Evelyn. »Fühlst du dich besser, Adela?«

»Ich bin überhaupt nicht krank«, meinte Adela kühl. »Und ich will nicht, dass Dave gerade jetzt wegfährt. Es geht ihm nicht gut, und ich glaube, er ist über Bayards Tod sehr deprimiert. Und um die Schwester kümmere ich mich schon!«

»Es wird nicht leicht sein«, meinte Hilary nachdenklich. »Ich frage mich, ob Bayard ihr etwas erzählt hat. Ob sie weiß, wer auf ihn geschossen hat?«

»Sie hat so einen wissenden Ausdruck«, meinte Evelyn. »Beim Frühstück hast du dich sehr offen über die Untersuchung ausgelassen!«

»Aber wir haben ihn nicht erwähnt.«

»Ich war nicht dabei«, sagte Adela. »Worum ging es?«

»Um gar nichts«, brauste Hilary auf.

»Sie hat begriffen, dass du die Voruntersuchung zu deinen Gunsten beeinflussen wolltest. Du und Dan. Wo warst du heute Morgen, Adela? Ich dachte, du schliefst, bis ich nach dem Frühstück heraufkam. Die alte Pansy sah aus, als hätte sie auch noch ihren letzten Freund verloren.«

»Ich bin nur ein wenig spazieren gegangen«, antwortete Adela. »Ich brauchte einfach frische Luft. Was machen wir jetzt mit Dave?«

»Er muss weg. Er wird sich verraten«, sagte Hilary.

»Hilary! Du glaubst doch nicht, Dave habe Bayard getötet?«

Nach einem langen Schweigen antwortete Hilary müde: »Nein, aber wir wissen alle, dass er es in der Nacht davor versuchte. Es war nicht sein Verdienst, dass Bayard auswich und die Kugel ihn nur in die Schulter traf. Dave hätte wieder geschossen und ihn getötet, wenn du nicht dazwischengetreten wärst. Dave muss von Sinnen gewesen sein.«

»Gestern war Dave mit Allen den ganzen Nachmittag weg, was beweist, dass Dave Bayard nicht getötet hat. Du darfst deinen eigenen Bruder nicht einen Mörder nennen! Ich möchte ihn nicht wegschicken.«

Es klopfte, und ich hörte, wie sich die Tür öffnete. Dann sagte Adela: »Ach, Sie sind es, Emmeline! Was gibt es?«

»Ein paar Presseleute aus der Stadt, Ma'am. Sie wollen Fotos machen und Sie interviewen.«

»Schicken Sie sie sofort weg! Ich kann sie nicht empfangen.«

»Warte, Adela! Du machst einen Fehler. Wir können es uns nicht leisten, die Presse vor den Kopf zu stoßen«, sagte Hilary bedeutungsvoll. »Wir kommen runter, Emmeline. Wirst du es durchstehen, Adela?«

»Du hast recht, Hilary«, gab Adela zu. »So ist es besser!«

»Gehen wir!«, sagte Hilary ungeduldig. »Aber seid um Himmels willen vorsichtig! Überlasst das Reden mir!«

»Mein lieber Hilary«, sagte Adela gereizt. »Nichts könnte mir lieber sein. Komm, Evelyn!«

Ich hörte sie hinausgehen. Das Gemurmel ihrer Stimmen und das Geräusch ihrer Schritte verebbten. So schnell ich konnte, flüchtete ich mich in mein Zimmer.

Dave war also der Täter!

In Daves Zimmer war Bayard getötet worden! Dessen war ich sicher. Daves Revolver war verschwunden, und Dave selbst war schweigsam, schlapp, mürrisch – völlig verwirrt. Und er hatte es schon einmal versucht, und hätte nochmal geschossen, wenn Adela nicht eingeschritten wäre.

Aber Dave war doch den ganzen Nachmittag mit Allen zusammen gewesen! Allen hatte heftig mit Bayard gestritten. Aber beide Männer hatten Alibis für die Zeitspanne, in der Bayard tatsächlich ermordet wurde.

Wer also hatte ihn getötet? Als ich in Gedanken die Thatchers durchging, schien mir als Einzige Evelyn eines Mordes psychisch fähig zu sein. Evelyn mit ihren festen braunen Händen, ihrer Kaltblütigkeit und ihrer sachlichen Art, die Dinge zu betrachten. Wenn sie einen triftigen Grund gehabt hätte, würde sie ihn skrupellos getötet und sich später nicht mit Ängsten, Zweifeln oder Bedauern herumgeschlagen haben. Seltsam, diese Unterhaltung, die ich mit angehört hatte! Das Unausgesprochene dabei schien mir ebenso bedeutungsvoll zu sein wie die Anspielungen und Warnungen und offenen Eingeständnisse. Von vielem hatten sie einfach gar nicht gesprochen. Zum Beispiel, warum Dave Bayard überhaupt hatte töten wollen. Oder warum Hilary den Toten so gehasst hatte.

Evelyn oder Janice waren zweifellos die letzten Personen gewesen, die Bayard lebend gesehen hatten. Ich konnte nicht glauben, dass Janice mit ihrer Schönheit und Jugend und ihrem Charme Bayard getötet hatte. Und Evelyn hätte ein so schwerwiegendes Motiv haben müssen, dass sogar sie mit ihrer Intelligenz und ihrem Sinn fürs Praktische keinen anderen Ausweg mehr gewusst hätte. Ich konnte es nicht glauben.

Aber Janice hatte Zeit und Gelegenheit gehabt. Und dann der Eierkorb und der Revolver und die kompromittierende Episode in der Küche am Morgen nach dem Mord! Meine Gedanken liefen im Kreis.

Es war schon dämmrig, als ich hinunterging. Das Abendessen verlief schweigsam und bedrückt. Die verzweifelten Anstrengungen, den Schein zu wahren, wurden von der großen Müdigkeit nach einem langen und mühsamen Tag überschattet, und alle hatten Angst vor dem Morgen. Dann würde man Bayard zu den anderen toten Thatchers betten, in der Gewissheit, dass ein Mitglied der Familie sein Mörder war. Man hatte nicht einmal mehr Lust, die Beileidstelegramme zu lesen. Die Blumen waren schon mit dem Abendzug gekommen. Sie wurden in der Sommerküche in Kübel gestellt. Es waren Lilien dabei, deren durchdringender Duft durch das ganze Haus zog.

Später saßen wir draußen vor der Tür in der stillen, dunkler werdenden Sommernacht. Es wurde wenig gesprochen. Der Mond ging langsam auf, und die Büsche und Bäume hoben sich schwarz gegen den Rasen und das helle Band der Straße ab.

Nach langem Schweigen sagte Evelyn etwas von Nachhausegehen, und Adela meinte, sie solle noch eine Nacht bleiben. Ich spürte, dass sie Evelyn und Hilary um sich haben wollte.

Evelyn stimmte sofort zu: »Es wird Allen nichts ausmachen, allein in unserem Haus zu bleiben«, sagte sie. »Aber ich brauche ein paar Sachen. Allen, würdest du bitte hinüberfahren und Julia bitten, mir etwas einzupacken. Sag ihr, sie soll das neue weiße Seidenkleid mit den langen Ärmeln einpacken und den weißen Hut und Handschuhe. Wir tragen morgen am besten Weiß, Janice! Adela wird in Schwarz gehen, aber ich finde, einfache weiße Kleider und weiße Hüte sind für uns passender. Es wird den Leuten gefallen. Macht es dir etwas aus, Allen?«

»Hoffentlich gibt sie mir das Richtige«, meinte Allen und erhob sich. Gegen den mondbeschienenen Rasen wirkte seine Gestalt stark und voller Spannkraft. Seine Zigarette flog wie ein kleiner roter Komet über den Rasen. Er sagte: »Komm mit, Janice. Die Fahrt wird dir guttun!«

»Nein, nein!« Es lag leichte Panik in ihrer Stimme. Woran sie wohl gedacht hatte, während sie so still im Schatten der Klematis saß und Allen im Mondlicht beobachtete.

Dave! Man musste auch mit ihm Mitleid haben! Seine Frau liebte ihn nicht mehr, und sein Freund betrog ihn. Eigentlich war er der Ärmste von allen. Aber Mitgefühl fiel mir schwer, vielleicht wegen seiner merkwürdigen Apathie, seinem mangelhaften Interesse für seine schöne Frau, dem krankhaften Schweigen und abgezehrten Aussehen.

Ich steckte wieder in einem hoffnungslosen Kreis von Vermutungen und beschloss, es wenigstens für heute aufzugeben. Auch Evelyn hatte wohl den ängstlichen Unterton in Janices Stimme herausgehört, denn sie erhob sich und sagte: »Ich fahre wohl doch besser mit. Wir werden uns morgen sehr beeilen müssen, und ich möchte sicher sein, dass ich alles habe. Ich werde deine Sachen mitbringen, Hilary!«

Kurz darauf zerriss der Motorlärm des abfahrenden Wagens die stille Nacht.

Adela erhob sich auch. »Ich verabschiede mich. Evelyn hat recht, wir werden uns morgen beeilen müssen.« Sie seufzte. »Ich hoffe nur, dass niemand über unsere eilige Beerdigung eine Bemerkung macht. Es schickt sich nicht, aber morgen ist Sonntag. Vielleicht denken sie –« Sie nahm sich zusammen. »Würden Sie bitte mitkommen, Miss Keate? Ich bin sehr müde.«

Sie sah wirklich schrecklich müde aus. Natürlich begleitete ich sie. Als ich ihr gerade den Rücken massierte, klopfte es.

Es war Florrie.

»Was gibt's, Florrie?«, fragte Adela.

»Tut mir leid, dass ich störe, Miss Adela, aber ich dachte, Sie hätten vielleicht Aspirin. Ich habe wieder so Kopfweh, und ich möchte morgen nicht krank sein, Ma'am. Es wird viel zu tun geben!«

»Ja, natürlich, Florrie. Es sollte noch etwas im Medizinschränkchen sein, im Badezimmer. Sehen Sie nach!«

Aber es war keines da, wie sich herausstellte. Adela schickte Florrie in Janices Zimmer.

»Ich bin sicher, dort finden Sie welches. Sehen Sie auch im Arzneischränkchen im Ankleidezimmer nach. Manchmal braucht sie es für Mr. Dave.«

Florrie kam nach etwa fünf Minuten zurück. Als ich ihre leuchtenden Augen und den bösen Blick in ihrem sonst so stumpfen Gesicht sah, wusste ich, dass etwas nicht stimmte. Sie hielt einen kleinen weißen Filzhut in den Händen. Adela sah ihn ebenfalls und wurde vor meinen Augen zu einer uralten Frau.

»Ich dachte, ich sollte Ihnen den bringen, Ma'am«, sagte Florrie schrill. »Ich fand ihn rein zufällig! Er war hinter die Heizung geglitten, in Miss Janices Ankleidezimmer, Ma'am. Direkt unter dem Arzneischränkchen.«

Nie vorher oder nachher habe ich Adela so bewundert wie in jenem Moment, als sie sagte: »Geben Sie ihn mir, Florrie. Miss Keate, haben Sie kein Aspirin für sie?«

Natürlich besaß ich eine große Schachtel voll. Ich holte meine kleine Arzneitasche und gab es ihr.

»Sie können jetzt gehen, Florrie«, sagte Adela. Ihre bläulichen Lippen waren steif, die Augen eisig. Das Mädchen ging erschreckt hinaus.

Adela machte keinen Versuch, sich zu verstellen. Sie wusste wohl, dass es zwecklos war. Ich sah auf den kleinen Hut, den Janice gestern Nachmittag getragen hatte. Ich hatte ihn sofort erkannt und erinnerte mich mit schrecklicher Deutlichkeit, dass sie ihn getragen hatte, als sie allein ins Haus ging, etwa fünf bis zehn Minuten, bevor Bayard ermordet aufgefunden wurde. Als sie dann später in der Bibliothek erschien, trug sie ihn nicht mehr.

Auf der weißen Krempe waren vier rotbraune Flecken. Es war unverkennbar Blut.

Adela sagte steif: »Nehmen Sie ihn, Schwester –«

Im gleichen Augenblick klopfte es, und ohne ein »Herein« abzuwarten, wurde die Tür aufgestoßen. Janice stand auf der Schwelle.

Ihre dunklen Augen wanderten von mir zu Adela und dann zum Hut. Ihr schönes Gesicht wurde zu einer steifen weißen Maske, hinter der sich Angst verbarg.

10

Immer wieder war ich von neuem über die Thatcher'sche Fähigkeit zu absolutem Schweigen erstaunt. Totales vollständiges Schweigen in Augenblicken, wo andere Menschen in hektische Erklärungen ausgebrochen wären. Janice sah den blutbefleckten kleinen Hut, dieses schreckliche belastende Beweisstück, lange an und sagte dann:

»Was macht ihr mit meinem Hut?« Ihre Stimme klang ruhig und beherrscht, doch ihr Gesicht war noch immer weiß und leblos.

»Dein – Hut«, sagte Adela mit Mühe. Es war keine richtige Frage oder Feststellung, sondern nur eine Äußerung. Sie schien Janice die Möglichkeit anzubieten, es abzustreiten.

Aber Janice antwortete: »Ja, natürlich! Du kennst ihn doch! Was willst du damit?«

»Er wurde – gefunden«, sagte Adela bedrückt. »Er wurde gefunden und mir gebracht.«

»Wer fand ihn?«

»Florrie!«

»Aha! Florrie scheint in letzter Zeit besonderes Interesse an meinen Sachen zu haben. Wenn du ihn nicht mehr brauchst, nehme ich ihn wieder mit!«

Rasch trat sie zum Bett und ergriff ihn. Sie vermied es, den Rand anzufassen, auf dem vier Finger einen so hässlichen Abdruck hinterlassen hatten. Noch mehr verwirrte mich, dass Janice sich tief über Adela beugte, sie leicht auf die Wange küsste und sagte: »Schlaf gut, meine Liebe! Mach dir keine Sorgen wegen morgen!« Unter der Tür erinnerte sie sich an mich und sagte über die Schulter: »Gute Nacht, Miss Keate!« Die Tür schloss sich hinter ihr.

Adela seufzte. »Sie sehen, Miss Keate, wir hatten unrecht. Das beweist wieder einmal, wie einem die Nerven einen Streich spielen können. Wir sind beide durch die schrecklichen Ereignisse völlig überdreht. Bayard wurde von einem Dieb getötet, das wissen wir. Und doch haben wir schon beim Anblick –« Sie konnte das Wort nicht aussprechen. »Als wir das Blut auf Janices Hut sahen, befürchteten wir beide –« Sie brach ab, suchte nach einem Taschentuch und bat mich um ein Glas Wasser. Schließlich fuhr sie fort: »Völlig absurd! Ich kenne meine Familie und weiß, dass keiner von ihnen fähig wäre – Janice auf jeden Fall nicht – sie könnte niemals –« Sie blieb wieder hängen. Der armen Adela gelang es nicht, ihre Gedanken zu formulieren.

Ich jedenfalls wäre viel glücklicher gewesen, wenn Janice etwas gesagt hätte, irgendetwas, um die Sache mit dem Hut zu erklären. Ihr Schweigen war fast ebenso beredt wie die blutigen Fingerabdrücke, oder sogar noch mehr. Denn falls es eine harmlose Erklärung gab, hätte Janice sie gegeben.

Der seltsame Zwischenfall brachte mir schlagartig die Gefahr zu Bewusstsein, in der ich schwebte. Ich, die Fremde, die Außenseiterin. Ruhig sagte ich: »Übrigens, Miss Thatcher, Sie brauchen mich bestimmt bald nicht mehr. Nach der Beerdigung könnte ich in die Klinik zurückfahren.«

Sie fasste sich schnell. »Natürlich geht das«, sagte sie. »Mir wurde nicht bewusst, dass ich Sie hier zurückhalte, während Sie woanders dringend gebraucht werden. Wartet ein Fall auf Sie?«

»Nein«, antwortete ich wahrheitsgemäß, »aber ich muss abreisen.«

»Dann wird es Ihnen bestimmt nichts ausmachen, noch ein paar Tage bei mir zu bleiben! Sie haben doch bestimmt nicht den Eindruck, dass wir zu viel von Ihnen verlangen? Ich hatte noch keine Gelegenheit, Ihnen zu sagen, wie dankbar wir Ihnen für Ihre Hilfe sind. Ich weiß nicht, was wir ohne Sie gemacht hätten. Es tut mir leid, dass wir Sie zu viel beansprucht haben.«

»Nein«, sagte ich hilflos, »das ist es nicht. Sie brauchen keine Pflegerin, und –«

»Meine Liebe, Sie sind zu gewissenhaft«, antwortete Adela freundlich, »Sie arbeiten gern und haben den Eindruck, Sie tun nicht genug. Dann muss ich Ihnen also gestehen, dass wir – von Ihnen abhängen. Natürlich will ich Sie nicht zurückhalten, wenn es Ihnen bei uns nicht gefällt. Aber ich – ich bin nicht sehr gesund, wie Sie sicher bemerkt haben. Und Sie wissen vielleicht gar nicht, welche Hilfe Sie mir waren. Ich will Sie nicht überreden. Ich werde es schon überstehen. Es war einfach ein solcher Schock –« Ihre Stimme verlor sich. In gewisser Weise sagte sie die Wahrheit. Ich fragte mich sogar, wie lange sie diesen schrecklichen Druck noch aushalten würde.

Sie war so geschickt, an meine Hilfsbereitschaft zu appellieren. Damals fühlte ich mich noch nicht wirklich bedroht. Ich hatte nur vage Angst, nichts Greifbares.

So sagte ich: »Sie sollten jetzt schlafen. Ein oder zwei Tage bleibe ich auf jeden Fall noch. Nehmen Sie das Mittel, das Dr. Bouligny Ihnen verschrieben hat. Sie brauchen den Schlaf.«

Sie war so klug, nicht mehr auf meine Abreise zu sprechen zu kommen. Adela war immer klug. Sie wollte kein Schlafmittel nehmen.

»Ich hasse Pillen«, sagte sie entschieden. »Ich fühle mich nie wohl am anderen Morgen. Geben Sie mir bitte die Türkiskette.

Ich habe sie schon seit vielen Jahren, und es beruhigt mich, sie in der Hand zu haben. Sie könnten mir ein wenig vorlesen, wenn Sie wollen, Miss Keate. Vorlesen beruhigt auch. Auf dem Regal hinter Ihnen stehen ein paar Bücher. Nehmen Sie irgendeines!«

Es gab keine große Auswahl: die Familiengeschichte der Thatchers, ein Band Predigten und *Der letzte Mohikaner*. Ich wählte ihn, weil er mir am spannendsten erschien. Zwar hatte ein Thatcher diese eindrucksvolle Bibliothek unten zusammengetragen, aber bestimmt nicht Adela!

Obwohl ich stur vorlas, waren meine Gedanken nicht bei der Sache. Einmal überschlug ich eine Seite, aber Adela merkte es nicht. Sie starrte an die Decke, fingerte an ihrer Türkiskette und dachte angestrengt nach, während ich meinen Fehler durch besonders gefühlvolles Lesen gutzumachen versuchte.

Schließlich meinte sie: »Ich habe über Florrie nachgedacht, Miss Keate, Sie können aufhören zu lesen. Ja, danke, es war sehr schön und beruhigend.« Ihre Höflichkeit beschämte mich. »Sehen Sie, wer weiß, was Florrie sich zusammenreimt – über den Hut. Janices Hut. Florrie ist sehr dumm und dazu geschwätzig. Wenn sie eine fixe Idee hat, übernimmt die ihre Mutter sofort auch, und in einem halben Tag weiß es die ganze Stadt. Ich muss mit ihr reden und ihr die Sache irgendwie erklären. Sonst habe ich keine Ruhe. Würden Sie sie, bitte, herholen, Miss Keate? Ich glaube, die anderen schlafen alle. Florrie schläft wohl auch schon. Wecken wir sie eben auf!«

»Gut.« Ich legte das Buch weg. Ich war beim Lesen auch ruhiger geworden. Das Mondlicht lag weiß und still auf dem Rasen zwischen den großen schwarzen Bäumen.

»Wo liegt ihr Zimmer?«

»Im zweiten Stock. Auf der Rückseite ist eine Treppe, die in den zweiten Stock führt. Ihr Zimmer ist auf der Ostseite, das Giebelzimmer, Sie werden es ganz leicht finden. Bleiben Sie nicht zu lange, Miss Keate. Ich bin ziemlich nervös. Es wird mir wohler sein, wenn ich mit Florrie gesprochen habe.«

Der große Flur war still und leer und wurde nur von einer Nachtlampe erhellt. An einem Ende, nach einer scharfen Biegung, entdeckte ich die Treppe. Im gleichen Winkel führte eine andere Treppe hinunter, wahrscheinlich zur Hinterseite des Hauses.

Ich hatte keine Mühe, Florries Zimmer zu finden, und klopfte mehrmals. Nichts rührte sich. Der Mond schien hell auf den Flurboden. Alles war still.

Ich klopfte lauter und sehnte mich nach Adelas sanft erleuchtetem Zimmer zurück. Hatte Florrie nicht gesagt, sie schließe ihre Tür immer ab? Sie hatte auch noch anderes gesagt, dummes, absurdes Zeug.

»Florrie!«, rief ich. »Florrie! Miss Thatcher möchte Sie sprechen!«

Keine Antwort. Die Totenstille erschreckte mich. Plötzlich geriet ich in Panik. Sie musste doch antworten und öffnen! Mein Klopfen hallte durch den leeren Flur.

Plötzlich zitterten meine Hände, ich drückte gegen die Tür und rüttelte am Türknauf. Es war abgeschlossen, und man hörte keinen Laut von drinnen.

Ohne zu überlegen, flog ich stolpernd die enge Treppe hinunter. Aus dem unbewussten Wunsch, Adela neue Sorgen zu ersparen, stand ich plötzlich vor Janices Tür, klopfte und murmelte Unverständliches.

Janice riss die Tür auf, das Gesicht weiß wie ihr Nachthemd. »Was ist los, Miss Keate –?«

»Die Schlüssel«, sagte ich. »Es ist wegen Florrie. Etwas stimmt nicht. Wir brauchen den Schlüssel zu ihrem Zimmer.«

Sie fragte nicht lange, sondern fischte nur ihr Negligé vom Stuhl. »Adela hat die Schlüssel. Ich hole sie –«

Adela war wie versteinert. Sie gab uns den Schlüssel, und wir rannten über den Flur zurück. Hilary erschien im rotgestreiften Pyjama in seiner Tür, äußerte etwas Unverständliches und folgte uns. Ich realisierte am Rande, dass auch Evelyn da war, denn ich erinnere mich an die langen gelben Ärmel, die neben mir flatterten. Janice steckte den Schlüssel ins Schloss. Wir konnten ihn nur mit Mühe umdrehen, denn Florrie hatte den ihren innen stecken gelassen, aber schließlich schaffte es Hilary. Jetzt war auch Emmeline auf dem Flur, eine seltsame Gestalt in einem hellen japanischen Seidenkimono und mit Lockenwicklern.

Endlich ging die Tür auf. Ich stand als Erste im Zimmer. Es war in helles Mondlicht getaucht. Florrie lag auf dem Bett.

Plötzlich rief Hilary mit hoher Stimme: »Ach, du mein Gott, mein Gott! Das Mädchen ist tot!«

Aber Florrie war nicht tot. Sie war und ist noch am Leben, so viel ich weiß. Doch es war höchste Zeit! Unbeabsichtigt spielte ich die heldenhafte Rolle der Lebensretterin. Schließlich hatte ich als Schwester Übung. Ich wusste, was ich zu tun hatte, nachdem ich ihren schwachen Puls gefühlt hatte. Die Ursache fand ich auf dem Tisch. Dort lag meine Aspirinschachtel, doch die Tabletten waren kein Aspirin. Ich sah sie mir genau an und probierte eine.

»Wir brauchen schwarzen Kaffee! Und den Arzt! Helfen Sie mir, sie aus dem Bett zu heben! Auf die Füße! Das Mädchen ist voll Veronal!«

Evelyn und Janice und ich packten zu. Hilary rannte zum Telefon, Emmeline machte Kaffee, und Adela brachte kalte Tücher und beobachtete uns mit ihren blassblauen Augen, während wir die träge Florrie auf und ab führten. Hilary kam keuchend angelaufen und erklärte uns, was wir auf Anweisung des Arztes tun sollten. Dr. Bouligny war auf dem Weg hierher. Hilary sah hager und alt aus in seinem schäbigen Morgenmantel, mit dem zerzausten Haar, ganz im Gegensatz zu seiner üblichen gezierten Pedanterie.

Wir arbeiteten wie verrückt, um das Mädchen ständig in Bewegung zu halten. Es war schwierig, ihr den Kaffee in die Kehle zu befördern, und ich konnte später noch lange den Geruch von schwarzem Kaffee nicht ertragen. Nur nebenbei registrierte ich Dr. Bouligny Ankunft und Adelas Angst, als sie ihm berichtete.

Wir brachten Florrie durch. Vermutlich wussten nur der Arzt und ich, wie nahe sie dem Tod gewesen war.

Es dämmerte bereits, als Dr. Bouligny sagte: »Sie wird's schaffen«, und Janice und Evelyn wegschickte, damit sie sich ausruhten. Adela hatte er schon lange zu Bett geschickt, und Hilary war in einen Stuhl in der Zimmerecke gefallen, von wo aus er uns mit müden, verwirrten Augen zusah.

»Miss Keate hat am meisten geleistet«, wollte Janice noch protestieren. »Ich bin nicht müde. Sie soll sich jetzt ausruhen, und ich werde bei Florrie wachen.«

»Du musst zur Beerdigung gehen«, widersprach Bouligny brüsk. »Miss Keate kann länger schlafen. Du siehst aus, als würdest du gleich zusammenbrechen. Also, Miss Keate – du bleibst besser noch da, Hilary –, wie kamen Sie dazu, dem Mädchen Veronal zu geben?«

»Aber das tat ich nicht«, antwortete ich. »Ich habe gar kein Veronal.«

»Das ist doch die Schachtel, die Sie Florrie gegeben haben? Adela behauptet es. Das ist Ihre Handschrift auf dem Etikett. Da steht Aspirin, aber –«

»Ja, diese Schachtel hatte sie von mir«, erwiderte ich scharf. »Natürlich! Ich habe immer Aspirin in dieser Schachtel bei mir. Und es war Aspirin drin. Ein solcher Fehler passiert mir nicht!«

»Aber jetzt sind Veronal-Tabletten drin«, beharrte Dr. Bouligny. »Also, Miss Keate, falls Sie einen Fehler machten, so weiß ich doch, dass es ein Missgeschick war und es niemand mehr bedauert als Sie. Ich weiß auch, dass Sie in der Regel – das heißt, ich bin überzeugt, dass Sie fast nie Fehler machen. Und da wir das Mädchen gerettet haben, ist kein irreparabler Schaden entstanden.«

»Aber ich sage Ihnen doch, ich habe keine Veronal-Tabletten hineingetan!«

»Bitte, Miss Keate«, rief Hilary ängstlich. »Regen Sie sich deswegen nicht auf! Niemand macht Ihnen einen Vorwurf! Aber sehen Sie nicht, dass jetzt die Tabletten – die Veronal-Tabletten meine ich – drin sind? Wann haben Sie diese Schachtel zum letzten Mal geöffnet?«

»Am Tag vor meiner Ankunft. Ich füllte sie mit Aspirin, beschriftete sie und legte sie in meine Instrumententasche. Man kann Aspirin nicht mit Veronal verwechseln. Und ich habe sie nicht mehr angerührt, bis Florrie gestern Abend um Aspirin bat und ich sie herausnahm und ihr gab. Wenn jetzt Veronal darin ist, so heißt das, dass es jemand in diesem Haus hineingetan hat.«

»Unsinn, Miss Keate! Warum denn? Ich hoffe, Sie unterstellen nicht, dass jemand versuchte – Florrie zu töten. Das ist Unsinn. Abgesehen davon, dass niemand hier – oh, schon der Gedanke ist absurd – einen Grund hatte, Florrie zu töten, konnte kein Mensch im Voraus wissen, dass sie Kopfweh bekommen und etwas so Alltägliches wie Aspirin nicht finden würde. Und dass sie auch noch eine tödliche Dosis nehmen würde! Wirklich, Miss Keate, das geht zu weit!« Hilary war vor Empörung rot angelaufen.

»Reiß dich zusammen, Hilary!«, sagte Dr. Bouligny hastig. »Reg dich nicht so auf! Miss Keate glaubt nicht, dass jemand Florrie mit Veronal töten wollte. Das wäre an den Haaren herbeigezogen. Miss Keate, wer hatte Zugang zu Ihrer Instrumententasche?«

»Wohl jeder im Haus. Ich ließ sie im Bad neben Bayard Thatchers Zimmer, bis ich die Pflege von Miss Adela Thatcher übernahm, kurz nach seinem Tod. Da holte ich sie und stellte sie ins Bad neben Miss Thatchers Zimmer!«

»War das sicher genug?«, fragte Hilary unfreundlich.

»Warum nicht? Es stecken nur Verbandszeug drin und Schere, Thermometer, eine Flasche Alkohol, ein Gummituch –«

»Schon gut, Miss Keate. Mr. Thatcher wirft Ihnen ja keine Fahrlässigkeit vor. Ihre eigene Verdächtigung, dass jemand aus dem Haus das harmlose Aspirin ausgewechselt hat, ist weitaus bedeutungsvoller. Haben Sie einen handfesten Anhaltspunkt, dass sich jemand an Ihrer Instrumententasche zu schaffen machte?«

»Ja.«

»Was heißt das? Was meinen Sie?«, schrie Hilary.

»Ich – ich weiß, dass sich jemand an ihr zu schaffen machte.«

»Wer? Woher wollen Sie das wissen?«

»Ich fand etwas darin. Etwas – Unwichtiges, das ich dem Besitzer zurückgab.«

Hilary beugte sich vor. Sein Gesicht rötete sich noch mehr. »Das werden Sie uns erklären müssen, Miss Keate! Sie haben schon zu viel gesagt und können jetzt nicht mehr zurück.«

»Auf keinen Fall! Das hat nichts mit dem Veronal zu tun. Auf jeden Fall hatte jeder von Ihnen dazu Zugang zur Tasche. Und Ihre eigene Schwester wollte, dass ich Florrie Aspirin gab.«

»Adela! Mein Gott, Miss Keate, Sie sind verrückt!« Hilary war aufgesprungen, eine bizarre, dickliche Gestalt in leuchtend roten Streifen. »Hast du das gehört, Dan? Sie ist verrückt, eine gefährliche Frau! Schick sie fort, damit sie keinen Schaden mehr anrichten kann. Adela! Sie sagt, Adela habe Florrie Veronal gegeben.«

»Ich habe nichts dergleichen gesagt«, schrie ich erschreckt. »Ich sagte, dass sie vorschlug, Florrie Veronal zu geben – nein,

Aspirin –, und dass ich es tat. Ich wollte Ihnen erklären, dass ich es ihr nicht von mir aus gab. Ich habe damit überhaupt nichts zu tun. Jemand hat Veronal in diese Schachtel getan. Aber nicht ich!«

»Schon gut, Miss Keate«, beschwichtigte Dr. Bouligny. »Beruhige dich, Hilary! Du solltest es vermeiden, derart in Rage zu kommen.«

»Vermeiden!«, rief Hilary außer sich. »Während sie dasitzt und mich so seltsam ansieht. Ich will nicht so angesehen werden.«

»Ich weiß nicht, was daran zu ändern wäre«, sagte Dr. Bouligny müde. »Was haben Sie in Ihrer Instrumententasche gefunden, Miss Keate? Wem gaben Sie es zurück?«

Das nahm mir den Wind aus den Segeln. Es ist für eine Krankenschwester sehr schwierig, die Fragen eines Arztes nicht zu beantworten.

Mein Blick fiel auf Florrie auf dem schmalen Bett. Ihr Gesicht war lebendiger, ihr Atem ging noch schwer. Vor dem Giebelfenster stieg die Morgenröte auf.

Dr. Bouligny beobachtete mich ängstlich und rieb sich schwerfällig sein unrasiertes Kinn. »Bitte, Miss Keate! Wer war es?«

»Was spielt das für eine Rolle?«, fragte ich müde. »Wir haben das Mädchen gerettet. Das ist die Hauptsache.«

»Was haben Sie in Ihrer Tasche gefunden: Sagen Sie es sofort!«, befahl Hilary schneidend. Sein Ton ärgerte mich. »Das möchte ich lieber nicht sagen. Es hat nichts mit dieser Sache hier zu tun. Ich gab es dem Besitzer zurück, und sogar er weiß nicht, dass ich es gefunden habe. Tut mir leid, dass ich es erwähnte. Ich wollte nur beweisen, dass meine Instrumententasche auch für andere leicht zugänglich ist. Mehr will ich nicht sagen. Außer vor Gericht –«

Hilarys Gesicht wurde noch dunkler. »Dann müssten Sie damit rausrücken, das steht fest. Aber so weit wird es nicht kommen! Auch alle anderen Dinge, die Sie vielleicht über unsere Familie wissen, Schwester, werden Sie ebenfalls keinem Gericht erzählen. Da können Sie sicher sein.«

»Hilary!« Dr. Bouligny war aufgebracht. »Du stellst dich wie ein Idiot hin! Dein Jähzorn und deine voreilige Zunge werden dich eines Tages in entsetzliche Schwierigkeiten bringen, wenn es nicht schon der Fall ist. Begreifst du nicht, dass du alles schlimmer –«

Dr. Bouligny machte es auch nicht geschickter. Vielleicht war es ein Glück, dass Janice sich einmischte. Ich fragte mich, wie lange sie schon in der Tür gestanden hatte. Ihren dunklen Augen und ihrem weißen Gesicht war nichts anzumerken. »Adela fragt nach dir, Hilary«, sagte sie. »Auch nach dir, Dan. Ich fürchte, sie klappt zusammen, wenn sie nicht schläft. Sie will unbedingt zur Beerdigung. Es ist schon Morgen. Geht, bitte, lieber sofort zu ihr.«

Dr. Bouligny gab ein paar Anweisungen wegen Florrie und wollte später noch einmal hereinsehen, denn sie durfte keine Lungenentzündung bekommen. Freundlicherweise brachte er noch eine Entschuldigung vor, weil man mich so beanspruche. Hilary sagte nichts. Aus ihrem Gemurmel auf der Treppe hörte ich seine Stimme heraus, wie er etwas von einer gefährlichen Person sagte. Ich bezweifle nicht, dass ich damit gemeint war.

Janice stand am Fenster, mit dem Rücken zu mir. Es war ein langes Schweigen. Die frische Morgendämmerung vertrieb die Schrecken der Nacht. Auch Janices Stimme klang kühl, aber müde und resigniert, als sie sagte: »Also wussten Sie von dem Brief. Von meinem Brief.«

11

Florrie gab einen Laut von sich. Ich sah nach ihr und sagte: »Ja, ich wusste von dem Brief.«

»Haben Sie ihn mir zurückgegeben? Legten Sie ihn auf meinen Schreibtisch?«

»Ja.«

»Und Sie fanden ihn – in Ihrer Instrumententasche?«

»Ja.«

»Und lasen ihn?«

»Ja, ich las ihn.«

»Aber Sie haben nichts weitererzählt?«

»Nein. Mein Beruf verpflichtet mich nicht zur Indiskretion.«

»Also glauben Sie nicht – glauben Sie nicht, dass ich –« Sie kämpfte mit den Tränen. Die Nacht hatte sogar Janices eiserner Selbstbeherrschung zugesetzt.

»Ich glaube gar nichts, mein armes Kind!« Da rollten ihr die Tränen über die Wangen. Ich hasse Gefühlsausbrüche, und abgesehen davon spürte ich einen Klumpen im Hals. »Wir sind beide nach dieser Nacht erschöpft. Setzen Sie sich, und sprechen wir in Ruhe über alles! Ich habe für eine Nacht genug Aufregung gehabt.«

Sie warf mir einen langen Blick zu. »Es war sehr nett von Ihnen, nichts zu sagen. Ich habe nur versucht, das Richtige zu tun. Deshalb habe ich Allen diesen Brief geschrieben. Ich konnte es ihm einfach nicht ins Gesicht sagen. Und Bayard fand ihn. Vielmehr er sah, wie ich ihn in Allens Manteltasche schob, und nahm ihn einfach. Irgendwie hatte er nur die zweite Seite erwischt, aber das genügte. Ich frage mich, wie viel Sie über Bayard wissen, Miss Keate. Er war – er war –«

»Wie ein Raubtier«, erinnerte ich mich. Erstaunt sah sie mich an.

»Wieso wissen Sie das? Aber es stimmt. Stimmt ganz genau. Bayard – wie soll ich mich ausdrücken, Miss Keate –«

»Vermutlich hat er Sie erpresst. Oder es versucht.«

»Ja«, gab sie zu. »Er drohte, es Dave und Adela zu sagen, und Evelyn und Hilary. Dann hätten es alle gewusst. Oh, ich kann nicht beschreiben, wie schlimm das gewesen wäre.« Sie vergrub das Gesicht in den Händen.

»Ich kann es mir vorstellen.«

»Es hätte Adela das Herz gebrochen.«

»Also hat Bayard den Brief in meine Tasche gelegt?«

»Wahrscheinlich.« Sie sah mich mit großen Augen an. »Wir wären auf seine Bedingungen nicht eingegangen. Ich konnte es nicht. Ich habe kein eigenes Geld. Allen auch nicht. Er sagte, Bayard hätte die Familie schon seit Jahren ausgesaugt. Ich sollte mir keine Sorgen machen. Er hätte einen Ausweg gefunden. Er hatte keine Angst vor Bayard. Aber – es war entsetzlich, Miss Keate, Bayard bedrängte uns, er schnüffelte überall herum. Es ist schrecklich, aber – aber ich bin froh, dass er tot ist! Ich bin froh, dass er tot ist!«

Also deshalb hatte Allen die Taschen des Toten so fieberhaft durchsucht. Begriff Janice, was sie da eben gesagt hatte? Dass Allen und sie überwältigende Gründe hatten, Bayard Thatcher aus dem Weg zu räumen? Aber Allen hatte ein Alibi: Er war den ganzen Nachmittag mit Dave zusammen gewesen.

»Ja«, sagte sie nachdenklich. »Wahrscheinlich hat Bayard den

Brief in Ihre Tasche gelegt. Er dachte wohl, es sei ein sicheres Versteck. Er wusste natürlich, dass Allen und ich alles unternahmen, um ihn wiederzubekommen. Er hatte wohl Angst, Allen würde seine Sachen durchsuchen, während er krank war.«

»Meine Liebe«, sagte ich weich, »warum hat Dave auf Bayard geschossen?«

Sie sank gegen das Fenster zurück. »Das wissen Sie also?«

»Ja. Und dass die Kugel Bayard an der Schulter verwundete und Adela es hörte und Dave rechtzeitig davon abhielt, noch einmal zu schießen.«

Langsam kehrte die Farbe in ihre Lippen zurück. »Ich weiß es nicht«, sagte sie sachlich, »ich bin nicht sicher. Aber es hatte nichts mit meinem Brief zu tun, das steht fest. Dave hätte es mir gesagt. Dave ist seit Bayards Tod schrecklich deprimiert. Er war es schon vorher. Seit er so krank ist, ist er nicht wiederzuerkennen.«

»Janice!« Evelyn stand in der Tür. »Da bist du ja! Emmeline hat Kaffee gemacht. Du solltest lieber runterkommen und etwas zu dir nehmen und dann ein wenig schlafen. Wir haben heute so viel vor. Miss Keate, ich lasse Ihnen Kaffee heraufschicken.«

»Nein«, wehrte ich eilig ab, »lieber ein Glas warme Milch. Ich möchte keinen Kaffee.« Fröstelnd sah ich auf Florries bleiches Gesicht und ihren schlaffen Mund.

»Wie Sie wollen«, sagte die sachliche Evelyn beflissen. »Komm, Janice! Du siehst schrecklich müde aus!«

An der Tür zögerte Janice, sagte dann leise »danke« und verschwand.

Kaum waren ihre leichten Schritte verhallt, geriet ich in einen wahren Sturm widersprüchlicher Gefühle. Warum hatte ich sie nicht nach allem gefragt, das so sehr gegen sie zeugte! Warum hatte ich sie nicht wenigstens nach ihrem blutbefleckten Hut gefragt? Aber es ist außerordentlich schwierig, wenn nicht unmöglich, eine hübsche, junge Frau einfach zu fragen: »Meine liebe Dame, alles schön und gut, aber haben Sie den Mann nun ermordet oder nicht?« Nein, unmöglich! Bei dem Gedanken an die vielen Beweise, die gegen sie sprachen, wurde mir beinahe übel.

Und dann die unerklärliche Sache mit dem Veronal. Es kam mir ganz besonders sinnlos vor. Florrie konnte unmöglich das Opfer eines Mordanschlags sein. Hilary hatte recht: Niemand konnte ihr Kopfweh und die weiteren Umstände vorausgeahnt haben. Ich glaube, ich ahnte von Anfang an, dass das Veronal aus einem ganz anderen Grund in die Schachtel getan worden war und Florrie es nur durch einen unglücklichen Zufall nahm. Bedeutsam war, dass es jemand ins Haus gebracht und ausgetauscht hatte. Heute weiß ich, dass es für mich ein Schlüssel zur ganzen Situation hätte sein können. Aber im Nachhinein ist man immer klüger.

Veronal, möchte ich hinzufügen, ist vom Standpunkt einer Krankenschwester aus betrachtet nicht unbedingt gefährlich. Natürlich kann es in einer Überdosis tödlich sein. Es ist ein Betäubungsmittel, das man oft bei Schlaflosigkeit verschreibt. Es stimmt, dass ab und zu mal jemand süchtig und abhängig wird, aber sogar dies kann man heilen. In vielen Staaten darf nur der Arzt Veronal verschreiben, so wie in unserem Staat, was die Sache noch komplizierte.

Es wurde ein langer, stiller Tag. Der Sonntag war offenbar ein bevorzugter Termin für Beerdigungen, weil die Farmer und Ladenbesitzer da nicht viel zu tun hatten und für eine Abwechslung dankbar waren. Bayards Beerdigung wurde allerorts als schicklich angesehen und überhaupt nicht als verdächtig eilig.

Fast die ganze Zeit saß ich in dem kleinen Zimmer bei Florrie. Durch das offene Giebelfenster drangen Sommerluft und Sonnenschein herein, und manchmal das Läuten der Kirchenglocken. Florrie erholte sich allmählich. Von der Beerdigung sah ich wenig, was mir nicht leid tat.

Als ich zum Mittagessen hinunterging, stellte ich enttäuscht fest, dass mein Karton mit frischen Kitteln noch immer nicht eingetroffen war. Ich musste weiterhin die zerknitterte Uniform tragen, in der ich schon die ganze heiße Nacht gesteckt hatte. Ich schrieb einen eiligen Zettel an die Klinik, schob ihn in einen Umschlag, frankierte ihn und legte ihn zu der übrigen ausgehenden Post auf den Tisch in der Halle.

Beim Essen war die ganze Familie versammelt, obwohl es eine ungewöhnlich hastige Mahlzeit war. Hilary traf mit den Zeitungen aus der Stadt ein. Da sich außer der Dürre in diesem Sommer nicht viel ereignete, hatte man die Geschichte von den verschwundenen Diamanten und Bayard Thatchers Tod groß aufgemacht. Da war sogar von der »prominenten Pioniersfamilie« Thatcher die Rede. Jim Strove, der Sheriff, und Dr. Bouligny erschienen, bevor die Mahlzeit beendet war. Strove meinte entschuldigend, er habe drei Verdächtige im Kreisgefängnis und Hilary solle dabei sein, wenn er sie verhöre. Dr. Bouligny wollte sehen, wie es unserer Patientin ging.

Ich begleitete ihn hinauf. Als ich am Tisch in der Halle vorbeikam, sah ich mir meinen Brief noch einmal an. Ich stellte fest, dass er geöffnet und wieder sorgfältig zugeklebt worden war.

Rückblickend kann ich sagen, dass mit Florries Missgeschick sich das Netz aus sorgfältiger Beobachtung und Überwachung um mich immer enger zusammenzog. Nach außen hin waren sie alle freundlich und zuvorkommend. Wenn ich einen Brief abzuschicken hatte, besorgte es jemand für mich. Wenn ich einen Gang in die Stadt hatte, erbot sich jemand, ihn für mich zu erledigen. Wenn ich spazieren ging, begleitete mich entweder jemand oder tauchte unterwegs auf. Sie waren unerbittlich.

Florrie fühlte sich viel besser. Ihre Genesung hing nur noch von Zeit und Pflege ab, denn es galt, eine Lungenentzündung zu vermeiden. Am Tag ging es ihr schon so gut, dass ich auf einem schmalen Ruhebett ein Nickerchen machen konnte.

Die kühle blonde Evelyn kam etwa um fünf Uhr herauf und wollte mich ablösen, damit ich an die frische Luft gehen konnte. Sie sah übermüdet aus, mit gelblichem Teint und dunklen Ringen unter den Augen.

Beim Hinausgehen sah ich auf dem Tisch nach, ob Florrie alles Nötige hatte. Ich bin sicher, dass die Schachtel mit dem Veronal noch dort lag, denn der Gedanke schoss mir durch den Kopf, dass Dr. Bouligny sie hätte an sich nehmen müssen und ich ihn beim nächsten Mal daran erinnern wollte. Auf den Gedanken, dass die Tabletten eine Gefahr sein könnten, kam ich nach den jüngsten Ereignissen gar nicht, sonst hätte ich sie eingesteckt.

Es war bestimmt ein Zufall, dass ich zum Familienfriedhof wanderte. Sicher konnte ich nur zufällig unbeobachtet und ohne Begleitung das Haus verlassen. Vielleicht hatte Evelyn die anderen nicht informiert, dass sie mich ablösen wollte.

Zuerst schlenderte ich durch den Garten, dann führte ein Weg an einem breiten Gemüsegarten vorbei, der von einem grüngestrichenen Gitterzaun mit einem Tor darin umgeben war. Dahinter fand ich einen schönen Pfad durch die Wiesen, über eine kleine Brücke und einen flachen, dicht mit Eichen bestandenen Hügel hinauf. Dort war auch der Friedhof.

Die Familiengruft mit ihrem Eisengitter, den dunklen Zedern, den alten Grabsteinen war nicht groß. Ich besah mir die Inschriften und stand schließlich vor dem frischen Grab, blickte auf die welken Blumen nieder und grübelte über Bayards Tod nach. Ich fühlte mich niedergeschlagen und ungemütlich. Da hörte ich das Tor klicken. Dass man mich wegen der Zedern nicht bemerken konnte, kam mir gar nicht in den Sinn.

Es war Dave, in einem leichten hellen Sommeranzug und mit tief in die Stirn gezogenem Hut. Langsam, mit unsicherem Gang, als ob ihm die Muskeln nicht gehorchten, kam er auf mich zu. Oder besser auf die Zedern, hinter denen ich stand.

Wollte er trauern am Grab jenes Mannes, den er beinahe umgebracht hatte?

Ich wollte flüchten, doch es war zu spät. Nach ein paar Schritten hatte er mich entdeckt. »Ach – Sie sind es, Miss Keate!« Seine Stimme klang unsicher. Er nahm den Hut ab und fuhr sich über die Stirn. »Ich habe Sie nicht gleich gesehen – Sie haben mich erschreckt! Ich habe etwas Mühe mit meinen Augen. Wie dumm von mir –«

»Ich machte einen Spaziergang und kam zufällig her. Ein interessanter Ort. Er ist schon sehr alt, nicht wahr?«

»Ja. Haben Sie ein paar Inschriften gelesen? Die Thatchers waren alle überzeugt davon, dass sie zu ihren Ahnen eingehen würden. Die Familie hat den Friedhof nie aufgegeben. Es ist ein Ort historischer Bedeutung in diesem Staat. Oft kommen verrückte Weiber mit Notizblöcken und Kameras bewaffnet zur Besichtigung. Adela serviert ihnen Tee, zeigt Familienporträts herum und genießt es.«

»Das kann ich mir vorstellen«, sagte ich, während ich den nächsten Grabstein las. »Nita Thatcher« war dort eingemeißelt.

Nita Thatcher! Im Bruchteil einer Sekunde wusste ich, wieso der Name mir bekannt vorkam. Bayard hatte im Schlaf »Nitas Grab« gesagt. Lag hier eine Tragödie verborgen? Verlorene Liebe, Rache, Erbstreitigkeiten? Ich beugte mich vor und las das Datum: 1839–1881. Diese Nita Thatcher war lange, bevor Bayard und Dave geboren worden waren, gestorben. Da spürte ich plötzlich, wie Dave mich misstrauisch anstarrte.

»Was machen Sie eigentlich hier?«, fragte er so erbittert und wütend, dass ich ganz sprachlos war. »Schwester, es wäre klüger, wenn Sie sich nicht in Dinge mischten, die Sie nichts angehen! Denken Sie an meine Worte!«

Damit stürzte er davon, ehe ich mich von seinem Wutanfall erholt hatte. Nachdenklich kehrte ich um.

Wieder oben bei Florrie, erkundigte sich Evelyn höflich nach meinem Spaziergang, machte ein paar Bemerkungen über das Wetter und Florries Genesungsfortschritte und verschwand. Als ich Florrie ein Glas Wasser bringen wollte, war die Schachtel Veronal nicht mehr da. Florrie meinte in ihrer Benommenheit, dass während meiner Abwesenheit niemand hereingekommen sei. Bei Evelyn war das Mittel sicher, aber ein nagendes Gefühl des Zweifels blieb doch.

Abends um neun Uhr erschien Adela. Sie sah müde aus und keuchte vom Treppensteigen. »Wie geht es Ihrer Patientin, Miss Keate?«, fragte sie. »Hoffentlich besser. Es geht Ihnen doch besser, Florrie? Sie haben uns einen schönen Schreck eingejagt.«

»Ich fühle mich gut«, antwortete Florrie ziemlich schwach. »Miss Evelyn hat mir erzählt, wie es passiert ist. Ich glaube nicht, dass mir jemand absichtlich das falsche Mittel gab.« Zweifelnd sah sie mich an. »Miss Evelyn sagt, ich verdanke mein Leben der Schwester. Ich hätte nichts einnehmen sollen. Eine rothaarige Frau und Vollmond und etwas aus einer –«

Adela glaubte, sie sei immer noch halb bewusstlos. Sie beugte sich über das Bett: »Schon gut, Florrie! Ruhen Sie sich aus! Ist es nicht schön, dass Miss Keate genau wusste, wie man Sie retten konnte?« Sie wandte sich an mich: »Haben Sie alles, was Sie brauchen, Miss Keate? Ich kann Ihnen nicht sagen, wie dankbar wir Ihnen sind. Wenn Sie nicht gewesen wären –« Ihr Gesicht wurde plötzlich hart wie Granit. »Bitten Sie Emmeline ungeniert um Hilfe, oder wenn Sie etwas brauchen ... gute Nacht!«

Als sie gegangen war, seufzte Florrie: »Ich glaube nicht, dass Sie mir die Tabletten absichtlich gegeben haben, Miss Keate«, sagte sie versöhnlich. »Sie waren heute schrecklich nett zu mir. Miss Evelyn sagt, ich wäre bestimmt gestorben, wenn Sie mich nicht gerettet hätten!«

Ich sah keinen Grund, Florrie über den seltsamen Tausch aufzuklären. »Ist schon in Ordnung! Jetzt will ich Ihre Kissen aufschütteln, und dann versuchen Sie zu schlafen.«

»Miss Keate, war heute die Beerdigung?«

»Ja.«

»Eine große?«

»Ich weiß es nicht. Es gab viele Blumen.«

»Das dachte ich mir. Wahrscheinlich war die ganze Stadt da. Miss Keate, hat man den Dieb schon erwischt?«

»Nein.«

Darüber brütete sie eine Weile. Dann sagte sie grinsend: »Den wird man auch nicht finden. Die Diamanten – die Diamanten hat niemand gestohlen! Ich weiß genau, wo sie sind!«

12

Da wusste ich plötzlich, dass ich es die ganze Zeit geahnt hatte: Mit den fehlenden Diamanten war etwas faul. Doch hatte ich nicht mit eigenen Augen gesehen, wie Adela den Safe öffnete und ihr Verschwinden entdeckte? Wer hatte sie im passenden Moment beiseite geschafft?

»Wieso wissen Sie das? Warum haben Sie nichts gesagt?«

Florrie wollte nicht mit der Sprache herausrücken. »Man ist in diesem Haus nur sicher, wenn man sich nicht in anderer Leute Angelegenheiten mischt.«

Erst als ich ihr drohte, es Miss Adela zu verraten, wurde sie gesprächig.

Die Diamanten steckten in dem großen Glasgefäß mit dem grünen Badesalz im Bad neben Janices Schlafzimmer. Am Morgen nach Bayards Tod hatte Florrie sie da entdeckt. Beim Staubwischen hatte sie das Glas hochgehoben. Dabei waren einige Steine durch das Badesalz zur Wand geglitten. Sie hatte sich das Glas genau angesehen und glaubte, dass es die ganze Sammlung war.

»Ein gutes Versteck«, meinte sie nachdenklich. »Das Badesalz ist fast undurchsichtig. Nur weil Licht in einem Diamanten aufblitzte, fiel es mir auf. Aber ich habe es niemand gesagt. Ich möchte keine Schwierigkeiten. Ich wusste, dass sie dort sicher sind, weil Miss Janice Badesalz hasst und es nie braucht. Sie behält das Glas nur wegen der Farbe.«

»Sind die Steine immer noch dort?«

»Soviel ich weiß, ja!«, antwortete sie. »Schwester, glauben Sie, dass Miss Janice schuld daran ist, dass ich dieses – Veronal geschluckt habe?«

»Ich weiß es nicht, Florrie! Warum vermuten Sie das?«

»Sie kann mich nicht leiden. Erst gestern hat sie mir gedroht.«

»Gedroht?«

»Ja. Ich würde noch bedauern, was ich getan hätte. Und gleich darauf bekam ich diese Tabletten und wäre fast gestorben.«

Bei dem Gedanken, dass Janices Rüge so prompt gewirkt haben sollte, musste ich lächeln. Dann fiel mir etwas ein. »Florrie, denken Sie mal genau nach! Haben Sie die Schachtel irgendwo kurz liegen gelassen, bevor Sie die Tabletten schluckten? Auf einem Tisch? Irgendwo?«

»Nein«, antwortete sie sofort. »Ich bin ganz sicher, Miss Keate. Ich ging mit der Schachtel von Ihnen direkt in mein Zimmer und nahm die ersten zwei Tabletten, bevor ich mich auszog. Dann wurde mein Kopf nicht besser, und so nahm ich noch mehr.«

»Wie viele? Haben Sie nicht gemerkt, dass sie viel größer waren?«

»Nein, warum auch? Da sie aus dem Krankenhaus stammten, nahm ich an, dass sie eben ein wenig anders wären. Wissen Sie, was die Leute über Bayards Tod reden? Wer ihn getötet hat?«

»Nein. Sie sollten schlafen, Florrie!«

»Sie behaupten, es war Hilary. Sie werden noch erleben, dass ich recht habe. Hilary und Bayard konnten sich nicht ausstehen!«

»Florrie, wissen Sie etwas Näheres über eine Nita Thatcher? Haben Sie je gehört, dass jemand Nitas Grab erwähnte?«

»Nein. Der Name steht auf einem Grab. Aber ich habe nie jemand darüber reden gehört. Dave geht oft auf den Friedhof! Und Miss Adela! Und sogar Bayard ging ab und zu hin!«

»Hatte diese Nita irgendetwas mit Bayard zu tun?«

Florrie zog ihre farblosen Augenbrauen zusammen. »Ich weiß es nicht, Miss Keate. Wenn da irgendetwas gewesen wäre, hätte ich es bestimmt erfahren.«

Fast hätte ich hinzugefügt: »Und alle Leute in der Gegend.«

Ich pflegte Florrie drei Tage lang. Nach außenhin war es eine friedliche Zeit, die von der erfolgreichen Anstrengung der Thatchers geprägt war, Bayards Tod zu ignorieren und eine gefasste Haltung zur Schau zu stellen. Das einzige Anzeichen, dass nicht alles stimmte, war der Umstand, dass Hilary und Evelyn noch blieben, statt in ihr eigenes Haus zurückzukehren, und dass kein Mädchen zur Aushilfe engagiert wurde, solange Florrie krank war. Janice und Evelyn teilten sich in ihre Arbeit. Es gelang ihnen, Florries Vergiftung geheim zu halten, obwohl Adela einmal Florries Mutter besuchte. Ich habe nie erfahren, womit sie sich ihr Schweigen erkaufte.

Bayard wurde nicht erwähnt. Strove kam vorbei und sprach bedauernd von den Diamanten und dem Dieb, und ich überlegte mir, ob es meine Pflicht war, ihn zu informieren. Offenbar wollte der Sheriff gar nichts Genaueres erfahren, und an wen hätte ich mich sonst wenden sollen mit meinem Verdacht, dass Bayard von einem Familienmitglied getötet worden war? Sollte ich mich überhaupt einmischen? Wenn ein Fremder verhaftet worden wäre, hätte ich mit meinem Wissen nicht hinter dem Berg gehalten. Im Grunde ahnte ich, dass es nicht dazu kommen würde. Etwas Drohendes schien in der Luft zu liegen, beim Atmen und Essen, wenn sich unsere Blicke trafen und wir schnell wieder wegsahen.

Sogar Emmeline war nervös. Sie bewegte ständig die Finger

und bekam plötzlich Nervenschmerzen, die sie mit einer grünen Salbe bekämpfte, deren Duft auch nicht gerade zu unserem Seelenfrieden beitrug.

Ich war mit den Nerven ziemlich am Ende und schlief schlecht. Ich hatte nur noch einen Gedanken: Flucht. Aber Dr. Bouligny bestand darauf, dass ich blieb, denn Florrie brauchte Pflege. Als er mich wegen des restlichen Veronals befragte, sagte ich, dass Evelyn es an sich genommen hätte.

Als Florrie schon wieder länger auf sein konnte, startete Adela ihre Kampagne. Ich fragte mich, wie oft sie geübt, sich jeden Schritt überlegt, jeden schwachen Punkt bedacht hatte, bevor sie mich am Nachmittag des vierten Tages nach Florries Vergiftung in die Bibliothek rief. Der Stuhl mit der hohen Lehne, den sie gewählt hatte, unterstrich noch ihre Würde. Die blassblauen Augen hinter der blankgeputzten Brille wirkten kühler als sonst. Das lavendelblaue Seidenkleid umfloss sie in eleganten Falten, und sie trug dazu ihren Lieblingsspitzenkragen.

»Miss Keate«, sagte sie, »ich habe Sie sehr schätzen gelernt. Ich habe den Eindruck, Sie sind eine vernünftige und gesunde Frau. Ich brauche Ihre Hilfe.«

»Meine Hilfe?«

»Ja. Wissen Sie, Bayards Tod war ein großer Schock. Bis jetzt haben wir mit der Suche nach dem Täter keinen Erfolg gehabt. Dem Mann, der die Diamanten stahl. Mr. Strove glaubt nicht, dass er ihn noch findet. Ich bin völlig überzeugt, dass Bayard von einem gerissenen Dieb getötet wurde, hier – in meinem Haus –, wo seit Generationen Thatchers wohnen. Es wird viel Gerede geben. Die Leute klatschen immer über eine Familie, die – die mehr oder weniger bekannt ist und der es nie an – irdischen Gütern gefehlt hat. Ich bin ganz sicher, dass die Angehörigen meiner Familie unschuldig sind. Aber zu ihrem eigenen Schutz möchte ich das auch beweisen!«

Obwohl mir ihre Unterhaltung mit Evelyn und Hilary einfiel, die ich vom Bad aus belauscht hatte und bei der sie gesagt hatte, sie würde mich schon überzeugen, glaubte ich, meinen Ohren nicht zu trauen. Wie wollte sie die Unschuld ihrer Familie beweisen, da ich doch wusste, dass es keinen Dieb gab? Dass die Diamanten nie gestohlen worden waren? Da ich von dem Revolver wusste und Janices blutbeflecktem Hut! Da ich soviel wusste – und doch nicht genug.

Janice hatte gesagt, dass Bayard die Familie seit Jahren bluten ließ.

Schweigen senkte sich über den langen Raum mit dem leeren Fleck am Boden, nahe bei meinen Füßen, wo der Läufer mit dem toten Bayard gelegen hatte. Die Tür zu dem kleinen schalldichten Arbeitszimmer, wo, wie ich wusste, Bayard in Wahrheit erschossen worden war, war fest geschlossen. Warum ich felsenfest glaubte, dass Dave genau in jenem Augenblick sich dort aufhielt, weiß ich nicht. Vielleicht, weil ich ihn so selten sah und dies sein Refugium war.

»Ich beabsichtige«, sagte Adela langsam und offen, »ihre Unschuld zu beweisen. Und Sie können mir dabei helfen, Miss Keate. Ich möchte, dass Sie bei allen Gesprächen dabei sind und jede Frage, jede Antwort hören. Und wenn Sie irgendwann den Eindruck haben, dass ich nicht gründlich genug bin, müssen Sie es mir bitte sagen und fragen, was Ihnen auffällt.«

Allmählich begriff ich, dass sie ihre eigene Untersuchung über den Fall inszenieren wollte. Ich wunderte mich über ihren Mut. Dazu bedurfte es der Klugheit einer Schlange, der Gerissenheit eines Diplomaten und der Vorsicht eines Seiltänzers.

»Ich habe Emmeline gebeten, den Anfang zu machen. Ich werde sie genau verhören, Miss Keate, und möchte, dass Sie gut aufpassen. Und wenn Sie nicht völlig überzeugt ...« Sie brach ab. Beinahe hätte sie sich und ihre Motive verraten. »Ich meine«, fuhr sie fort, »falls ich etwas übersehe, machen Sie mich, bitte, sofort darauf aufmerksam.«

»Sie wollen wirklich, dass ich frage, was mir in den Sinn kommt?«

Sie war erleichtert. Offensichtlich wollte sie genau das! In ihren Augen die einzige Möglichkeit, mich zu überzeugen. »Ja, Miss Keate«, sagte sie, »haben Sie keine Hemmungen! Sie haben einen so viel objektiveren Blickwinkel und können die Dinge viel besser beurteilen! – Oh, da sind Sie ja, Emmeline! Kommen Sie, bitte, herein und setzen Sie sich!« Die große Frau setzte sich steif auf eine Ecke des Sessels und sah mit Misstrauen zuerst auf mich und dann auf Adelas Mund. »Emmeline, ich möchte Ihnen ein paar Fragen über den Nachmittag des Raubmordes stellen und bitte Sie, offen zu antworten. Verstehen Sie mich?«

»Ja, Ma'am«, antwortete Emmeline mit einem weiteren Seitenblick auf mich.

Ich wunderte mich erneut, dass Adela den Mut hatte, ein so gefährliches Unternehmen zu starten. War sie wirklich überzeugt, dass ihre Familie unschuldig war? Oder wusste sie, wer Bayard ermordet hatte, und zählte auf ihre Macht, ihn schützen zu können?

»Sie kochten an jenem Nachmittag in der Sommerküche Marmelade. Haben Sie außer Higby jemand gesehen?«

»Nein, Ma'am, keine Menschenseele.«

»Sie standen nicht die ganze Zeit am Küchenfenster?«

»Doch, natürlich, Ma'am!«

»Aber Emmeline, Sie konnten doch nicht ständig am Fenster sein.« Adelas Gesicht war wieder wie aus Stein.

»Doch, Ma'am. Higby wird bei der Hitze immer faul. Und Miss Janice hatte gesagt, sie würden alle weg sein und ich sollte lieber ein Auge auf ihn haben. Darum stellte ich den Zucker und die Gläser unters Fenster, und den kleinen Kocher, das Seihtuch und alles, was ich brauchte, auf den langen Tisch, Sie wissen, wie breit die Fenster sind, Miss Adela. Ich hatte die ganze Zeit ein Auge auf ihn, wie versprochen. Er wusste es auch und arbeitete immerzu.«

»Können Sie von dort den Hintereingang sehen?«

»Ja, natürlich, das wissen Sie doch, Miss Adela! Man muss ja auf die Hintertür sehen, weil sie dem Küchenfenster genau gegenüberliegt. Nein, Ma'am, niemand kam zur Hintertür herein, den ganzen Nachmittag nicht, Ma'am! Da bin ich ganz sicher.«

Adelas Gesicht sah grau und alt und müde aus. Aber sie war nicht unterzukriegen. »Können Sie die Fenster der Bibliothek von der Sommerküche aus sehen?«

Emmeline wurde zornig: »Sie wissen, dass das nicht möglich ist, Ma'am!«

»Dann hätte jemand ungesehen durch die Bibliotheksfenster eindringen können?«

Emmeline verstand nicht sofort, und die Frage musste wiederholt werden. In diesem Augenblick kam Pansy durch das Zimmer gewatschelt und ließ sich mit müdem Seufzer zu Adelas Füßen nieder.

»Ja, natürlich ist das möglich. Aber Higby mähte den ganzen Nachmittag den Rasen, und niemand hätte ihn überqueren können, ohne dass ich es gesehen hätte. Außer wenn jemand von der Vorderseite kam und Higby –«

»Higby soll das selbst erklären«, meinte Adela ziemlich scharf.

»Das ist alles, Emmeline – oder – Miss Keate?«

»Als Sie ins Haus kamen und Bayard fanden, haben Sie da jemand gesehen? War das Haus ganz leer?«

Adela nickte anerkennend und gab die Frage sofort an Emmeline weiter.

»Ja«, antwortete Emmeline. »Es war niemand in der Nähe. Ich hätte es gemerkt. Ich muss mich mit den Augen für die Ohren schadlos halten.«

»Haben Sie unten in den Räumen nachgesehen? Oder oben?«

»Nein, natürlich nicht! Sie wissen, was ich tat. Als ich an der Tür zur Bibliothek vorbeikam und ihn liegen sah – genau dort, wo Sie sitzen, Miss Keate –, rannte ich zu ihm hin. Ich ließ meinen Löffel voller Marmelade fallen und rannte hinaus, und dort standen Sie auf der Treppe. Das habe ich Ihnen bereits erzählt.«

»Sie sehen, Miss Keate, es hätte sich jemand verstecken können, ohne dass Emmeline es merkte. Obwohl ich wirklich glaube, der Dieb flüchtete sofort. Fällt Ihnen noch etwas ein?«

»Jetzt gerade nicht«, erwiderte ich und überlegte, wie schwer ich nach Dingen fragen konnte, die ich tatsächlich wissen wollte, ohne einen gefährlichen Verdacht auf mein eigenes Haupt zu lenken. Was würden sie sagen und was tun, wenn sie entdeckten, wie viel ich wusste?

»Schön, Emmeline. Das ist alles. Higby ist auf dem Ostrasen. Schicken Sie ihn, bitte, her!«

Wir warteten schweigend. Ich konnte nicht ausmachen, was Adela von Emmelines störrischer Verneinung der Möglichkeit eines Diebstahls hielt. Welche Ironie des Schicksals, dass Adela schon kurze Zeit später über Emmelines Haltung mehr als froh sein sollte.

Higby war leichter zu verwirren. Vermutlich machte ihn Adelas große Würde unsicher. Zuerst behauptete er, keine Fliege hätte in die Bibliothek fliegen können, ohne dass er es gemerkt hätte. Schließlich gab er zu, dass er beim Mähen notgedrungen den Fenstern mehrmals den Rücken zugekehrt hatte.

»Es gibt dort keine Büsche, Miss Adela, außer an der Vorderseite. Und ich drehte dem Haus nur ganz kurz den Rücken zu.«

»In einem Augenblick kann viel geschehen«, meinte Adela. »Denken Sie nicht auch, Miss Keate, dass der Dieb ins Haus hätte gelangen können, ohne dass ihn Higby sah?«

»Ich glaube nicht, dass jemand ...«, begann Higby hilflos.

»Nur hätte sich ein Dieb von der Hinter- oder Vorderseite des Hauses her nähern müssen«, meinte ich. »Da es keine seitlichen Türen gibt, bleibt nur diese Möglichkeit. Und Emmeline ist sicher, dass niemand auf der Rückseite war. Und ich bin ebenso sicher, dass niemand von der Vorderseite kam. Wir drei hatten das Haus von allen Seiten unter Beobachtung!«

Adela wusste, wann sie nachgeben musste. »Ganz richtig, Miss Keate. Halten Sie es nicht für möglich, dass sich ein Eindringling von Westen nähern konnte, Higby?«

»Nein, Ma'am«, antwortete Higby nach kurzem Überlegen, »niemand war da.«

»Aber Sie haben den Rasen ununterbrochen gemäht«, erinnerte ihn Adela.

»Ja, Ma'am!« Verwirrt sah Higby auf seine Füße.

»Und beim Mähen drehten Sie den Fenstern öfters den Rücken zu, und auch dem Rasen. Und Sie konzentrierten sich auf Ihre Arbeit.«

»O ja, Ma'am«, gab Higby unsicher zu.

»Sie sehen, Miss Keate, er konzentrierte sich die ganze Zeit auf seine Arbeit und achtete wahrscheinlich gar nicht auf andere Dinge. Es ist möglich, dass jemand hinter seinem Rücken über den Rasen lief, einen passenden Moment abwartete und dann ins Haus schlüpfte.«

Higby zögerte.

»Sie können jetzt gehen«, sagte Adela leichthin und fügte ein »Danke« hinzu, als Higby verlegen verschwand. Zu mir sagte sie: »Higby ist sich einer Sache nie richtig sicher. Das passt zu diesem Typ. Er und seine Familie wären verhungert, wenn wir nicht eine Beschäftigung für ihn gefunden hätten. Er arbeitet nicht gern und muss immer beaufsichtigt werden.«

Emmeline stand in der Tür. »Mrs. Steadway möchte Sie besuchen, Ma'am.«

Adela war sichtlich froh über die Unterbrechung. »Bitten Sie sie herein, Emmeline. Es ist die Frau des Farmers, der die Ostfarm gepachtet hat«, erklärte sie mir. »Wirklich sehr tüchtige Leute! Oh, guten Tag, Mrs. Steadway! Treten Sie ein!«

»Ich wäre schon früher gekommen, Miss Adela, aber es gab soviel einzukochen. Es tut uns leid, dass Sie so viel durchmachen mussten.«

Die Frau hatte ein frisches Gesicht und sah tüchtig aus.

»Bitte, setzen Sie sich, Mrs. Steadway. Das ist unsere Krankenschwester, Miss Keate. Ja, es war schrecklich, für uns alle.«

»Das sagte ich auch zu meinem Mann. Miss Janice kam an jenem Nachmittag zu uns und holte Butter und Eier. Sie konnte ja nicht ahnen, was inzwischen hier passierte.«

»Nein. Nein. Die arme Janice!«

Adela saß aufrecht und steif auf ihrem hochlehnigen Stuhl und fixierte ihre Besucherin durch die Brille. Ein verlegenes Schweigen entstand. Mrs. Steadways Blicke wanderten zwischen mir und Adela hin und her. Sie suchte nach einem Gesprächsthema.

»Ja, das sagte ich auch zu meinem Mann. Sie konnte ja nicht ahnen, was passierte, während sie sich oben auf dem Hügel mit dem jungen Mr. Carick unterhielt.«

13

Wahrscheinlich erfuhr Mrs. Steadway nie, welche schicksalhafte Rolle sie im Fall Thatcher spielte. Adela versuchte, es zu verhindern. Das sofortige Sammeln ihrer restlichen Kräfte, um diese neue Enthüllung ertragen zu können, spiegelte sich so deutlich auf ihrem Gesicht, dass ich mich wunderte, wie unsere Besucherin immer noch höflich, schüchtern und völlig ahnungslos dasitzen konnte.

»Sie meinen Allen Carick«, sagte Adela steif. »Er ist bei meinem Bruder Hilary und seiner Frau zu Besuch. Er ist Evelyns Bruder, wie Sie wissen. Wir haben Allen alle sehr gern. Dave – mein Bruder Dave – begleitete ihn.«

»O nein!« Mrs. Steadway ergriff erleichtert die Gelegenheit, ihr Unbehagen mit einem Redeschwall zu überbrücken. »Nein, er war nicht dabei, nur Mr. Carick! Er fuhr Frank Whitings alten Sportwagen, und als ich ihn neben Miss Janices Auto halten sah, dachte ich, es sei Frank Whiting. Dann sah ich Mr. Carick aussteigen. Sie unterhielten sich ziemlich lange. Mr. Thatcher war nicht dabei.«

»Ja, ja. Wir haben Allen alle sehr gern«, wiederholte Adela mit bläulichen Lippen. »Hilary kaufte Mr. Whitings alten Wagen für die Jungen. Sie werden bald für den restlichen Sommer nach Hause kommen.«

Adela machte höfliche Konversation, bis sie Mrs. Steadway schließlich hinauskomplimentieren konnte. Kaum war sie durch die Halle verschwunden, erhob sich Adela, warf mir einen Blick zu, der alles bedeuten konnte, und schritt auf Daves Arbeitszimmer zu. Sie klopfte, wartete einen Augenblick und kehrte langsam zu ihrem Stuhl zurück.

»Ich störe ihn nicht gern«, sagte sie. »Es geht ihm in letzter Zeit nicht gut. Aber ich muss ihn natürlich fragen – ich dachte, sie waren den ganzen Nachmittag zusammen fischen. Er und Allen, und – ach, Janice. Du bist es. Komm doch herein!«

Janice zögerte, als spürte sie, dass etwas in der Luft lag. Dann fragte sie: »Ist etwas nicht in Ordnung?«

»Nein, nein! Nur, Janice – Mrs. Steadway war gerade hier und erwähnte zufällig, dass Allen dich auf dem Hügel bei der Farm an jenem Nachmittag traf, an dem Bayard getötet wurde. Und dass Dave – nicht dabei war. Stimmt das?«

Janice kam langsam auf uns zu. In ihrem weißen, streng-geschnittenen Kleid sah sie sehr zerbrechlich aus. »Ja«, sagte sie, »das stimmt.«

Adela war verwirrt. »Du hast es nie erwähnt. Wir dachten, Dave und Allen seien den ganzen Nachmittag zusammen gewesen.«

»Allen und ich fanden es besser so. Und Dave widersprach nicht. Wir wollten unnötiges Gerede vermeiden.«

»Wo war Dave denn dann?«

»Ich weiß es nicht.«

Adela schloss für einen Augenblick die Augen, um sich zu sammeln. »Du kannst vor Miss Keate offen sprechen, Janice. Ich weiß, dass niemand von der Familie irgendetwas mit Bayards Tod zu tun hat. Ich weiß es so sicher, dass ich den Beweis dafür antreten will. Miss Keate soll alles hören.«

»Ich habe keine Ahnung, wo Dave war«, erklärte Janice zögernd. »In letzter Zeit fühlte er sich nicht wohl, ich wollte ihn nicht fragen. Als ich Allen bei der Farm traf, sagte er, Dave sei es zu warm zum Fischen, er wollte spazieren gehen, es täte seinem Kopfweh gut. Allen und ich unterhielten uns eine Weile, und dann fuhr er zum See zurück und traf Dave. Dave sagte, sein Kopfweh sei weg, und dann fischten die beiden bis – bis sie nach Hause kamen und wir alle in der Bibliothek standen.«

»Dave ging spazieren?«, fragte Adela. »Wohin denn?«

Die beiden Frauen wechselten einen Blick.

»Ich weiß es nicht«, antwortete Janice. »Aber – er kam natürlich nicht zum Haus zurück. Emmeline hätte ihn gesehen. Oder Higby. Oder Miss Keate.«

»Das stimmt«, sagte Adela. »Das stimmt absolut! Ich werde ihn dennoch fragen. Ich hätte es längst erfahren müssen. Trotzdem – Allen und du, ihr tatet recht daran, es nicht zu erzählen. Liebe Janice, würdest du mir bitte ein paar Fragen beantworten?«

»Gern, Adela. Meinst du über –«

»Über Bayard, meine Liebe.«

»Ach so!« Ihre blassen Hände umklammerten die Armlehnen des Sessels. Sie war auf der Hut. »Also gut, Adela!«

Trotz aller Resolutheit fiel es Adela nicht leicht, mit ihrem Verhör fortzufahren. »Janice, an jenem Nachmittag, als wir – du und ich – nach Hause kamen, da spazierte ich noch im Garten, und du nahmst die Körbe und gingst direkt ins Haus. Was hast du dann gemacht?«

»Ich brachte die Körbchen in die Küche und ging die hintere Treppe hinauf.«

»Wohin hast du die Körbe gestellt?«

»Den Eierkorb in den Kühlschrank. Den Korb mit Butter und Buttermilch auf den Küchentisch.«

»Als du an der Tür zur Bibliothek – ach, Janice, ich kann dich nicht so ausfragen! Willst du mir nicht die Wahrheit sagen? War Bayard da nicht tot – hier auf dem Teppich –?«

Janice erhob sich, ging zur Tür von Daves Arbeitszimmer, lauschte einen Augenblick und kehrte langsam zu ihrem Sessel zurück. »Ist Dave in seinem Zimmer, Adela?«

»Ja, ich glaube. Seit dem Frühstück habe ich den armen Jungen nicht mehr gesehen. Wahrscheinlich hat er wieder einen Migräneanfall, aber ich möchte ihn nicht stören. Vielleicht kann er schlafen. Er schläft in letzter Zeit so schlecht.«

Irgendwie gefielen mir diese Erklärungen nicht, aber ich wusste nicht, warum.

»Es geht ihm gar nicht gut«, sagte Janice nachdenklich. »Ich fürchte, er hat Bayards Tod schlecht verdaut, was ihm niemand übel nimmt. Ja, Adela, Bayard war tot, als ich durch die Halle kam!«

Ein paar tiefe Falten auf Adelas Gesicht glätteten sich, als hätte sie eine Schlacht siegreich geschlagen. »Und du kamst herein und beugtest dich über ihn?«

»Ja.«

»Und du hattest deinen weißen Filzhut auf, nicht wahr? Du bücktest dich, um festzustellen, ob er tatsächlich tot war, und so geriet Blut an deinen Hut?«

Janice sah mit angstvoll aufgerissenen Augen aus dem Fenster. »Ja, so war es.«

»Und du warst erschrocken, so erschrocken und durcheinander, dass du nicht mehr wusstest, was du tatest. Du ranntest hinauf und legtest den Hut ab. Du hörtest Emmeline schreien und kamst wieder herunter. Und bei all der Aufregung war keine Gelegenheit mehr zu sagen, dass du ihn vor Emmeline entdeckt hattest.«

»Keine Gelegenheit«, echote Janice erstickt und sah weiter auf den grünen Rasen hinaus.

»Sehen Sie, Miss Keate? Und, Janice, du hast deinen Hut nicht absichtlich versteckt. Ich meine, du hast ihn nicht versteckt wegen der – der Blutflecken, nicht wahr?«

»Nein. Ich konnte die Blutflecken einfach nicht sehen. Ich wollte sie entfernen, mit kaltem Wasser, weißt du. Aber ich hatte keine Zeit mehr. Florrie fand ihn.« Es war keine Entschuldigung, kein Versuch einer Erklärung. Einfach eine Feststellung.

»Dann ist da noch die Sache mit dem Revolver, Janice. Du weißt, Emmeline brachte ihn mir. Miss Keate war dabei. Du –« Plötzlich wurde Janices Gesicht lebendig.

»Frag mich nicht nach dem Revolver, Adela!«, unterbrach sie sie heftig. »Frag mich nicht! Du weißt, dass ich nicht gut lügen kann.«

Adela wirkte unerschütterlich und streng. Ihre Brillengläser blitzten. »Ich will nicht, dass du lügst, Janice! Ich will, dass du die Wahrheit sagst! Nur die Wahrheit kann uns retten.«

Die beiden Frauen starrten sich an, Janice biegsamer Stahl, Adela sture, granitene Entschlossenheit.

Schließlich sagte Janice: »Du weißt nicht – du ahnst nicht, was du da verlangst.«

Ich glaube, sie hatten mich ganz vergessen.

»Ich weiß es genau! Warum sagst du mir nicht die Wahrheit? Keiner hier sagt mir was. Ich spüre, dass alle etwas verbergen. Du und Hilary und Evelyn – alle. Als ob ich eine hilflose alte Frau wäre. Das ist mein Haus und meine Familie! Ich muss Klarheit haben!« Es war das einzige Mal, dass ihr undurchdringlicher Schild aus Würde ins Wanken geriet.

Ihre Worte rührten Janice. Sie setzte zum Sprechen an. Doch in diesem Augenblick erschien Evelyn in der Tür. Ihre dunklen Augen wanderten von einem zum andern. »Stimmt etwas nicht?«, fragte sie.

»Nein«, sagte Janice.

»Warum hilft mir niemand von euch?«, rief Adela. »Allein schaffe ich es nicht.«

Evelyn fragte nicht, worum es ging. Mit ihrem praktischen

Verstand erfasste sie die Situation sofort. »Wir tun, was wir können, um dir zu helfen, Adela«, beruhigte sie sie. »Mein Gott, ist es heiß heute Nachmittag! Emmeline soll Eistee machen! Ich werde es ihr sagen.« Es war sehr still in der Bibliothek, bis Evelyn kurz darauf zurückkehrte. »Also«, sagte sie nüchtern. »Was kann ich für dich tun, Adela?«

»Ich möchte nur, dass ihr mir die Wahrheit sagt, Evelyn«, erklärte Adela rundheraus. Sie hatte sich wieder völlig in der Gewalt. »Nur so kann ich beweisen –« Ein kalter Blick streifte mich. »Wir haben es nicht nötig, die Wahrheit zu fürchten.«

Evelyns klare Augen wanderten auch zu mir. Sie strich sich ihr goldblondes Haar zurück und sagte: »Ich war gerade zu Hause. Von den Jungen ist ein Brief gekommen. Und von Tante Hetty. Allen und Hilary sind mit mir zurückgefahren. Sie müssen jeden Augenblick hereinkommen – da sind sie schon!«

»Mein Gott, was für eine Hitze«, stöhnte Hilary. Er trug kein Jackett und hatte Schweißflecken auf dem Hemd. Allen schüttelte Adela die Hand.

»Setz dich, Allen!«, sagte Adela. »Ihr kommt gerade zur rechten Zeit. Ich brauche eure Hilfe.«

Hilarys Misstrauen war sofort geweckt. Er sah schnell zu Adela und zu mir und sagte: »Natürlich, Adela, natürlich!«

»Weißt du«, sagte Adela, »ich finde, wir sind es uns schuldig zu verhindern, dass über Bayards Tod geklatscht wird.« Im Zimmer war es einen Augenblick ganz still. Es schien Adela Überwindung gekostet zu haben, die Worte »Bayards Tod« auszusprechen. Das Echo hing lange in der Luft – Bayards Tod, Bayards Tod. »Jedes üble Gerede …«, fuhr sie steif fort und stockte. Hilflos sah sie Evelyn an. Und die praktische Evelyn ergriff die Initiative.

»Ich halte das für sehr klug, liebe Adela. Eine gute Sache, uns und jedem Außenstehenden zu beweisen, dass keiner von uns ihn tötete. Wolltest du das damit sagen?«

»Wie? Ja – natürlich!«, antwortete Adela, etwas aus der Bahn geworfen.

»Fang nur an, Adela«, sagte Hilary da betont großzügig. »Ich bin zu jedem Verhör bereit.« Er setzte sich.

»Vielen Dank, Hilary«, sagte Adela schroff. »Es ist einfach notwendig, dass wir die Wahrheit herausfinden. Versucht nicht, etwas vor mir zu verbergen! Also, Hilary, wo war Bayard, als du zum letzten Mal mit ihm sprachst?«

»Hier in der Bibliothek.«

»Worüber habt ihr gesprochen?«

»Ach, ich erkundigte mich nach seinem Befinden. Ob ich etwas für ihn tun könnte. Ah, da kommt Emmeline mit dem Eistee. Das wird uns guttun.« Die Ablenkung schien sehr willkommen zu sein.

Das Eis klingelte in den hohen Gläsern. Emmeline reichte das Tablett herum. Adela nippte vorsichtig an ihrem Tee. Als Emmeline das Tablett auf den Tisch gestellt hatte und hinausging, fragte Adela: »Du hattest doch nicht etwa Streit mit Bayard, Hilary? Es hätte sich bestimmt herumgesprochen. Bei uns bleibt ja nichts geheim.«

»Nein, natürlich nicht!« Hilary schlürfte ruhig seinen Tee. »Das heißt, nur das übliche. Er wollte mehr Geld, aber das wisst ihr ja. Er wollte immer mehr Geld! Er hat uns seit Jahren ausgesaugt.«

»Hilary! Bitte, mäßige dich!« Vorsichtig stellte Adela ihr Glas auf den Tisch ab. »Es stimmt tatsächlich, Miss Keate. Bayard war für uns alle eine ständige Quelle der Angst und des Ärgers.«

»Er war ein Schurke durch und durch!« Hilary lief rot an. »Immer wieder gaben wir ihm Geld, halfen ihm, geschäftlich Fuß zu fassen. Immer wieder misslang ihm alles, verschwendete er das Geld und wollte mehr. Er überredete uns immer wieder. Wenn er nicht an unser Mitleid appellierte, so –« Hilary hielt plötzlich inne, und sein erschreckter Blick wanderte zu seiner Frau.

»Vielleicht wissen Sie nicht, Miss Keate«, meinte Evelyn, »wie schwierig es ist, so jemand in der Familie zu haben. Wir konnten nicht dulden, dass er unseren Namen beschmutzte, seine Drohungen wahrmachte. Ganz abgesehen davon – ich glaube, wir können ihr ebenso gut die ganze Wahrheit erzählen, Hilary!«

»Unsinn. Nicht nötig!«

»Doch. Wissen Sie, Miss Keate, mein Mann hat als Junge etwas sehr Dummes angestellt. Als er und Dave und Bayard zusammen in der Volksschule waren.«

»Findest du wirklich, dass Miss Keate es erfahren muss, Evelyn?« Adela sah alt und verfallen aus, ihre Hände spielten mit der Türkiskette.

»Ja«, antwortete Evelyn gelassen. »Es schadet doch nichts, wenn wir Miss Keate jetzt die Wahrheit sagen – wo wir schon so weit gegangen sind, wird sie denken, es war noch etwas viel Schlimmeres. Es war nur ein Jungenstreich, Miss Keate. Hilary brauchte dringend Geld, und –«

»Wir hatten Karten gespielt!«, begann Hilary und sah trotzig und beschämt aus wie ein Schuljunge. »Ich verlor, und der Junge, der gewonnen hatte, drohte mir, es dem Lehrer zu sagen, falls ich nicht zahlte. Er – dieser Junge – ging sowieso von der Schule ab, also konnte es ihm egal sein. Aber mich hätte man gefeuert. Ich hatte keinen Cent und wusste, dass mir Adela außer der Reihe keinen Scheck schicken würde, ohne den genauen Grund zu erfahren. Bayard hatte ein wenig Geld auf der Bank, und ich – ich fälschte seinen Namen auf einem Scheck.« Er wischte sich wieder über das Gesicht. »Es war nur ein kleiner Betrag. Wir hatten uns oft damit amüsiert – Sie wissen wie Kinder sind –, die Unterschrift anderer Leute nachzumachen. Bayard – Bayard behielt den Scheck. Er war mit Bleistift geschrieben. Er radierte das Datum und den Betrag aus und behielt ihn die ganzen Jahre über und drohte, einen höheren Betrag einzusetzen und ein neueres Datum und mich zu verklagen. Er wäre nicht weit gekommen, obwohl ich da nicht ganz sicher bin. Auf jeden Fall hätte es großen Stunk gegeben.«

»Hilary!«, protestierte Adela schwach.

»Du weißt ganz gut, Adela, dass es für viele Leute eine willkommene Gelegenheit gewesen wäre, mich zu diskreditieren. Für einen Bankier wäre das –«

»Dann hat er Sie also gerade jetzt mit dem Scheck erpressen wollen?«, fragte ich.

Hilary sah mich beunruhigt an. »Ja. Er wollte eine größere Summe. Mehr als ich ihm geben konnte. Er fand, es sei ein günstiger Augenblick, mich auszuquetschen.«

»Aber du hast dich nicht mit ihm gestritten, an diesem letzten Nachmittag?«

»Nein, Adela«, antwortete Hilary langsam.

»Und du hast ihn auch nicht erschossen!«, sagte Allen vom Fenster her, mit dem Rücken zu uns.

Hilary sprang auf. »Mein Gott, nein! Er war ein Schurke. Eine Schande für die Familie. Aber ich hätte ihn nicht töten können!«

»Als du gingst, lebte er noch!«, sagte Evelyn rasch. »Bedenke, Allen, dass ich Bayard als Letzte lebendig sah. Nachdem Hilary mit ihm gesprochen hatte.«

Allen wandte sich plötzlich vom Fenster weg, trat auf seine Schwester zu und legte ihr die Hand unter das Kinn. Er lächelte und sah ihr in die Augen, die den seinen ähnelten. »Schon gut. Wir wissen, dass du ihn nicht umgebracht hast.«

»Also, Bayard war noch am Leben, als Evelyn ihn verließ«, sagte Hilary. »Und er war tot, als ihn Emmeline eine Stunde später fand. Keiner von der Familie hat ihn in der Zwischenzeit gesehen.«

»Das stimmt nicht, Hilary«, warf Janice ein. »Ich habe es gerade Adela erzählt: Als ich von der Farm zurückkam und ins Haus ging – bevor Adela hereinkam –, war er schon tot. Ich sah ihn daliegen, bevor Emmeline ihn fand.«

»Janice«, Allen lief auf sie zu. Wir hätten blind sein müssen, wenn wir die Liebe und die Sorge in seinem Gesicht nicht gesehen hätten. Aber Janice stieß ihn energisch weg.

»Nein, ich erschoss ihn nicht. Doch ich bin froh, dass er tot ist. Ich finde, wir sollten unsere Unterhaltung beenden. Wir sollten nicht herauszubekommen versuchen, wer es getan hat. Wenn es jemand von der Familie war, ist es doch besser, dass –«

»Aber Janice«, sagte Adela heiser, als wäre ihr die Kehle trocken, »es war niemand von der Familie. Es war der Einbrecher. Wir wollen nur beweisen –«

»Du hättest nicht damit anfangen sollen, Adela«, sagte Hilary aufgeregt. »Schlafende Hunde soll man nicht wecken.«

»Ich werde tun, was ich für richtig halte«, erklärte Adela. »Du wolltest mir gerade von dem Revolver erzählen, Janice.«

»Von dem Revolver?«, schrie Hilary. »Von welchem Revolver?«

»Ich warnte dich, mich danach zu fragen, Adela«, sagte Janice.

Allen hob abwehrend die Hände. »Sag nichts, Janice. Sag einfach nichts –«

»Still, Allen. Der Revolver – lag auf dem Boden –, neben Bayard. Ich legte ihn in den Eierkorb – um ihn zu verstecken.«

»In den Eierkorb!«, rief Hilary, außer sich vor Verblüffung. »Wovon, zum Teufel, redet ihr? Was soll das heißen? Um Himmels willen, redet! Warum hast du ihn versteckt?«

»Warum habe ich ihn wohl versteckt?«, wiederholte Janice, als ob wir es hätten wissen müssen. »Also gut, er gehörte Dave. Es ist Daves Revolver.«

»Janice – Dave hat Bayard nicht getötet!« Adela sprang auf,

ihre Augen waren eisig, sie zitterte ein wenig. »Du weißt nicht, was du sagst!«

»Moment, Adela, warte! Es war nur natürlich, dass Janice annahm, Dave hätte auf ihn geschossen!« Allen redete schnell und versuchte, Adelas Aufmerksamkeit auf sich zu lenken. Und um ihnen allen Zeit zu geben, dachte ich. »Als sie Bayard erschossen daliegen sah und daneben Daves Revolver, da war natürlich ihr erster Gedanke an Dave. Sie behauptet nicht, er war es. Sie glaubt nicht, dass Dave Bayard tötete. Sie handelte ganz automatisch. Ihr erster Gedanke war, den Revolver zu verstecken. Um den Verdacht abzulenken. Sie handelte«, fügte Allen bedeutungsvoll und traurig hinzu, »wie eine treue Ehefrau. Du solltest ihr da keine Vorwürfe machen.« Evelyn erhob sich. »So kommen wir nicht weiter. Wir reden und reden und kommen nicht weiter. Der Einbrecher hätte Daves Revolver gefunden und Bayard damit erschossen haben können. Dass Daves Revolver auf dem Boden lag, beweist allein noch gar nichts! Nicht einmal, dass Bayard von einer Kugel aus dieser Waffe getötet wurde. Es beweist überhaupt nichts. Janice erschrak und bekam Angst und handelte voreilig. Der Dieb musste gerade entwischt sein. Ich glaube, wir sollten uns darauf konzentrieren, den Dieb zu finden. Als ich wegging, war Bayard noch am Leben. Und Dave und Allen waren zusammen.«

»Nicht den ganzen Nachmittag, Evelyn«, sagte Adela. »Ich habe eben erfahren, dass Dave allein spazieren ging und Allen Janice in der Nähe der Ostfarm traf und mit ihr eine Weile sprach. Mrs. Steadway erwähnte es zufällig. Janice und Allen fanden es nicht klug, es zu erzählen. Jetzt haben Dave und Allen kein lückenloses Alibi mehr, wie wir immer annahmen. Janice und Allen handelten, wie sie es für richtig hielten. Aber es macht die ganze Sache noch schwieriger.«

»Ihr kamt doch gemeinsam zurück!«, sagte Evelyn.

»Ja«, antwortete Allen. »Nachdem ich Janice getroffen hatte, fuhr ich wieder zum See, Dave war dort. Wir fischten ziemlich lange und fuhren dann zusammen nach Hause.«

»Dann ist ja alles in Ordnung«, stellte Evelyn erleichtert fest. »Du siehst, Adela, sie waren zusammen, ab – wann, Allen?«

»Ab vier, oder ein wenig früher. Und als du von Bayard weggingst – gegen zehn nach vier –, lebte er noch. Daves Alibi ist also immer noch intakt, Adela!«

»Und deins folglich auch, Allen«, meinte Hilary ziemlich kühl.

Allen zuckte die Schultern. »Das kann ich nicht ändern.«

»Sie waren nach vier hier«, sagte ich zu Evelyn. »Da bin ich ganz sicher, denn ich habe Sie gesehen. Der Dieb muss nach Ihnen gekommen sein. Gingen Sie direkt zur Bibliothek und sahen hinein?«

»Ja.«

»Und Bayard war da?«

»Ja. Ich sprach nicht mit ihm. Er sah mich nicht.«

»Ach, ja, ich erinnere mich, dass Sie das sagten. Der Dieb muss unmittelbar nach Ihnen gekommen sein. Stand der Safe denn offen?«

»Nein«, sagte Evelyn stirnrunzelnd. »Ich erinnere mich genau, dass er zu war.«

»Evelyn!«, schrie Hilary. »Mein Gott, merkst du nicht, was du da sagst? Miss Keate hat dich reingelegt.« Er war rot vor Wut. »Sie hat dich reingelegt! Du hast zugegeben, dass Bayard im –«, er brach ab und starrte mich hassvoll an.

»Wieso – ich –«

Mit einem Blick auf Hilary sagte ich: »Der Safe steht in Daves Arbeitszimmer. Bayard wurde in Wirklichkeit dort getötet. Auf dem Teppich vor dem Schreibtisch war Blut. Er wurde in Daves Zimmer getötet. Er war tot, als Sie ihn sahen!«, fügte ich zu Evelyn gewandt hinzu.

Evelyn war keine gute Lügnerin. Sie wusste nicht, was sie tun sollte, und nickte schließlich. Hilary setzte sich seufzend. Die Knie schienen unter ihm wegzusacken.

»In Daves Arbeitszimmer!«, murmelte Allen.

»Janice«, sagte Allen, »hol Dave! Ich finde, wir müssen ihn fragen.«

Im Zimmer wurde es still. Janices Absätze klapperten über den Boden. Sie klopfte, und als sich nichts rührte, trat sie ein. Niemand sprach. Kein Laut drang aus Daves Zimmer.

Es schien eine Ewigkeit zu vergehen, bis Janice wiederkam. Sie stand einfach da, sah uns an und schwankte ein wenig. »Ihr könnt Dave nichts mehr fragen!«, sagte sie. »Nie mehr!«

14

Am Anfang war es nicht so sehr die Frage, ob Dave ermordet worden war, sondern ob er das Veronal zufällig oder absichtlich genommen hatte, ob er also Selbstmord begangen hatte! War es ein Schuldgeständnis? Hatte er Bayard getötet?

Denn Dave war tot, gestorben an einer Überdosis Veronal. Dr. Bouligny bestätigte es zwanzig Minuten später.

Ich kann mich nicht mehr erinnern, was auf Janices Hiobsbotschaft genau geschah. Ich erinnere mich nur noch, dass ich neben der langen Couch kniete und mich vergewisserte, ob Dave tatsächlich tot war. Sein Gesicht trug einen sehr friedlichen Ausdruck, als sei er glücklich, endlich für immer seine Ruhe gefunden zu haben.

Während wir uns alle um Adela Sorgen machten, war es seltsamerweise Hilary, der zusammenbrach. Er saß auf einem Stuhl in der Bibliothek, die Hände vor dem Gesicht, und zitterte am ganzen Körper. Adela stand am Fußende der Couch, betrachtete Dave mit stillem hartem Gesicht und bat Evelyn, den Arzt zu benachrichtigen.

Janice bewegte sich wie in Trance. Erst als Adela Daves Arm berührte, sank sie auf den Boden und begrub das Gesicht in den Armen. Der Absatz ihres einen weißen Schuhs lag genau dort auf dem Saruk, wo ich den verräterischen Fleck entdeckt hatte.

Inzwischen hatte Evelyn telefoniert. »Er wird gleich da sein«, sagte sie. »Sieh ihn nicht so an, Adela! Du weißt, wie krank er war. Seit so langer Zeit schon! Vielleicht ist es besser so.«

»Der Tod ist nie besser«, entgegnete Adela.

Janice sah Evelyn an wie ein Wesen aus einer anderen Welt. Ich bin überzeugt, dass sie damals nur großes Mitleid für Dave und Adela empfand und noch nicht an ihre eigene Freiheit dachte. Es lag nichts Zweideutiges in ihrer Trauer. Sie trauerte aus Zuneigung und Mitleid. Sie mochte Dave nicht mehr geliebt haben, aber sie hatte nicht versucht, sich den Verpflichtungen ihrer Ehe zu entziehen. Und früher musste sie ihn schließlich einmal geliebt haben. Auch eine unsentimentale und ehrliche Frau konnte über das Ende einer kaputten Ehe oder am Grab einer erloschenen Liebe weinen. Dave war ihr Mann gewesen, er hatte zu ihrer Welt gehört, ein wichtiger Faktor in ihrem Leben.

Dr. Bouligny kam sehr rasch. Sein dichtes schwarzes Haar war zersaust, der Mantel flatterte, das Gesicht war düster, während er uns anhörte. Er fühlte Adela den Puls, bat Evelyn, einen Schluck Wein zu holen, und schickte uns alle in die Bibliothek hinüber und schloss die Tür. Adela widersprach nicht. Vorsichtig legte sie Daves schlaffe Hand auf den Rand der Couch und gehorchte. Ich schloss die Tür und folgte ihnen. Boulignys Untersuchung hatte nur Augenblicke gedauert.

»Du solltest ein Beruhigungsmittel nehmen und dich ins Bett legen«, sagte Bouligny zu Adela. »Du klappst sonst zusammen.«

Adela nippte an dem Glas Wein, das Evelyn ihr gebracht hatte. Ihre Haltung war bewundernswert. Eigentlich benahmen sich alle sehr gefasst. Außer Hilary. Vielleicht hatte er mehr Grund zu Selbstvorwürfen. »Woran ist Dave gestorben?«, fragte sie, ohne auf seinen Vorschlag einzugehen.

Dr. Bouligny wirkte besorgt. Er fuhr sich erneut durch sein

dichtes Haar. »Setzen wir uns und besprechen wir alles in Ruhe! Beruhige dich, Hilary! Bitte, geben Sie ihm einen Schluck Wein, Miss Keate! Wenn ihr entschlossen seid, die Angelegenheit sofort zu besprechen –« Besorgt blickte er auf Adela. »Nun, vielleicht ist es das Beste. Wirst du es durchstehen können, Adela?«

»Was meinst du damit, Daniel? Dave ist tot – mein kleiner Bruder –« Adelas Mund zitterte ein wenig. Es dauerte einen Augenblick, bis sie weitersprechen konnte. »Woran ist Dave gestorben? Sag es mir, Daniel!«

Dr. Bouligny seufzte. Hilary nahm das kleine Glas Wein, das ich ihm reichte, und trank es benommen aus. Er schien sich etwas zu fassen, stand dann auf und gesellte sich zu uns. »Dave starb an einer Überdosis Veronal«, erklärte Dr. Bouligny.

»Veronal!«, sagte Hilary erregt. Er hatte seine gewohnte Selbstsicherheit noch nicht wiedergewonnen. »Wie kam Dave an das Veronal? Warum nahm er es?«

»Ich weiß nicht, woher er es hatte«, antwortete Dr. Bouligny.

»Janice, meine Liebe, würde es dir etwas ausmachen, mir ein paar Fragen zu beantworten? Ich muss den Totenschein ausstellen.«

»Was willst du wissen?« Janice glich einer bleichen Statue. Ihre Hände hielt sie krampfhaft gefaltet, damit sie nicht zitterten. Sie war erstaunlich tapfer.

»Wie hat Dave sich in letzter Zeit gefühlt?«

»Wohl so wie immer!«, sagte Janice langsam.

»Konnte er richtig schlafen?«

»Ich weiß es nicht. Er schlief nie gut, aber er hat sich nicht beklagt. Er war so viel Zeit in seinem Zimmer. Und wir haben ihn nie gestört. Ich glaube, dass er –«, sie hielt inne.

»Dass er etwas zum Schlafen nahm?«, fragte Dr. Bouligny.

»Ja. Aber er gestand es mir nie ein, und ich habe nie ein Mittel gesehen, obwohl ich darauf achtete.«

»Hatte er in letzter Zeit keine Schwierigkeiten mit seinen Augen?«

»Doch. Ein wenig. Er las nicht gern. Und manchmal klagte er, er sehe alles nur verschwommen.«

»Und seine Sprache? Sein Gang? Redete er langsamer als früher? Wurde er in seinen Bewegungen fahriger?«

Es drängte mich, Dr. Bouligny zu sagen, dass ich wusste, was er vermutete. Ich wunderte mich, dass ich nicht früher darauf gekommen war.

»Er – ach, er war nicht mehr der alte, Dan«, sagte Janice zögernd.

Dr. Bouligny starrte auf den Teppich und strich sich wieder durch das dichte Haar. »Ich begreife nicht, warum ich es nicht früher erkannt habe«, sagte er langsam. »Du hättest es mir sagen sollen – ich –«

»Was ist los, Daniel?«, fragte Adela.

Er sah sie lange an. »Es wird ein harter Schlag für dich sein, Adela. Aber du wirst es doch erfahren müssen. David – Dave war süchtig.«

»Süchtig«, wiederholte Adela mechanisch, ohne sofort den Sinn des Wortes zu begreifen. »Süchtig!«

»Ja«, antwortete Dr. Bouligny bedrückt. »Er nahm Veronal. Und schließlich muss er zu viel genommen haben. Armer Kerl. Ich hätte ihm helfen können, wenn ich es gewusst hätte.«

Plötzlich stand Adela auf. Ihre blauen Augen waren nicht mehr hart und kalt, sondern sprühten Feuer. Mit verhaltener Wut rief sie: »Veronal! Veronal! Und du hättest ihm helfen können!«

Bouligny nickte: »Ja, Adela! Aber ich wusste es nicht. Dave fühlte sich schon seit so langer Zeit nicht gut … Ich kam nicht darauf, und von euch sagte keiner etwas. Man hätte seine Tablettensucht heilen können.«

Adela schwankte. Alle Kraft schien sie zu verlassen. Sie sank auf ihren Stuhl zurück und schloss die Augen.

»Sie wird ohnmächtig. Evelyn, hilf mir!«, sagte Dr. Bouligny.

Adela drängte sie energisch weg. »Nein! Lasst mich in Ruhe!« Es klang so barsch, dass Evelyn und Dr. Bouligny und ich unwillkürlich innehielten. Nachdem Dr. Bouligny Adela einen Augenblick betrachtet hatte, setzte er sich wieder, und Evelyn kehrte zu ihrem Platz neben Janice zurück. Allen hielt sich im Hintergrund und ließ Janice mit den Augen nicht los.

»Der Verlauf ist immer der Gleiche«, sagte Dr. Bouligny. »Das ist das Gefährliche am Veronal. Einerseits ist es ein vollkommen harmloses Mittel. Über einen längeren Zeitraum genommen gewöhnt sich der Patient zwar nicht daran, wie zum Beispiel an Morphium, aber bei regelmäßiger Einnahme verliert Veronal seine Wirkung. So erhöht der Patient die Dosis, und das kann tödlich sein.« Nervös rieb er sich das Kinn und betrachtete Adela.

Hilary räusperte sich. »Aber es ist doch ein friedlicher Tod, nicht wahr?«

»Ja, ja, Hilary«, seufzte Dr. Bouligny. »Dave musste nicht leiden. Mach dir darüber keine Sorgen!«

»Friedlich«, sagte Hilary langsam. »Darum wird es so oft zum Selbstmord verwendet.«

Es war das erste Mal, dass das Wort fiel. Janice sprang auf, bleich und erschrocken, und sank dann langsam wieder auf ihren Stuhl zurück. Adela richtete sich auf. Ihr Gesicht war nicht mehr schlaff und alt, sondern wieder wie aus Stein. Von diesem Augenblick an schien sie in einen wahren Taumel von Energie und Entschlossenheit auszubrechen. Als dürfe sie nicht eher trauern, bis Dave von diesem schmählichen Verdacht reingewaschen sei. Nur dieser Gedanke bewahrte sie vor einem Zusammenbruch. Er war die treibende Kraft, dass sie fortfuhr, über Bayards Tod nachzuforschen, so unglaublich es auch war.

Jetzt richtete sie ihre blassblauen Augen auf Hilary und

fragte rau: »Selbstmord? Sagtest du Selbstmord? Was soll das heißen?«

Hilary zuckte mit den Achseln. »Eben Selbstmord, Adela.«

»Du wagst es, mir ins Gesicht zu sagen, dass unser Bruder Selbstmord begangen hat?«

Hilary war zu verstört, um sich von Adelas schneidendem Ton einschüchtern zu lassen. »Selbstmord ist häufig ein Schuldeingeständnis!«, sagte er.

Ich hörte Janice tief Atem holen. Adela verzog keine Miene. »Ich wusste, dass du das denkst«, sagte sie zornig. »Ich weiß genau, was du damit meinst! Wir sollen glauben, Dave hat Bayard umgebracht und sich dann selbst getötet, um den Folgen zu entgehen. Das willst du uns einreden! Aber das wäre ein zu einfacher Ausweg, für dich, für uns alle. Wie kannst du nur, Hilary!«

»Es tut mir leid, Adela.« Allmählich fand Hilary zu seiner leicht überheblichen Art zurück, obwohl er noch immer angeschlagen war. Seine Hände waren unruhig, und die Augen schweiften unstet umher. »Es tut mir leid! Aber es ist doch ganz offensichtlich! Wir haben alle gemerkt, wie deprimiert Dave in letzter Zeit war, vor allem seit Bayards Tod. Wir haben ihn ja kaum mehr gesehen. Er tat nichts, als in seinem Arbeitszimmer zu sitzen und zu brüten. Du glaubst mir vielleicht nicht, Adela, aber ich habe Dave auch sehr gern gehabt. Doch ich kann deshalb meine Augen nicht vor den Tatsachen verschließen. Für mich ist so gut wie erwiesen, dass Dave Bayard umbrachte.«

Dr. Bouligny mischte sich ein. »Daves Depressionen bedeuten gar nichts, Hilary«, sagte er. »Es gehörte zu den Symptomen seines Zustandes. Veronalsüchtige sind periodisch extremen Depressionen unterworfen. Es war kein Anzeichen dafür, dass er über Bayards Tod nicht hinwegkam. All dies sind Symptome für ... Ich muss blind gewesen sein! Aber die Entwicklung war sehr langsam ...«

»Es begann nach seiner letzten Krankheit, als du ihm die Schlaftabletten verordnet hast«, sagte Adela hart.

Dr. Bouligny rieb sich besorgt das Kinn. »Aber Adela, du willst doch nicht im Ernst behaupten, dass ich –«

»Entschuldige«, sagte Adela weiter, »ich wollte nicht andeuten, dass du an Daves Süchtigkeit schuld bist. Nein, das meinte ich nicht, Daniel. Dave war schon immer labil. Er brauchte Hilfe. Und ich habe versagt. Ich konnte ihm nicht helfen, aber ich werde beweisen, dass er kein Mörder ist! Ich werde beweisen –« Ihr Blick glitt zu mir hin, und wahrscheinlich fiel ihr da wieder ein, wobei sie durch Daves Tod unterbrochen worden war. Sie beschloss, ihre Nachforschungen fortzuführen. Jetzt hatte sie noch einen Grund, die Unschuld ihrer Familie zu beweisen.

»Am besten lassen wir die Sache auf sich beruhen!«, sagte Hilary müde. »Wir begraben Dave und behalten seine guten Seiten in Erinnerung, so, wie er vor seiner Krankheit war. Ich rufe jetzt Frank Whiting an. Wir sagen besser – was sollen wir sagen, Dan?«

»Die Wahrheit«, antwortete Dr. Bouligny.

»Die Wahrheit!«, rief Adela. »Dass Dave an einer Überdosis Veronal starb? Dass er direkt nebenan starb, während wir hier saßen und redeten? Die Leute werden herumerzählen – und was Hilary schon sagte –, dass Dave Bayard ermordete und sich dann umbrachte. Als Eingeständnis seiner Schuld! Kannst du nicht etwas anderes sagen? Irgendetwas?«

»Nein, Adela.«

»War es letztlich nicht ein Herzversagen? Könntest du es nicht so hinstellen?«

Dr. Bouligny lächelte traurig. »Jeder Tod ist letzten Endes ein Herzversagen, Adela. Aber ich kann sagen, dass es der Schlusspunkt einer langen Krankheitsgeschichte war. Jeder weiß, dass es ihm schon lange schlecht ging. Ich tue, was ich kann, das verspreche ich dir!«

Es fiel mir auf, mit welchem Eifer Hilary die Schuld auf Daves wehrlose Schultern abwälzen wollte. Spontan und obwohl ich mir damit zweifellos seinen ewigen Hass zuziehen musste, sagte ich zu Hilary: »Wenn Sie den lebenden Bayard um zehn Minuten nach vier verließen und Ihre Frau ihn keine zehn Minuten später tot auffand, kann Dave ihn nicht umgebracht haben. Denn Dave und Mr. Carick waren zu diesem Zeitpunkt zusammen.«

Man konnte sehen, wie er in seinem Gedächtnis nachforschte, während sein Gesicht sich misstrauisch verhärtete. Er warf einen schnellen Blick auf Evelyn.

»Bayard lebte noch, als ich ging«, sagte er störrisch. »Mir ist egal, was Sie behaupten. Evelyn, er lebte noch, als ich ihn verließ!«

»Evelyn«, begann Adela langsam, »warum hast du erst behauptet, Bayard war am Leben, als du gingst? War er tatsächlich doch tot? Und lag dort im Arbeitszimmer?«

Evelyns dunkelblaue Augen wanderten vom entsetzten Gesicht ihres Mannes zu Allen. Ich weiß nicht, ob sein Anblick ihr Kraft gab, jedenfalls erklärte sie ganz offen:

»Ich habe gelogen, Adela! Ich konnte Bayard nie ausstehen. Das wisst ihr alle, darum war es kein großer Schock für mich, dass er tot war. Natürlich war es schrecklich, ihn dort so liegen zu sehen, aber er kam mir wie ein Fremder vor. Schrecklich war für mich auch der Gedanke, dass Hilary eben erst das Haus verlassen haben musste, weil wir ja hier verabredet gewesen waren. Ich hatte Angst, sie hätten sich gestritten, und –« Sie sah besorgt zu ihrem Mann.

»Mach nur so weiter«, sagte Hilary bitter. »Genauso gut kannst du mich gleich des Mordes beschuldigen. Tu dir meinetwegen keinen Zwang an!«

In Evelyns blauen Augen lag nur Besorgtheit. Mit Ironie hatte sie noch nie etwas anfangen können. Sie sagte immer, was sie meinte.

»Was hätte ich sonst denken sollen, Hilary? Ja, ich weiß nun, dass du ihn nicht getötet hast. Aber damals hatte ich Angst. Ich dachte an die Jungen, an dich. Dass Bayard dich erpresste. Ein Wort, ein Blick oder ein Lächeln von Bayard konnte dich schon zur Weißglut bringen –«

»Evelyn, schweig bitte endlich!«, rief Hilary. »Bring sie zum Schweigen, Allen! Siehst du nicht, was sie anrichtet –«

»Also dachte ich«, fuhr Evelyn unbeirrt fort, »dass es besser wäre zu sagen, er sei nicht tot gewesen. Hilary war einverstanden. Er meinte, es gebe Zeiten, wo eine Lüge –«

Hilary war aufgesprungen. »Evelyn, schweig bitte! Schweig –«

»Evelyn«, Allen unterbrach Hilarys aufgeregten Protest, »du hast behauptet, du weißt jetzt, dass Hilary Bayard nicht getötet hat. Wieso?«

»Weil Hilary es mir gesagt hat!«

»Weil ich – mein Gott, Evelyn, willst du alles noch schlimmer machen, als es schon ist?«

»Aber nein, Hilary! Ich sage nur die Wahrheit. Mir war nie wohl bei dieser Lüge, aber weil ich es dir versprochen hatte …«

Ich stand auf. Meine Tracht raschelte. »Haben Sie Bayard die Augen geschlossen?«, fragte ich Evelyn.

»Nein. Seine Augen waren zu.«

»Seine Augen waren zu«, wiederholte ich langsam. Dr. Bouligny wollte etwas sagen, ließ es dann aber. »Wenn man eines gewaltsamen Todes stirbt, schließen sich die Augen nicht von allein«, erklärte ich. Ich wandte mich an Hilary. »Haben Sie Bayard die Augen geschlossen?«

15

Meiner Meinung nach war Hilary ein ausgezeichneter und kühler Geschäftsmann. Aber Bayards Tod hatte ihn so getroffen, dass er darüber fast seine Haltung verlor. Es war ihm unmöglich, mit der Ruhe und Umsicht zu handeln, mit der er zum Beispiel seine Bankkunden beriet.

Außerdem stand für ihn viel auf dem Spiel. Alles, wofür er gearbeitet hatte, alles, was er liebte, war in Gefahr. Seine nervliche Anspannung, die Daves Tod noch zusätzlich vergrößerte, war ungeheuer.

Er holte mit fahrigen Gesten eine Zigarette aus seiner Schachtel und sagte: »Nein. Nein, ich schloss ihm nicht die Augen! Wie sollte ich auch? Bayard war noch am Leben, das sagte ich schon. Ich rufe jetzt Frank Whiting an, Adela. Wir sollten nicht länger warten.«

Er wollte ins Arbeitszimmer gehen, doch vor der Tür drehte er sich plötzlich um und lief in die Halle.

»Ja«, meinte Dr. Bouligny. »Früher oder später muss Frank informiert werden. Dann besser gleich!«

Es war so still in dem großen Raum, dass wir Hilary in Adelas Morgenzimmer telefonieren hören konnten. Bei seiner Rückkehr wischte er sich das Gesicht mit seinem Taschentuch ab und sagte: »Das wird ziemlich übel werden. Frank Whiting sagte nicht viel, aber ich konnte erraten, was er dachte. Gott, ist das eine Schweinerei!« Schwerfällig ließ er sich in einen Sessel fallen und starrte auf den Teppich.

»Kommt er sofort?«, fragte Dr. Bouligny.

»Bald. Er kann nicht gleich weg.«

Ich gehöre nicht zu denjenigen, die eine einmal begonnene Sache nicht zu Ende führen. Mir passte Hilarys Ausweichen nicht.

»Jemand muss Bayard die Augen geschlossen haben. Wenn Bayard lebte, als Sie das Haus verließen, Mr. Thatcher, und tot war, als Ihre Frau kurz darauf erschien, und keiner das Haus in der Zwischenzeit betrat – wie ist Bayard dann gestorben?«

»Was soll das heißen?«, schrie Hilary. »Wollen Sie mich des Mordes beschuldigen? Was geht Sie das eigentlich an?«

»Hilary, ich bat Miss Keate, genau das zu tun, was sie jetzt tut«, sagte Adela steif. »Ich finde, du solltest ihr antworten. Es ist eine vernünftige Frage. Sieh mal, Hilary, du scheinst nicht zu begreifen, dass du in einer sehr fragwürdigen Lage bist. Du bist offenbar als Letzter mit dem lebenden Bayard zusammen gewesen. Du behauptest, ihn nicht getötet zu haben, und wir glauben dir nur allzu gern. Aber Miss Keate verlangt natürlich zusätzliche Beweise!«

Ein kurzes Schweigen entstand, durch das Pansys asthmatisches Keuchen deutlich zu hören war. Sie lag unbeachtet in einer Ecke. Hilary starrte immer noch mit zusammengekniffenen Augen auf den Teppich. Schließlich sagte er mürrisch: »Ich weiß nicht, wer Bayard getötet hat. Ich stehe nicht gern als Feigling da, aber ich vermute dass Dave es tat. Aber ich weiß nicht, wie!«

»Wie wär's, wenn wir etwas systematischer vorgingen«, sagte Allen und trat zum Schreibtisch, auf dem ein Stoß Papier und eine schwere bronzene Schreibtischgarnitur lagen. »Also gut, Miss Keate, Sie saßen den ganzen Nachmittag draußen in der Laube. Um welche Zeit etwa suchten Sie sie auf?«

»Gegen zwei Uhr. Bayard hatte sich in seinem Zimmer hingelegt. Das war etwa zehn Minuten, nachdem Sie und Dave Thatcher das Haus verlassen hatten.«

»Und Sie sahen Higby den Rasen mähen?«

»Ja. Er hatte schon damit angefangen, als ich in die Laube kam. Er hörte nicht auf, außer beim Wenden. Den ganzen Nachmittag nicht. Ich konnte den Rasenmäher deutlich hören.«

»Dann fällt Higby also aus. Er konnte nicht den Rasen mähen und gleichzeitig durch die Bibliotheksfenster einsteigen und Bayard erschießen. Wer war außerdem im Haus?«

»Bayard natürlich! Und Emmeline, und Florrie.« Ich zögerte.

»Und ich und Adela«, sagte Janice plötzlich.

»Um welche Zeit gingst du aus dem Haus, Janice?«

»Es muss etwa zwanzig vor drei gewesen sein.« Sie sah mich eindringlich an.

»Ja«, bestätigte ich. »Es war gerade halb drei, als Florrie herauskam. Und Sie erschienen höchstens zehn Minuten später.«

»Janice, wo war da Bayard?« Allens Frage war sehr freundlich.

»In Daves Arbeitszimmer. Allein«, antwortete Janice fest. »Er muss wieder heruntergekommen sein, sobald Miss Keate in der Laube war.«

»Was machte er?«

»Nichts Besonderes.«

»Hast du mit ihm gesprochen?«

»Ja«, sagte Janice langsam. »Aber nur kurz!«

»Um zwei Uhr vierzig verließ also Janice das Haus, und da lebte Bayard noch.« Allen machte sich Notizen. »Was passierte dann, Miss Keate?«

»Ich sah Bayard auch«, unterbrach ihn Adela. »Ich kam herunter, um zur Wohltätigkeitsveranstaltung zu gehen. Bayard stand dort an der Tür zum Arbeitszimmer, und ich unterhielt mich einen Augenblick mit ihm.«

»War er allein, Adela?«

»Natürlich.«

»Um welche Zeit war das?«

»Ich weiß es nicht genau. So kurz vor drei Uhr.«

»Aber, Adela, das hast du uns nie erzählt!«, bemerkte Evelyn verblüfft.

»Nein?«, sagte Adela ruhig. »Also bin ich eine der Letzten, die Bayard lebend sahen.«

»Es war genau drei Uhr, als Miss Thatcher aus dem Haus kam«, sagte ich. »Ich sah zufällig auf meine Uhr. Und es war vier Uhr, als Mr. Thatcher erschien. In der Zwischenzeit war alles ruhig.«

»Sind Sie ganz sicher?«, fragte Allen. »Sind Sie nicht vielleicht mal eingeschlafen?«

»Nein«, antwortete ich so entschieden, dass er nicht weiter auf dem Punkt beharrte.

»Um vier Uhr erscheint also Hilary. Wie lange warst du im Haus, Hilary?«

»Etwa zehn Minuten«, antwortete ich, ohne es zu merken.

Hilary warf mir einen wütenden Blick zu und nickte. »Wahrscheinlich hat sie recht. Ich wusste nicht, dass sie mit der Stoppuhr in der Hand aufpasst«, sagte er verärgert.

»Hilary«, wies ihn Adela zurecht, »ich bat Miss Keate, uns bei der Aufklärung von Bayards Tod zu helfen. Bitte, vergiss das nicht!«

Ebenso gut hätte sie sagen können: vergiss nicht, dass wir uns mit Miss Keate nicht verfeinden dürfen. Dass wir sie davon überzeugen müssen, dass kein Thatcher einen Mord begangen hat. Dass wir jede Frage beantworten müssen, die sie uns stellen will. Hilary murmelte etwas wie eine Entschuldigung, und Allen sagte ziemlich hastig:

»Um vier Uhr zehn verlässt Hilary das Haus.« Er notierte es sich. »Dann kommt Evelyn.« Fragend sah er mich an.

»Es war bald nachdem Mr. Thatcher gegangen war«, erwiderte ich. »Sie muss um vier Uhr fünfzehn ins Haus gekommen sein und es nicht später als vier Uhr zwanzig verlassen haben.«

»Nachdem Evelyn weg war, sahen Sie niemand mehr, bis Janice und Adela zusammen vorfuhren?«

»Niemand.«

»Und Emmeline ist ganz sicher, dass niemand von der Rückseite des Hauses gekommen sein konnte?«

»Völlig sicher«, sagte Adela steif. Damit wollte sie Dave schützen. Ich fragte mich, was nun aus ihrer Einbrechertheorie werden würde.

Allen starrte auf das Blatt Papier. »Du bist keine große Hilfe, Hilary«, sagte er. »Laut Miss Keate warst du kaum aus dem Haus, als Evelyn schon eintraf. Es kann sich höchstens um vier oder fünf Minuten dazwischen handeln.«

Wir sahen alle Hilary an. Er war in seine eigene Falle gegangen. Sein plumpes Gesicht glänzte rosig. Er sah überallhin, nur nicht auf Allen. Er hatte sich die Zigarette noch nicht angezündet und zerkrümelte sie nun nervös zwischen seinen Fingern.

Allen stieß nach: »Du behauptest, er lebte noch und du hättest mit ihm geredet. Bist du ganz sicher, Hilary? Stimmt es, dass er noch am Leben war, als du weggingst?«

»Allen!«, rief Evelyn entsetzt. »Hilary, man will dir den Mord anhängen! Wie kannst du nur, Allen! Du weißt, dass Hilary ihn nicht getötet hat.«

»Ich weiß gar nichts, bis es nicht bewiesen ist, Evelyn! Ich weiß nur, dass irgendjemand Bayard getötet haben muss. Und es wäre viel besser, wenn wir die Wahrheit herausfänden.«

Die kleine Pause gab Hilary Zeit, sich zu fassen. Ich vermute, dass mit seiner Verzweiflung auch sein Mut zurückkam. Er straffte sich. »Ich finde, dass du deine Munition zu früh verschießt, Allen«, sagte er. »Und ich wüsste auch gern, wieso du dich zum Privatdetektiv aufwirfst! Ich war schließlich nicht der Einzige im Haus, wenn man den Einbrecher mal außer Acht lässt – den es gegeben haben muss, weil die Diamanten verschwunden sind. Da waren noch Higby und Emmeline!«

Ich war so überzeugt gewesen, dass ein Thatcher der Mörder war, dass Emmeline oder Higby für mich als Täter gar nicht in Frage kamen.

»Aber Higby«, sagte ich, mehr zu mir selbst. »Higby hat den ganzen Nachmittag gemäht.«

Hilary sah mich wütend an: »Wenn das sein ganzes Alibi ist, ist es ziemlich armselig!«

»Emmeline behauptet, sie habe ihn immer im Auge gehabt!«

»Behauptet Emmeline«, meinte Hilary missbilligend. »Jeder weiß doch, dass Higby arm wie eine Kirchenmaus ist. Und faul dazu. Es wäre kein Wunder, wenn er schon lange plante, die Diamanten zu stehlen. Er ließ den Mäher laufen, stieg ein und stahl sie. Bayard erwischt ihn dabei, und Higby schnappte sich Daves Revolver und erschoss Bayard. Dann mähte er weiter, die Diamanten in der Tasche oder in einem sicheren Versteck. Niemand durchsuchte ihn. Da habt ihr's!«

Wieder entstand ein Schweigen. Evelyn warf ihrem Mann einen bewundernden Blick zu. Adela starrte blicklos auf Hilary. Ich weiß nicht, was Allen oder Dr. Bouligny über Hilarys Theorie dachten.

»Wie hätte er den Safe öffnen können?«, fragte Allen.

Hilary zuckte mit seinen plumpen Schultern. »Meistens war er nicht einmal verschlossen. Auf jeden Fall ist es ein altmodisches Modell, das sogar ein Laie öffnen könnte.«

»Warum ist Higby dann noch hier?«

»Ganz einfach: Um keinen Verdacht auf sich zu lenken. Versteh' mich nicht falsch. Ich behaupte nicht, dass Higby es war.«

»Hoffentlich«, murmelte Allen. »Deine Theorie hat zu viele Löcher!«

»Wir können es nur beweisen, wenn wir die Diamanten bei ihm finden. Aber es ist eine Möglichkeit. Das wisst ihr alle. Ebenso wenig kann man mich als Täter hinstellen, wenn man nicht überzeugendere Beweise hat als ihr jetzt. Lediglich die Umstände sprechen gegen mich. Ganz zu schweigen von der sehr unüblichen Art, dass meine eigene Familie versucht, aus mir einen Mörder zu machen –«

»Hilary«, protestierte Adela. »Das tun wir ja gar nicht! Aber Dave kann ihn nicht getötet haben. Ich will nicht, dass man glaubt, Dave habe –«

Als er sah, welche Wirkung seine Worte auf uns hatten, wurde Hilary sicherer und ein wenig großspuriger. »Das behaupte ich gar nicht! Und ich möchte euch noch etwas anderes klarmachen: Man kann Higby bestochen haben ...« Er machte eine Pause, um seiner Behauptung mehr Gewicht zu geben. Sogar Allen schien beeindruckt. »Higby hat nie Geld. Er ist arbeitsscheu und möchte immer auf die Schnelle was verdienen. Er liebt uns nicht besonders und hat auch keinen Grund dazu. Falls jemand ihm, sagen wir, fünfhundert Dollar bot, oder sogar tausend, damit er ein Auge zudrückte – glaubt ihr nicht, dass Higby in Versuchung geriet? Vielleicht zögerte er, aber nicht lange. Natürlich hätte er Angst, das einzugestehen, nach Bayards Tod. Er weiß, dass er bei seiner ursprünglichen Behauptung bleiben muss ...«

Adela blickte ihn zum ersten Mal zustimmend an. »Ich muss sagen, Hilary, es könnte möglich sein.«

Allen malte sinnlose Kreise auf sein Blatt und machte ein undurchdringliches Gesicht.

Dr. Bouligny schien sich in seiner Haut nicht wohl zu fühlen. »Ich glaube«, sagte er, »je eher wir die Sache fallenlassen, umso besser. Nehmen wir einfach an, es war ein Dieb. Und damit Schluss.«

»Dann wäre da noch eine Möglichkeit!«, fuhr Hilary ungerührt fort: »Emmeline!«

»Emmeline!«, rief Adela. »Hilary, du bist verrückt!«

»Emmeline«, wiederholte Hilary fest, »war den ganzen Nachmittag in der Sommerküche. Sie war nur ein paar Schritte von der Hintertür entfernt. Mir scheint, sie betonte etwas zu sehr, dass sie nie vom Fenster wegging. Vielleicht war sie so bestimmt, weil –«

»Emmeline ist immer so bestimmt«, wandte Adela ein, aber Hilary spann seinen Faden weiter:

»Sie hätte ohne weiteres Bayard erschießen können, nachdem ich gegangen und Evelyn noch nicht da war.«

»Aber das Motiv!« Allen malte immer noch Kreise.

»Das Motiv?« Hilary beschrieb mit seinen fetten rosigen Händen eine ausladende Geste. »Das Motiv ist das überzeugendste daran. Emmeline kennt alle Familiengeschichten. Das ist unvermeidlich. Sie ist nicht so taub, wie man glaubt, und abgesehen davon ist sie seit Jahren bei uns. Praktisch gehört sie zur Familie. Sie ist Adela und Dave sehr ergeben. Natürlich wusste sie, dass Bayard immer wieder Schwierigkeiten machte und uns erpresste. Dass er Adela das Leben zur Hölle machte. Emmeline ist direkt und ehrlich. Sie hat keine Bedenken, wenn sie etwas als ihre Pflicht ansieht. Abgesehen davon ist sie sehr fromm.«

»Aber gerade das würde sie davon abhalten, einen Mord ...« Evelyn ließ den Satz unvollendet und schauderte ein wenig.

»Nein.« Hilary schüttelte den Kopf. »Nein, es ist mir oft aufgefallen, dass Emmelines Frömmigkeit an Hysterie grenzt. Ihr wisst selbst, wie gefühlsbetont sie ist.«

»Emmeline und gefühlsbetont?«, rief Janice ungläubig.

»Ja. Erinnerst du dich nicht mehr an die spiritistischen Sitzungen, Adela? Wie Emmeline regelmäßig behext wurde? Wie sie weinte und sang? Wie sie tagelang in Trance herumlief? Es hat schon lange keine solchen Sitzungen mehr gegeben. Wahrscheinlich vermisst sie sie.«

»Hilary, sei nicht albern!«, warf Adela ein. »Glaubst du im Ernst, dass Emmeline Bayard tötete, weil sie diesen Winter zu keiner Sitzung gehen konnte?«

»Natürlich nicht, Adela. Könnte meine Vermutung nicht stimmen, Dan?«

Dr. Bouligny schüttelte traurig seinen großen Kopf. »Ich praktiziere hier seit dreißig Jahren, Hilary. Ich habe über achthundert Kinder auf die Welt befördert und bald an jedem Totenbett gesessen. Ich habe die Leute behandelt und getröstet. Ich bin altmodisch, ich weiß. Ich begreife einfach nicht, was du meinst.«

»Aber, Dan, du musst doch zugeben, dass du dich an Emmelines glühende Begeisterung für Wiedererweckung erinnerst?«

Der Arzt lächelte schwach. »Ja. Emmeline vergaß alles andere während einer solchen Sitzung. Und dann drohte sie uns allen mit dem Höllenfeuer und sagte, wir seien verloren. Weißt du noch, Adela?«

»Ja!«, gab Adela zu. »Aber das hat doch nichts damit zu tun!«

»Moment, Adela. Es beweist, dass Emmeline einen äußerst gefühlsbetonten Charakter hat, oder nicht?«

»Es beweist, dass sie dumm ist«, sagte Adela.

»Gut. Also: ihre ganze Gefühlsduselei, ihre Frömmigkeit, ihr Pflichtgefühl, der Glaube ans Fegefeuer – das alles hat seit Jahren keinen Ausweg gefunden! Angenommen, Emmeline setzte es sich in den Kopf, dass Bayard eine Bedrohung für den Frieden und das Wohlergehen der Familie war. Ihrer Familie! Dass sie ihn beseitigen musste. Solche religiösen Fanatiker kommen auf die verrücktesten Ideen und –«

»Du tust, als wäre Emmeline verrückt«, sagte Adela schroff. »Dabei scheinst du es selbst zu sein, Hilary Thatcher!«

»Vielleicht wusste sie, dass Dave schon einmal auf Bayard geschossen hatte –« Hilary hielt plötzlich inne und sah mich an.

»Reden Sie nur weiter«, sagte ich kühl. »Ich weiß seit einiger Zeit schon Bescheid.«

Hilary wurde zwar misstrauisch, aber er hielt sich nicht damit auf, die Quelle meiner Information herauszufinden. »Sie war Dave immer ergeben und liebte ihn mehr als uns andere. Falls Emmeline glaubte, Dave wolle Bayard töten, wäre es doch möglich, dass sie den Mord lieber selbst beging.« Hilary schien etwas einzufallen. In verändertem, sehr sachlichen Ton fuhr er fort: »Falls Emmeline Dave an jenem Nachmittag hineingehen sah, würde sie eher sterben, als es verraten.«

»Hilary! Jetzt bist du schon wieder dabei, deinen Bruder des Mordes zu bezichtigen –« Adelas weiße Hände spielten nervös mit der blauen Kette. »Deine Theorie, dass Higby bestochen wurde, ist dein einziger nützlicher Beitrag zu unserem Problem. Ich halte es für durchaus möglich. Er würde es allerdings nie zugeben. Das ganze Gerede über Emmeline und Dave und Hilary ist absurd. Es gab einen Dieb. Er stahl die Diamanten und tötete Bayard!«

Ich hatte die Nase von dem Gerede über den Dieb und die Diamanten voll. Deshalb sagte ich leise: »Es hat keinen Dieb gegeben. Die Diamanten wurden nicht gestohlen. Sie sind hier im Hause versteckt.«

16

Entgeistert starrten sie mich an, und beinahe hätte ich meine voreiligen Worte bereut. Was ging es mich überhaupt an? Warum hatte ich über diesen Punkt nicht weiter diskret geschwiegen? Warum war ich je in dieses Haus gekommen? Warum war ich überhaupt noch hier? Sogar Janices dunkelgraue Augen blickten unfreundlich!

Da schrie Hilary plötzlich: »Verhaftet sie! Sie ist eine Mörderin!« Als sich niemand rührte, wiederholte er wütend: »Verhaftet sie! Holt Sheriff Strove! Sie war den ganzen Nachmittag allein hier! Sie hat ihn getötet. Sie hat die Diamanten geklaut und will uns jetzt erpressen. Dann hat sie für ihr Leben ausgesorgt! Verhaftet sie –«

Dr. Bouligny hatte sich schwerfällig erhoben. »Hilary, hör auf zu schreien! Du hast die Nerven verloren! Hör auf, von Verhaftung zu reden! Erstens können wir das nicht, denn Jim Strove ist nicht da, und zweitens hat sie Bayard nicht ermordet! Du machst dich lächerlich!«

Hochrot im Gesicht, wandte Hilary sich an Allen. »Sie ist schuldig, das ist sonnenklar!«

Allen packte ihn am Arm und redete leise auf ihn ein. Hilary versank plötzlich in ein vulkanisches Schweigen, aus dem er jeden Augenblick wieder ausbrechen konnte. Allen sagte zu mir:

»Was meinen Sie damit, Miss Keate? Das ist eine sensationelle Eröffnung.«

Hätte ich doch nur den Mund gehalten! Jetzt konnte ich nicht mehr zurück. »Die Diamanten wurden nie gestohlen!«, sagte ich. »Sie sind oben.«

»Wie lange wissen Sie das schon?«

Da erzählte ich ihnen von Florries Entdeckung. Ziemlich lahm fügte ich hinzu, dass sie es vielleicht nur erfunden habe.

Aber das stimmte nicht. Die Diamanten lagen noch in dem Glas mit dem grünen Badesalz in Janices Badezimmer. Evelyn und Allen und Janice gingen und überzeugten sich davon. Sie brachten den Behälter mit. Jemand breitete eine Zeitung aus, schob die Vase mit den Rosen zur Seite, und alle hielten den Atem an, während Evelyn mit ihren resoluten braunen Händen den Deckel von dem Kristallgefäß hob und den grünen Segen aufs Papier schüttete. Zuerst tauchte die große Diamantenbrosche auf. Sie glitzerte und funkelte. Alle anderen Stücke kamen ebenfalls zum Vorschein. Hilary zählte flüsternd mit und fasste jedes gierig an, als ob es ihm jemand wegschnappen wollte.

Über unserer hitzigen Unterhaltung war es spät geworden. Keiner merkte, dass es dämmerte, bis Allen die Tischlampe anknipste, um die Diamanten besser sehen zu können.

Gerade hatte Hilary erleichtert festgestellt, dass kein Stück fehlte, als Emmeline, gefolgt von Frank Whiting, in der Tür erschien.

Forschend betrachtete ich die Gesichter. Keiner hatte zugegeben, den Schmuck versteckt zu haben. Keine Miene verriet, dass jemand Bescheid gewusst hatte.

Emmelines Gesicht war ein einziges erschrecktes Fragezeichen. Adela sagte mit einem ziemlich hilflosen Blick ihrer blassblauen Augen zu Evelyn: »Emmeline weiß es noch nicht. Sie weiß nicht, warum Frank Whiting gekommen ist.« Verwirrt begriff sie, dass die Welt noch nicht über Daves Tod informiert war.

»Geh hinauf in dein Zimmer, Adela«, schlug Dr. Bouligny vor. »Ich kümmere mich um alles.«

Evelyn und Adela verließen den Raum. Hilary war am sorgfältigen Zählen und Sortieren der Diamanten, die hell in seinen Händen funkelten. Dr. Bouligny und Frank Whiting verschwanden mit Emmeline in Daves Zimmer. Janice hatte sich neben das Fenster gesetzt. Allen stand da und sah auf ihren gebeugten dunklen Kopf hinunter, als könnte er es nicht mehr erwarten, sie in die Arme zu nehmen und zu trösten.

Emmeline kam eilig aus dem Arbeitszimmer, mit seltsam starrem Gesicht. Vielleicht stimmte, was Hilary gesagt hatte, dass Emmeline Dave mehr als jeden anderen geliebt hatte. Plötzlich überfiel mich Mitleid mit dieser großen, düsteren Frau. Ich ging auf sie zu und wollte sie ansprechen, obwohl ich nicht wusste, was ich sagen sollte. Aber sie rauschte an mir vorbei, als sähe sie mich nicht.

Bayards Tod war nach Möglichkeit nicht zur Kenntnis genommen worden. Daves Tod sprengte alle Familienbande. Alles trieb einem Höhepunkt zu, das war nicht zu übersehen.

Ich erinnere mich, wie ich am Fuß der Treppe stand und das polierte Geländer hochsah, das ins Dunkle führte, da niemand daran gedacht hatte, Licht zu machen. Waren tatsächlich erst ein paar Stunden seit Mrs. Steadways Besuch vergangen? Seit Adela ihr erstaunliches Verhör begonnen hatte? Dass Dave tot war?

Als ich hinaufging, war Florrie noch auf. Ihre Gesichte mussten sie im Stich gelassen haben, denn sie erwähnte die Ereignisse unten nicht. Sie hatte keine Ahnung.

Am Abend unterhielt ich mich noch mit Janice. Sie war nur noch ein müdes, trauriges Abbild ihres früheren Selbst. Gegen zehn Uhr war ich aus dem Haus geschlichen, um den Schrecken zu entfliehen, dem Tod und der Angst, die in jedem dunklen Winkel lauerten.

Adela und Evelyn waren oben. Hilary, Allen und Dr. Bouligny saßen in der Bibliothek und rauchten schweigend unzählige Zigaretten. Ich wusste nicht, dass Janice auch Zuflucht im Rosengarten gesucht hatte, bis sie vor mir stand.

Ich weiß nicht mehr genau, wie unser Gespräch begann oder warum sie sich mir so offen anvertraute. Vielleicht musste sie einfach mit jemand reden. Ich erinnere mich sehr gut, dass wir auf der Steinbank direkt vor dem üppig blühenden Rosenbaum saßen, dessen Duft die warme Dunkelheit durchtränkte. Sie erzählte von Dave und fragte mich über Veronal und seine Wirkung aus. Ich antwortete, so gut ich konnte.

»Dann ist er also ohne Schmerzen gestorben«, sagte sie schließlich. Und als ich dies bestätigte, war sie ein wenig erleichtert. »Er sah friedlich aus«, sagte sie wie zu sich selbst. »So friedlich, dass man ihn fast beneiden könnte.« Als ich protestierte, erklärte sie: »Nein, das meinte ich natürlich nicht! Aber es war eine entsetzliche Zeit, Miss Keate, die ich nicht noch einmal erleben möchte. Ich frage mich, ob ich sie je vergessen werde.« Dann fügte sie leise und so eindringlich hinzu, dass mir klar wurde, unter welchem Alptraum sie seit Bayards Tod gelitten hatte: »Vergessen Sie Bayards Blut an meiner Hand.«

Sie hob sie, als könnte sie es immer noch sehen. Ich nahm die schmale weiße Hand in die meine. Ihre Finger waren kalt, und sie klammerte sich an mich wie ein Kind, das schlecht träumt. Plötzlich erzählte sie mir, was sich tatsächlich zugetragen hatte.

»Ich habe Bayard weggezogen. Er lag im Arbeitszimmer, auf dem kleinen Saruk vor dem Schreibtisch. Ich wusste nicht, was ich tun sollte. Ich dachte nur, dass er da nicht gefunden werden durfte. Wir wussten alle, dass Dave schon einmal versucht hatte, ihn zu töten, dass er tatsächlich auf ihn geschossen hatte und Bayard an der Schulter verletzte. Ich durfte keine Zeit verlieren, weil Adela jeden Moment ins Haus kommen konnte. Im Vorbeigehen hatte ich durch die Bibliothek die Arbeitszimmertür offen stehen sehen und wollte nach Dave schauen. Da lag der tote Bayard auf dem Teppich!« Sie seufzte und gab sich einen Ruck. »Ich dachte nur, er darf nicht in Daves Zimmer gefunden werden! Ich stellte die Körbe ab und zog ihn in die Bibliothek. Es war sehr schwierig, und ich musste mich beeilen. Ich kam bis zum Tisch, rannte zurück, strich den Teppich glatt, nahm die Körbe und rannte in die Küche. Ich wusste nicht, dass ich den Hut in der Hand hatte, bis ich in meinem Zimmer war. Ich weiß nicht, warum ich ihn abnahm, aus Gewohnheit vermutlich. Dann entdeckte ich das Blut. In diesem Augenblick begann Emmeline unten zu schreien. Man hatte Bayard gefunden. Ich versteckte den Hut, wusch mir die Hände und rannte hinunter. Alle standen in der Bibliothek.« Die Erinnerung ließ sie erschauern.

»Sie werden sich jetzt besser fühlen«, sagte ich. »Es tut immer gut, mit jemand zu reden. Vermutlich ist Dave zurückgekommen, und dann hat er Bayard erschossen.«

»Ich weiß es nicht«, antwortete sie. »Ich will es nicht wissen!«

»Sagten Sie nicht, Bayard war unten, als Sie am Nachmittag aus dem Haus gingen, und dass Sie sich mit ihm unterhielten?«

»Ja. Ich hatte die Körbe geholt und wollte Mrs. Steadway ein paar Blumen mitbringen. Ich hatte die Schere in der Bibliothek liegen gelassen. Und da war Bayard.«

»Schloss Dave die Tür zu seinem Zimmer immer ab?«

»In der Regel nicht. Es war ein ungeschriebenes Gesetz, ihn nicht zu stören.«

»Und Sie unterhielten sich mit Bayard?«

»Nur kurz. Kein angenehmes Gespräch. Er gab uns Zeit bis zum Abend. Wegen meinem Brief. Ich nahm die Schere und ging. Ich war völlig am Ende. Bayard erwartete, dass Allen ihm Geld geben würde, um mich zu schützen, und das hätte Allen wohl auch getan, aber ich suchte nach einem Ausweg.«

»Wenn Dave der Täter war: Was ist dann mit den Diamanten?«

»Die Diamantengeschichte verstehe ich nicht. Vermutlich hat sie jemand von der Familie nur deshalb in mein Badesalz getan, weil sie dort am sichersten waren. Es muss jemand gewesen sein, der wusste, dass ich keines verwende.«

»Dann glauben Sie also nicht, dass es so aussehen sollte, als hätten Sie die Steine genommen?«

Sie war verblüfft. »Nein!«, sagte sie nach einer Weile. »Warum auch? Ich hatte gar keinen Grund dazu. Das meiste hätte ich als Daves Frau ohnehin bekommen und gehörte mir eigentlich schon. Nein, das war es nicht. Vielleicht sollte ich es Ihnen nicht erzählen, Miss Keate, aber ich glaube, dass Adela oder Evelyn die Diamanten aus dem Safe holte, nur um einen Diebstahl vorzutäuschen. Wir alle befürchteten, Dave hätte Bayard getötet, und versuchten, ihn zu decken.«

»Warum wollte Dave Bayard umbringen? Sie sagten mir, Sie wüssten nicht, worüber sie gestritten hätten. Können Sie sich keinen Grund denken?«

»Als ich das letzte Mal mit Ihnen darüber sprach, Miss Keate, hatte ich keine Ahnung. Jetzt glaube ich, Bayard lieferte Dave das Veronal! Das Mittel ist in unserem Staat sehr schwer zu bekommen. Bayard war bestimmt darauf aus, Dave zu ruinieren, oder Hilary, oder beide. Er hat sie schon immer gehasst. Vielleicht aus Eifersucht. Oder wegen etwas anderem, einer Sache aus ihrer Kindheit. Bayard hatte einen unglaublich schlechten Charakter.«

»Warum glauben Sie, dass Bayard Dave das Veronal lieferte?«

»Ich hörte nur ein paar Brocken ihres Streitgesprächs. Über was hätten sie sich sonst so heftig streiten sollen? Dave ging es schon lange nicht gut, und in letzter Zeit veränderte er sich zusehends. Obwohl wir nie darüber sprachen, vermuteten Adela und ich, dass er Drogen nahm. Ich dachte an Morphium, obwohl ich keinen Beweis dafür hatte, Wir taten alles, um ihn abzulenken und aufzuheitern. Wir versuchten alles. Es war hier in den letzten zwei Jahren ziemlich traurig, Miss Keate.« Sie schwieg nachdenklich. Dann fuhr sie mit traurig klingender Stimme fort: »Ich bezweifle, ob Hilary Bescheid wusste: Wir wollten nicht offen darüber sprechen. Ich hatte Bayard im Verdacht, aber ohne Grund, nur aus Instinkt. Ich fürchtete seine Besuche. Als Florrie aus Versehen Veronal nahm und Sie sagten, es stamme nicht von Ihnen, und weil ich wusste, dass Bayard meinen Brief in Ihrer Tasche versteckt hatte, war ich überzeugt, dass er auch das Veronal hineingetan hatte. Er hatte Zugang dazu und wusste, dass es in seinem Zimmer nicht sicher war. Falls er Dave Veronal lieferte, hat er bestimmt einen hohen Preis dafür verlangt. Was ist naheliegender, als dass er mehr verlangte, als Dave zahlen wollte? Oder dass er den Nachschub zurückhielt? Falls der arme Dave süchtig war, musste er verrückt danach sein. Das ist meine Erklärung für den heftigen Streit: Ich glaube, Bayard erpresste Dave, bis dieser außer sich war. Der arme Dave, wie muss er sich selbst gehasst haben, wie muss er Bayard gehasst haben wegen der Abhängigkeit, in der er ihn hielt. Glauben Sie, dass ich recht habe?«

»Es klingt alles ziemlich wahrscheinlich! Aber wenn das seit etwa zwei Jahren schon so ging, müssen sie ein gutfunktionierendes Nachschubsystem gehabt haben. Was ist eigentlich in der Nacht passiert, als Bayard angeschossen wurde?«

»Das war so: Ich konnte nicht schlafen und hörte Dave in seinem Zimmer rumoren. Er ging hinaus, kurze Zeit darauf kam er zurück und zog eine Schublade auf. Er schien in Eile zu sein. Und ich hatte plötzlich das Gefühl, er sei wegen seinem Revolver zurückgekommen. Ich stürzte ihm nach. Dave war schon in Bayards Zimmer, als ich im Flur stand. Adela stand plötzlich auch da, und dann – dann hörten wir den Schuss. Er war so laut – schrecklich! Wir rannten in Bayards Zimmer. Dave hielt den Revolver in der Hand, und Bayard fluchte und blutete die Schlafanzugjacke voll. Dave war blass und benommen, als ob er nicht wusste, was er tat. Adela packte ihn am Arm, und mir gelang es, ihm den Revolver zu entwinden.«

»Hat Dave denn nicht erklärt, warum er Bayard töten wollte?«

»Nein! Nein! Er sagte nichts. Adela und ich hatten entsetzliche Angst, Dave würde es noch einmal versuchen. Sie wollte unbedingt eine Krankenschwester kommen lassen, als Schutz für Bayard sozusagen. Und auch für Dave. Denn wir hatten auch Angst um ihn!« Sie seufzte tief. »Ich war sehr jung, als ich heiratete, und verstand noch nichts von der Liebe. Ich wusste nicht –« Ihre Stimme verlor sich. »Sie sind sehr gut zu mir, Miss Keate«, sagte sie dann.

»Ich? Unsinn!«

»Haben Sie sonst noch Fragen, Miss Keate? Ich möchte, dass Sie die ganze Wahrheit kennen.«

»Ja, ich habe noch etwas auf dem Herzen. Haben Sie in jener ersten Nacht, in der ich hier war, versucht, in Bayards Zimmer einzudringen? Haben Sie am Türknauf gedreht? Und mich dann im Flurspiegel beobachtet?«

»Ja«, gab sie plötzlich zu. »Ich dachte nicht, dass Bayard eine Nachtwache brauchte, darum nahm ich an, Sie seien in Ihrem Zimmer. Ich suchte meinen Brief. Ich wusste, dass Dan ihm ein Schlafmittel gegeben hatte, und war so verzweifelt.«

»Wer war dann in jener Nacht auf dem Balkon?«

»Was meinen Sie damit?«

Ich erklärte es ihr nicht näher. Plötzlich fiel mir etwas anderes ein. »Ist Ihnen der Hund bis zu Bayards Tür gefolgt? Ich hörte ein keuchendes Geräusch. Wie ein Hund an einem heißen Tag.«

»Ja. Es war schrecklich! Ich fühlte mich so auf der Flucht! Sogar Pansy schien zu wissen, was ich da tat.«

Der Mond schien so hell, dass ich ihr trauriges Gesicht deutlich sehen konnte. Nervös fingerte sie an ihrem weißen Seidenkleid. Müßig sah ich ihr einen Augenblick zu. Dann sprang ich auf. Eine erstaunliche Idee war mir gekommen.

Jener mehrfach zusammengefaltete Bogen, den ich auf dem Saruk gefunden hatte, unmittelbar nach Bayards Tod – konnte er das bedeuten, was ich vermutete?

17

Janice war über mein heftiges Aufspringen überrascht. Ich ließ sie einfach stehen und rannte zum Haus. Beim Rasen stieß ich auf Allen.

»Hallo – bist du es –«, begann er und fuhr in einem anderen Ton fort: »Oh, Miss Keate! Ich sah etwas Weißes vorbeihuschen und dachte …« Er schwieg, und ich sagte in Anbetracht der Umstände etwas sehr Geschmackloses. »Sie ist im Rosengarten«, rief ich und eilte weiter.

Ich hatte nicht die romantische Vorstellung, dass Janice und Allen sich prompt in die Arme sinken würden. Aber sie konnten nicht übersehen, was Daves Tod bedeutete. Janice war eine feinfühlige Frau, sie hatte Temperament und Stolz. Allen konnte sie jetzt nur mit seiner Anwesenheit trösten und ihr so nach besten Kräften helfen.

Als ich oben durch den Flur eilte, öffnete sich die Tür zu Adelas Zimmer, und Dr. Bouligny trat heraus.

»Ach, Miss Keate«, sagte er. »Miss Thatcher schläft endlich. Nehmen Sie lieber wieder das Zimmer neben ihr, für den Fall, dass sie Sie während der Nacht braucht. Ich habe ein Schlafmittel dagelassen. Florrie ist wieder ganz hergestellt. Ich war gerade bei ihr oben. Morgen kann sie wieder arbeiten.« Seine massige Gestalt schritt davon, nachdem ich genickt hatte. Da man mir noch immer keine frischen Uniformen geschickt hatte, lagen die gebrauchten noch in meinem Zimmer. Ich durchsuchte sie fieberhaft, bis ich das kleine mehrfach gefaltete Stück Papier fand, das ich im Arbeitszimmer aufgelesen hatte, nachdem wir den toten Bayard entdeckten.

Es gab nur eine Möglichkeit, um einen Beweis für die erstaunliche Erklärung zu bekommen, die mir eingefallen war. Ich sah auf meine Uhr. Es war kurz nach elf. Im Haus war es sehr still. Ich wartete lange. Janice schritt leichtfüßig an meiner Tür vorbei. Dann glaubte ich, Evelyn mit Hilary sprechen zu hören, bevor sich eine andere Tür energisch schloss.

Als ich schließlich aus meinem Zimmer auf den leeren Flur schlich, raschelte meine Uniform laut. Mir war nicht wohl in meiner Haut. Von irgendwoher schien man mich zu beobachten. Ich hoffte inständig, nicht Bayards Mörder zu begegnen. Ich wollte doch nur zum Telefon in Daves Arbeitszimmer!

Die Halle unten war wie immer schwach beleuchtet, aber die Wohnräume glichen bei Nacht großen schwarzen Löchern. An der Tür zur Bibliothek zögerte ich. Ich fand den Lichtschalter nicht. Schließlich gewöhnten sich meine Augen an das Dunkel, das das hereinfallende Mondlicht etwas weniger undurchdringlich machte, und ich tastete mich bis ins Arbeitszimmer vor.

Dort entdeckte ich ohne Schwierigkeiten den Schalter. Das Herz klopfte mir bis zum Hals. Die Schreibtischlampe mit ihrem grünen Schirm gab ein weiches Licht. Das Telefon stand daneben. Ich holte tief Luft.

Jeden Augenblick musste sich mein Verdacht bestätigen. Dann war meine Aufgabe erledigt, und ich konnte mich aus dem Staub machen. Ich nahm das zusammengefaltete Stück Papier aus meiner Tasche und beugte mich über den Apparat.

Ein paar Augenblicke später richtete ich mich wieder auf. Ich wusste nicht, ob ich traurig sein oder triumphieren sollte. Jetzt war mir klar, was mit dem Telefon nicht stimmte. Es war ein altmodischer Tischapparat mit einer Sprechmuschel an einem Ständer und einem getrennten Hörer, der an einem Haken hing. Sobald man ihn abnahm, wurde automatisch eine Verbindung hergestellt. Das Stück Papier passte genau in den engen Schlitz, in dem sich der Haken auf und ab bewegte.

Ich sank in einen Sessel neben dem Schreibtisch und starrte das Telefon an. Ich schob das Papier hinter den Haken und nahm den Hörer ab, als ob ich telefonieren wollte. Natürlich entstand keine Verbindung. Dann klemmte ich den Zettel unter dem Haken fest. Wenn jetzt jemand anrief, ertönte automatisch das Besetztzeichen.

Als ich Adela in das Arbeitszimmer gefolgt war – nach Bayards Tod –, hatte sie das Telefon benützt, und das Papier war zu meinen Füßen gelegen. Janice und Evelyn hatten das Telefon überhaupt nicht erwähnt. Sie hatten nie gesagt, dass Bayard den Hörer etwa in der Hand gehalten hatte. Als sie nach dem Mord zusammenstanden, hatten sie keinen Blick in Richtung Telefon geworfen.

Eines war jedenfalls klar: Adelas Telefongespräch mit Bayard – durch das der Eindruck entstanden war, Bayard sei nach Adela und Janices Weggang umgebracht worden –, dieses Gespräch hatte es gar nicht gegeben. Zwar hatte ich es deutlich läuten gehört, bis das Klingeln abrupt abbrach, sodass ich überzeugt gewesen war, dass jemand abgenommen hatte. Aber auch der Anrufer konnte eingehängt haben! Wenn ich das Stück Papier richtig deutete, war Adelas Telefongespräch mit Bayard – als alle Thatchers aus dem Haus gewesen waren – Schwindel. Oder es hieß, dass Bayard tot war, bevor Adela aus dem Haus ging. Das war unmöglich! Ich wiederholte es mir immer wieder: Das war unmöglich! Doch wenn es stimmte, mussten wir den Tathergang völlig anders rekonstruieren. In erster Linie entlastete es Hilary automatisch von jedem Verdacht. Was aber bedeutete dann dieses Manöver mit dem Telefon? Ich stützte meinen Kopf auf und starrte auf die leuchtenden Farben des kleinen Saruks.

Wenn Bayard bereits tot war, als Adela das Haus an jenem Nachmittag verließ, wurde das Feld der Verdächtigen dadurch nur noch begrenzter. Mit eigenen Augen hatte ich Allen und Dave das Haus verlassen sehen. Erst dann hatte mich Bayard zur Laube geschickt. Nur Janice und Adela waren noch zu Hause gewesen. Und Florrie. Doch sie war vor Janice weggegangen.

Blieben immer noch Higby und Emmeline. Abgesehen von Hilarys glanzvoller Selbstverteidigung auf Kosten der beiden, hatte ich nicht den Eindruck, dass einer von ihnen schuldig war. Der Silberlöffel auf dem Boden der Bibliothek und der klebrige kleine See von roter Marmelade schienen mir eher ein Beweis für Emmelines Unschuld zu sein. Der Vorfall war zu nichtssagend, als dass man ihn absichtlich inszeniert hätte. Falls es Emmeline darauf angelegt gehabt hätte, ihre Unschuld zu beweisen, hätte sie sicher viel raffinierter verfahren.

Higby fiel auch aus. Die Diamanten waren nicht gestohlen worden – was für ein Motiv hätte er also haben sollen?

Wenn man Florrie, Higby und Emmeline ausschloss und meine Version des Telefonanrufs sich bestätigen sollte, blieben nur noch Adela und Janice als Verdächtige. Ich konnte mir zwar vorstellen, dass Adela zu jeder Art von Intrige bereit war, um ihre Familie zu schützen, doch als abgefeimte Mörderin sah ich sie nicht. Und Janice war in meinen Augen ebenso unschuldig.

Was bedeutete der gefaltete Zettel nun wirklich? Man hätte am anderen Ende auflegen können, auch ohne dass der Schlitz verkeilt war. Vielleicht hatte Adela absichtlich den Hörer vom Haken genommen, um vorzutäuschen, dass Bayard am Telefon war, als er getötet wurde. Ja, das konnte möglich sein. Falls Bayard tot war, bevor Adela wegging und sie es wusste und vortäuschen wollte, dass er erst getötet wurde, als das Haus leer war, hätte sie es genauso gemacht. Dann wäre die Geschichte, dass sie vom Apotheker aus angerufen habe, besonders überzeugend gewesen.

Aber Bayard wurde nicht mit dem Hörer in der Hand gefunden. Janice hatte ihn in die Bibliothek geschleppt. Und Evelyn hatte ihn tot im Arbeitszimmer liegen gesehen. Und wenn ich mich nicht täusche, war auch Hilary dort gewesen. Jeder von ihnen hätte den Hörer wieder aufhängen können. Die Kette von Vermutungen, die sich nur auf diesen Fetzen Papier stützte, konnte völlig falsch sein.

Ich seufzte müde – und hörte hinter mir ein Rascheln. Es war ein unbeschreibliches Gefühl. Da saß ich in dem kleinen Zimmer, mit dem Rücken zur dunklen Bibliothek, und wusste plötzlich, dass mich jemand beobachtete. Vielleicht stand derjenige schon lange da und hatte gesehen, was ich mit dem Papier angestellt hatte. Wer war es? Ich wagte nicht, mich umzudrehen.

Adela, Hilary, Evelyn, Janice? Oder Allen? Oder Emmeline? Seltsamerweise flößten sie mir alle keine Furcht ein, und doch spürte ich ein lähmendes Entsetzen vor dem Unbekannten in der Tür.

Wieder ein Geräusch. Und eine Stimme sagte: »Keine Bewegung, oder ich schieße!« Es war Hilary.

Ich saß da, wie zu Stein erstarrt. Mein Herzschlag setzte für einen Augenblick aus.

Hilary trat von hinten in den Lichtkreis der grünen Lampe, einen Revolver in der Hand. Er war direkt auf mich gerichtet. Hilarys Haare waren zerzaust, seine Augen blutunterlaufen. Er trug einen dunklen Morgenrock. Seine Stimme klang rau und drohend. »Was machen Sie hier, während das ganze Haus schläft?«

Mir gefiel nicht, wie seine Hände nervös über den Revolver strichen. »Nichts«, sagte ich. »Nichts!«

»Antworten Sie! Sie haben hier doch was gesucht!«

Das gefaltete Papier fiel mir aus den lahmen Fingern, und seine flinken Augen sahen es sofort. Rasch beschloss ich, ihm einen Teil der Wahrheit zu verraten. »Ich fand dieses Stück Papier hier auf dem Teppich, nach Bayards Tod, und wollte herausfinden, ob es ein Hinweis auf den Mord sein könnte.«

Seine Augen flackerten. Ich hatte den deutlichen Eindruck, dass er das Stück Papier noch nie gesehen und keine Ahnung von seiner möglichen Bedeutung hatte.

»Was haben Sie festgestellt?«, fragte er unhöflich.

»Nichts.« Und da er nicht recht wusste, ob er mir glauben sollte, fuhr ich nervös fort: »Wollen Sie den Revolver nicht weglegen? Ist es der von Dave?«

Er blickte kurz auf die Waffe, als ob er vergessen hätte, dass er sie in der Hand hielt. »Ich glaube Ihnen nicht. Aber wenn Sie sich nicht rühren, schieße ich nicht.«

Noch heute bin ich davon überzeugt, dass ich damals meinem Ende ziemlich nahe war: Bestimmt erwartete sich Hilary keine Vereinfachung der Situation, wenn er mich auf diese Art losgeworden wäre. Sicher hatte er nicht die Absicht, mich kaltblütig zu erschießen, aber in seinem Zustand wusste er nicht mehr, was er tat. Vielleicht kam er durch mein offensichtliches Unbehagen wieder zu sich.

Er legte den Revolver hin und sagte: »Ja, es ist Daves Revolver, der einzige im Haus! Hören Sie, Miss Keate, ich weiß nicht, was Sie über Bayards Tod wissen und was nicht. Ich lege meine Karten offen auf den Tisch. Ich bin keineswegs reich. Ich gebe Ihnen zehntausend Dollar, wenn Sie morgen früh dieses Haus verlassen und alles vergessen.«

Später war ich froh, dass wir unterbrochen wurden, bevor ich meine Stimme wiederfand. Sonst hätte ich ihm viel zu gründlich die Meinung gesagt, und der Revolver lag immer noch in bequemer Reichweite von Hilarys rechter Hand. Es war Evelyn. Sie musste alles gehört haben.

»Hilary, du bist verrückt!«, sagte sie. »Geh wieder nach oben! Nimm den Revolver mit!« Als er verschwunden war, meinte sie zu mir: »Miss Keate, wenn Sie ein großes Herz haben, vergessen Sie diese Szene.« Dann war auch sie gegangen.

Nach unruhigen Träumen und schlaflosen Stunden beschloss ich am Morgen, den Apotheker aufzusuchen und ihn über Adelas Telefongespräch mit Bayard zu befragen. Denn sollte es, wie ich vermutete, nur vorgetäuscht gewesen sein, so kam Hilary als Mörder nicht in Betracht.

Aber es stellte sich heraus, dass ich den Apotheker gar nicht brauchte. Nach dem Frühstück rief uns Adela in die Bibliothek. Wie ein guter General hatte sie sich ihre nächsten Schritte genau überlegt. Sie wusste, dass ihre Bemühungen, Dave zu entlasten, ihren anderen Bruder verdächtig machten.

Außer Dr. Bouligny waren alle versammelt, müde und übernächtigt. Wir spürten unbehaglich, dass etwas in der Luft lag. Adelas Eröffnung war ein Schock. Sie begann:

»Die Thatchers scheinen seit neuestem gern zu lügen. Evelyn war nicht ehrlich, als sie behauptete, sie habe Bayard lebend angetroffen. Ebenso Hilary. Und auch ich sagte nicht die Wahrheit.« Sie zögerte kurz. »Mein Telefongespräch mit Bayard war eine Lüge. Er war tot, bevor ich aus dem Haus ging.«

Hilary wagte als Einziger, zu reagieren. Er setzte zu einem erstickten Ausruf an. Adela brachte ihn mit gebieterischer Gebärde zum Schweigen.

»Warte, Hilary! Lass es mich erklären! Ich kam herunter, und Bayard lag tot in Daves Arbeitszimmer. Ich hatte Angst, man könnte Dave verdächtigen. Ich beschloss sofort, etwas zu erfinden, um den Verdacht von ihm abzulenken: ein fingierter Anruf aus der Stadt, wo mich alle Leute hören und sehen konnten – der Beweis, dass Bayard noch lebte, als wir im Haus waren. Ich präparierte sogar das Telefon so, dass es läutete, auch wenn der Hörer abgenommen war, und legte ihn neben Bayard, als hätte er ihn abgehoben und sei erst nachher getötet worden. Ich ließ es nur kurz läuten und unterbrach dann die Verbindung.«

Es herrschte betretenes Schweigen. Dann sagte Hilary heftig: »Du willst mich nur schützen, Adela! Ich wollte eigentlich bei meiner ursprünglichen Aussage bleiben. Aber es stimmt, Bayard war tot, als ich kam.«

Ich beugte mich vor. »Wo war der Revolver?«

Adela sah mich verblüfft an. »Ach weiß es nicht«, sagte sie langsam. »Ich erinnere mich nicht.«

Ich wandte mich an Hilary: »Haben Sie die Waffe gesehen? Was taten Sie damit?«

»Mir ist nichts aufgefallen. Es war keine da.« Er hatte für meinen Geschmack etwas zu rasch geantwortet. Er fragte Evelyn: »Da war doch kein Revolver, nicht wahr?«

»Nein«, antwortete sie entschieden. »Ich bin ganz sicher. Ich bin sogar überzeugt, dass Daves Revolver nicht die –« Vielleicht brachte sie mein Blick zum Schweigen.

Janice hatte den Revolver im Eierkorb versteckt. Sie hatte den Korb am Arm getragen, als sie zum letzten Mal mit Bayard sprach. Sie hatte uns gesagt, dass sie ihn nach ihrer Rückkehr versteckte. Sie habe Bayard tot aufgefunden, den Revolver im Korb versteckt und in die Küche getragen, um Dave zu schützen.

Aber nur einen Augenblick nachdem Janice aus dem Haus getreten war, hatte Adela den toten Bayard entdeckt. Von der Waffe keine Spur. Hilary hatte keinen Revolver gesehen und Evelyn ebenfalls nicht. Aber spät am Abend war er im Eierkorb gefunden worden.

Zu spät merkte ich, wie sehr meine Fragen Janice belastet hatten. Hilary fiel es auch auf. Und Allen.

»Ich erlaube nicht, dass Janice ausgefragt wird, bevor sie nicht einen Anwalt gesprochen hat«, erklärte er. »Ich meine, ehe sie sich nicht mit jemand beraten hat, der kein Familienmitglied ist.«

18

Hilary brauchte einige ungläubige Augenblicke, bis er die volle Tragweite von Allens Vorschlag begriff. Sein Gesicht lief beängstigend rot an. Aber statt seine Wut auf Allen abzuladen, wie man es logischerweise hätte erwarten können, ging er auf mich los. »Das ist Ihr Werk, Schwester!« konnte er nur noch schreien. »Nur Ihretwegen sind wir in diese üble Lage geraten!«

»Hilary!«, rief Evelyn warnend.

Er warf seiner Frau einen wütenden Blick zu, hielt aber inne, und Janice sagte ziemlich traurig:

»Ich brauche keinen Anwalt, Allen. Ich bin absolut bereit, die volle Wahrheit zu sagen. Ich habe sie bereits gesagt. Ich sprach heute Nacht mit Miss Keate.«

»Ich hatte nicht vor«, sagte Adela, »Janice zu verdächtigen. Janice hat mit allem nichts zu tun. Das dürft ihr nicht denken.«

»Da liegt ja gerade die Schwierigkeit«, erklärte Allen. »Deswegen haben wir uns so verhakt. Wir waren alle bemüht, einander zu decken. Oder Dave. Angenommen, Dave tötete Bayard. Jetzt kann ihm die Wahrheit nichts mehr antun. Warum erzählen wir nicht alle die volle Wahrheit über Bayards Tod? Wenn wir beweisen, dass Dave der Täter ist –«

»Nein, nein!«, schrie Janice. »Ich will es nicht wissen. Ihr sollt nicht beweisen, dass Dave ihn getötet hat.«

»Ihr seid alle von Daves Schuld so überzeugt«, sagte Adela kalt. »Warum nicht Allen? Oder Hilary?«

Hilary hatte sich mit Mühe beruhigt. Als in diesem Zusammenhang sein Name fiel, wirkte das wie ein Streichholz im Pulverfass. »Ich fürchte die Wahrheit nicht«, schrie er. »Ich habe zugegeben, dass ich Bayard tot auffand. Ihr alle wisst, warum ich erst behauptete, er sei noch am Leben gewesen. Weil ich wusste, dass man mir den Mord in die Schuhe schieben würde. Ich dachte, Dave hätte ihn getötet, und das glaube ich jetzt noch. Daves Tod ist ein Schuldgeständnis.«

»Dave war kein Selbstmörder«, sagte Adela. »Ich verbitte mir diese Unterstellung.«

Hilary zuckte die Achseln. »Nenn es, wie du willst, Adela. Was war einfacher für Dave, als absichtlich eine Überdosis Veronal zu nehmen? Ich finde, es wäre besser, die ganze Geschichte ruhen zu lassen.«

»Das passt zu dir, Hilary«, antwortete Adela. »Du gehst unangenehmen Dingen gern aus dem Weg. Aber ich will beenden, was ich angefangen habe. Miss Keate hat die Frage nach dem Revolver aufgeworfen. Ich finde, jede Frage, die sie stellen will, sollte beantwortet werden. Also, Miss Keate?«

Man hätte eine Stecknadel fallen hören können. Der lange Raum war kühl und schattig. Jemand hatte den blassgrünen Haufen Badesalz weggeräumt. Es standen frische rote Rosen in der Vase. Dr. Bouligny war nicht da, und Emmeline auch nicht. Adela saß aufrecht in ihrem hochlehnigen Stuhl. Evelyn war kühl und sachlich. Janice sehr still und bedrückt. Allen stand wachsam neben ihr. Erstaunlich, wie er sich verändert hatte. Er strahlte eine Autorität aus, als habe er das Recht, Janice in aller Offenheit zu schützen.

Hilary starrte mich ungeduldig an, da merkte ich, dass alle auf mich warteten. »War Daves Revolver der Einzige im Haus?«, fragte ich.

»Ja«, antwortete Adela entschieden. »Sogar Hilary hat keinen eigenen mehr.«

Evelyn lächelte schwach. »Seit unsere Söhne nach den Ferien ins Internat fuhren«, erklärte sie. »Sie entführten Hilarys Revolver. Er hatte nichts dagegen. Hier haben wir keine Verwendung dafür.«

Ich verkniff mir die Bemerkung, dass sie offenbar eine neue Möglichkeit entdeckt hatten, und sagte stattdessen: »Der Besitz des Revolvers scheint für die Beweisführung ziemlich wichtig zu sein.«

Keiner wollte Janice direkt fragen, wo der Revolver war, als Adela Bayard fand. Und danach Evelyn und Hilary. Wann hatte sie den Revolver in den Eierkorb gelegt?

Sogar ich, die von ihrer Unschuld überzeugt war, spürte leise Zweifel. Mir fiel wieder ein, was sie von dem Streit zwischen Dave und Bayard erzählt hatte. »Es gelang mir, den Revolver in Sicherheit zu bringen.« Etwas in dieser Richtung hatte sie gesagt. War er in ihrem Besitz geblieben?

»Wo lag der Revolver, als du ihn aufhobst, Janice?«, fragte Allen.

»Auf dem Teppich. Auf dem kleinen Saruk in Daves Zimmer.«

Allens Augen verengten sich. »Aber Adela, Evelyn und Hilary sagten, dass da kein Revolver war. Und du fandest die Waffe am Nachmittag, nachdem alle drei in dem Zimmer gewesen waren!« Allen sprach sehr offen, wie um Janice Zeit zu geben, ihre Antwort sorgfältig abzuwägen.

Wir sahen sie an und warteten gespannt. Erst da merkte sie, in welche Falle sie geraten war. Sie sprang auf. »Jetzt begreife ich!«, rief sie ungläubig. »Der Korb! Das meint ihr doch! Ich hätte die Waffe aus dem Haus tragen können, nicht wahr? Ich hätte Bayard selbst erschießen können und den Revolver im Eierkorb verstecken und Bayards Leiche im Arbeitszimmer liegen lassen können, damit Adela ihn fand. Wie könnt ihr so was nur denken!«

Ein Schluchzen stieg ihr in die Kehle. Allen streckte die Hand nach ihr aus, aber sie wischte sie weg und reckte ihr kleines weißes Kinn. »Ich war es nicht! Ich zog ihn weg, wisst ihr. Ich zog ihn in die Bibliothek!«

Hilary rief etwas Unverständliches, Adela schwieg. Evelyn fragte direkt: »Der Revolver, Janice! Wann hast du den Revolver versteckt?«

Janices Augen wanderten durch die Runde, bevor sie würdevoll aus der Falle spazierte: »Der Revolver lag unter Bayards Leiche!«

Natürlich war es wieder Hilary, der das Schweigen unterbrach. »Du hast ihn weggezogen, Janice? Einfach weggezogen?«

»Ja, ja! Hilary! Ich dachte, Dave hätte ihn ermordet. Ich zog ihn aus Daves Arbeitszimmer in die Bibliothek, und ich fand den Revolver und versteckte ihn im Eierkorb.«

»Hoffentlich seid ihr nun alle zufrieden«, sagte Allen ziemlich grimmig. »Jetzt würde ich gern noch ein paar Dinge klären. Wer, zum Beispiel, steckte die Diamanten in Janices Badesalz? Und warum?«

»Allen!« Adela machte eine abwehrende Handbewegung. »Sprich nicht so! Wir wollten Janice nicht zum Opfer machen. Du musst zugeben, wie viel besser es ist, dass die Sache mit dem Revolver geklärt ist. Und was die Diamanten betrifft – die habe ich hineingetan. Du hast mir keine Zeit gelassen, meine Geschichte zu Ende zu erzählen. Ich hatte – dort im Arbeitszimmer – ja nur ein paar Minuten, um die Szene so herzurichten, dass keiner von der Familie in Verdacht geriet. Plötzlich fielen mir der Safe ein und die Diamanten. Ich holte sie heraus und legte sie in die Tischschublade und ließ den Safe offen. Am nächsten Morgen nahm ich sie mit hinauf, und da ich fürchtete, man könnte eine große Suchaktion starten, versteckte ich sie an einem relativ sicheren Ort. Vermutlich kommen euch meine Unternehmungen verrückt und ohne Zusammenhang vor, aber ich dachte, durch das Telefon könnte ich eine Art Alibi für Dave fabrizieren, und durch den offenen Safe und die verschwundenen Diamanten würde kaum der Verdacht aufkommen, dass ein Familienmitglied Bayard getötet hatte. Mein Entsetzen war unbeschreiblich, als ich merkte, dass alles schieflief. Das Schlimmste war –«, sie zögerte eine Sekunde, »dass Bayard in der Bibliothek lag und nicht im Arbeitszimmer.« Sie hielt inne, sammelte sich und sagte, schon wieder mit einer Spur ihrer früheren Sicherheit: »Nicht dass ich zugebe, dass Dave Bayard umgebracht hat. Ich wusste nur, dass er in Verdacht geraten würde. Ich bin überzeugt, es war ein Dieb, trotz allem, was ihr sagt. Und ich werde versuchen, es zu beweisen.«

»Adela, es ist so hoffnungslos«, meinte Hilary verzweifelt. »Siehst du nicht, dass du tatsächlich jeden Einzelnen von uns in die Sache hineingezogen hast? Wir wissen doch alle, dass Dave versucht hat, Bayard umzubringen, warum können wir es nicht dabei belassen –«

»Worüber haben sich Bayard und Dave gestritten?«, fragte Adela direkt und unterbrach damit Hilarys Vorwürfe, die uns in eine jener langen Familiendiskussionen zu verstricken drohten, die so viel und doch so wenig besagten und so ergebnislos blieben.

Ein Schatten huschte über Adelas Gesicht. »Wir wissen nun alle, dass Dave veronalsüchtig war. Bayard hat Dave das Veronal geliefert. Sie stritten irgendwie darüber. Bayard versuchte wohl, mehr Geld von Dave zu erpressen, und hielt mit dem Nachschub zurück. Ich hörte nur ein paar Worte, als Janice aus dem Zimmer gegangen war, um den Revolver zu verstecken.«

Schon wieder der Revolver und Janice!

Allen sagte rasch: »Als du Dave den Revolver aus der Hand nahmst, Janice, was tatest du damit?«

»Ich legte ihn in meine Schreibtischschublade.«

»Hast du sie abgeschlossen?«

»Nein.«

»Dann hatte also jeder Zugang zu ihm. Man brauchte sich nur zu bedienen?«

»Schon. Aber, Allen –«

»Wann hast du ihn zum letzten Mal gesehen?«

»Warte, lass mich überlegen! Ich habe überhaupt nicht mehr nachgesehen. Ich sah ihn gar nicht mehr, bis ich ihn unter Bayards Leiche dort im Arbeitszimmer fand. Warum fragst du mich so aus, Allen?«

Allens finsteres Gesicht wurde ein wenig weicher. »Zu deinem eigenen Schutz, Janice«, antwortete er.

Hilary brauste wieder auf. »Dein Ton passt mir nicht, Allen! Ich mag deine Unterstellungen nicht. Wir versuchen nicht, Janice zu beschuldigen. Keiner von uns hat je angedeutet, dass ihre Lage so –«

»Hilary –« Allen war so schnell und beschwörend auf ihn zugetreten, dass Hilary zurückwich. Aber Allen hatte sich sofort wieder in der Gewalt. »Hör mal! Janice hat einfach gut und edel gehandelt. Sie ist bei Dave geblieben und versuchte, ihm zu helfen. Die meisten Frauen wären einfach davongelaufen! Und nur weil sie Dave schützen wollte und nicht an sich selbst dachte, ist sie in diesen Mord verwickelt worden. In diesen Familienmord«, fügte er wütend hinzu.

Einen Augenblick lang dachte ich, dass die beiden Männer sich prügeln würden. Evelyn rettete die Situation. »Allen, so was darfst du nicht sagen!«, rief sie.

Und Adela meinte in ihrer ruhigen Art, mit kaltem Vorwurf: »Ich glaube, ihr beide habt euch vergessen. Auf jeden Fall habt ihr uns vergessen!«

Hilary warf Frau und Schwester einen wütenden Blick zu und wandte sich wieder an Allen. »Während du andere verteidigst, die deine Hilfe nicht brauchen«, sagte er wütend, »warum verteidigst du dich nicht selbst? Oder bist du über jeden Verdacht erhaben? Da muss ich dich enttäuschen. Deine – deine Drohung, Bayard umzubringen, ist gehört worden!«

Falls Hilarys Wissen ein Schlag für Allen war, ließ er es sich nicht anmerken. Und falls es den andern neu war, sah man es ihnen nicht an. Ich möchte sagen, es war eine Familienbesprechung, bei der ich ein geladener Zeuge war.

»Falls du Emmelines Behauptung, dass keiner in die Nähe des Hauses kam, als Unschuldsbeweis für Dave akzeptierst, musst du dies auch bei mir tun«, antwortete Allen kalt. »Egal wie oft Dave versuchte, Bayard umzubringen, wenn er zum fraglichen Zeitpunkt nicht in der Nähe war, kann er ihn nicht getötet haben!«

Was natürlich stimmte. Das war der entscheidende Widerspruch: Sie akzeptierten Emmelines Aussage, die Dave von jedem Verdacht reinwusch, und gleichzeitig glaubten sie fest daran, dass er Bayard umgebracht hatte. Sie wollten an Daves Schuld glauben, weil es die anderen entlastete, und doch sollte dies nicht endgültig bewiesen werden, weil es aus dem Bruder einen Mörder machte. Und aus Janices Mann. Ein Thatcher konnte nichts Unrechtes tun: Das war ihr Glaubensbekenntnis. Sie würden das Hässliche dieser Affäre verdrängen und mit der Zeit von Dave immer freundlicher reden, und irgendwann würde der nicht existierende Einbrecher wieder auftauchen. Bevor ein paar Jahre verstrichen waren, würden alle ganz selbstverständlich glauben, Bayard sei einem Raubmord zum Opfer gefallen und Dave an einer Krankheit gestorben. Die meisten Familien halten an solchen Fiktionen fest.

»Du versuchst, uns abzulenken, Allen«, sagte Hilary. »Hast du nicht gedroht, Bayard umzubringen? Am selben Abend, als Dave ihn in die Schulter schoss?«

»Aha! Du hast wohl gerade einen Abendspaziergang gemacht?«

»Kümmer dich nicht darum! Ich hörte, wie du Bayard drohtest, du würdest ihn umbringen. Emmeline hätte es in der Küche hören können, wenn sie nicht fast taub wäre.«

Ich widerstand der Versuchung einzuwerfen, dass auch Florrie sie gehört hatte.

Evelyn sagte betroffen: »Allen, hast du wirklich gedroht, Bayard umzubringen?«

»Doch, ja«, antwortete Allen. »Er hatte mir was weggenommen, das mir gehörte. Und ich hätte mein Wort vermutlich gehalten, wenn mir nicht jemand anderes zuvorgekommen wäre.«

»Allen, Allen! So darfst du nicht sprechen!« Evelyns braunes Gesicht sah plötzlich mager und kantig aus. »Es ist nicht dein Ernst, Allen! Keiner mochte Bayard. Es war seine eigene Schuld. Er verkörperte alles, was schlecht war. Allein seine Anwesenheit reizte uns schon. Aber du hast das eben nicht wirklich gemeint!«

Es schien mir, dass sie sich in eine neue Familiendebatte stürzen wollten. Deshalb sagte ich trocken: »Der entscheidende Punkt ist, ob wir Emmelines Behauptung glauben, dass niemand zur Hintertür hereinkommen konnte. Wenn ja, schließt das Dave Thatcher und Mr. Carick von jedem Verdacht aus, egal was sie für Bayard empfanden!«

Hilary sah mich durchdringend an. »Die Schwester hat recht«, sagte er widerstrebend. »Wir müssen uns an die Tatsachen halten.«

»Je länger es dauert, umso schwieriger wird es«, sagte Evelyn unerwartet hoffnungslos. »Keine Frage kann genau beantwortet werden. Alles hängt davon ab, ob Higby und Emmeline die Wahrheit sagen, und ich weiß nicht, welchen unfehlbaren Test es dafür gibt. Warum können wir das Ganze nicht sein lassen? Wir haben getan, was wir konnten!«

»Dave kann Bayard nicht vor drei Uhr getötet haben«, sagte Allen entschieden. »Bis da war er mit mir zusammen.« Er kramte in seiner Tasche und zog das Blatt heraus, auf dem er sich am Vortag eine Art Zeitplan gemacht hatte. »Adelas Aussage hat alles auf den Kopf gestellt. Wir werden den Hergang nochmal rekonstruieren müssen. Wieviel Uhr war es, Adela, als du den toten Bayard entdecktest?«

»Das weiß ich nicht genau. Es muss mindestens fünfzehn Minuten gedauert haben, bis ich alles arrangiert hatte. Man denkt zwar schnell in einem Notfall, trotzdem braucht man eine gewisse Zeit, um sich vom Schock zu erholen. Janice war mindestens fünf oder zehn Minuten aus dem Haus, bevor ich herunterkam. Und fünf Minuten könnten gereicht haben, um Bayard zu töten.«

»Aber, Adela«, meinte Allen freundlicher, »begreifst du nicht, dass fünf Minuten zwar für ein Mitglied der Familie ausreichen können, weil es sich auskennt, aber für einen Fremden ist das kaum genug Zeit. Und wir wissen alle, dass Daves Revolver die Mordwaffe war.«

Man brauchte Adela nicht zu bemitleiden. Sie war den Anschuldigungen mehr als gewachsen. Sie sagte würdevoll: »Mein lieber Allen, ich habe die volle Wahrheit gesagt. Mach damit, was du willst. Falls jemand glaubt, dass ich den Mord beging, soll er es sagen. Aber ich bin froh, dass es mir gelang, Daves Namen reinzuwaschen.«

»Du hast gar nichts bewiesen«, erklärte Hilary offen. »Sieh mich nicht so an, Adela! Die Zeitspanne ist zu klein! Fünf Minuten mehr oder weniger sind nicht genug. Vielleicht stimmen unsere Uhren nicht. Allen irrt sich vielleicht in dem Zeitpunkt, als er sich von Dave trennte. Dave hat Selbstmord begangen und –«

»Das steht keineswegs fest«, unterbrach ich ihn und wünschte, ich hätte diese seltsamen, wankelmütigen, unlogischen Thatchers nie kennengelernt. »Sie wissen nicht, ob er nicht auch ermordet wurde. Woher hatte er denn das Veronal?«

19

Genau in diesem Augenblick öffnete Dr. Bouligny die Tür. Verwirrt hielt er inne, denn unsere Haltung allein musste schon eine Warnung für ihn sein. Dann ging er auf Adela zu und sagte: »Guten Morgen, guten Morgen!« Sein Versuch, Fröhlichkeit zu verbreiten, war nicht sehr erfolgreich. »Wie geht es dir, Adela?«

Man konnte beinahe sehen, wie sie ihre Trauer über Dave überspielte. Es war, als wollte sie ihr Leid für sich allein behalten. »Du kommst gerade recht, Daniel! Die Schwester hat eben angedeutet, dass man auch Dave ermordet haben könnte.«

Dr. Bouligny warf mir einen scharfen Blick zu. »Dave ermordet!«, rief er überrascht. »Aber nein, Miss Keate! Davon kann keine Rede sein! Dave war veronalsüchtig. Ich habe dafür unzweifelhafte Beweise. Ich weiß nicht, ob er absichtlich eine Überdosis genommen hat oder nicht, aber niemand hätte sie ihm ohne seine Zustimmung eingeben können.«

»Beantwortet dies Ihre Frage, Miss Keate?«, fragte Adela.

»Teilweise«, antwortete ich mit Würde. »Aber woher hatte er das Veronal?«

Adela sah mich verblüfft an.

Janice sagte langsam: »Vermutlich von Bayard.«

»Wenn Bayard ihm den Nachschub vorenthielt und sie sich

deshalb stritten und Dave es so verzweifelt brauchte, dass er bereit war, Bayard dafür zu töten, weil er ihn so quälte, kann er kein Veronal gehabt haben. Bayard und Dave waren seit meiner Ankunft nur einmal zusammen, bevor Bayard starb: Beim Mittagessen an Bayards Todestag.«

»Aber Sie waren nicht in jedem Augenblick mit Bayard zusammen, Miss Keate!«, meinte Allen.

»Seine Tür war verschlossen, als ich ihn allein ließ.«

Hilary machte eine ungeduldige Geste. »Wir rennen wieder in etwas hinein, das wir unmöglich beweisen können. Was wurde aus dem Veronal von Florrie?«

»Evelyn nahm es an sich«, sagte Dr. Bouligny. »Wo ist es, Evelyn?«

»Ich weiß es nicht. Ich wollte nicht mehr daran denken, nachdem Dave an Veronal gestorben war.«

»Was soll das heißen?«, fragte Adela scharf. »Bitte, drück dich klar aus, Evelyn!«

»Ja, also!«, begann Evelyn. »Ich sah die Schachtel auf dem Tisch in Florries Zimmer liegen und fand, dass es kein guter Ort dafür war. Also nahm ich sie an mich und legte sie auf meinen Frisiertisch. Sie –« Sie sprach nur mit Mühe weiter. »Sie – sie verschwand in jener Nacht. Sonntagnacht. Ich weiß nicht, wer sie wegnahm. Wahrscheinlich Dave!«

»Warum, um Himmels willen, hast du es mir nicht gesagt, Evelyn!«, rief Hilary.

»Nun«, Evelyn schickte einen Hilfe suchenden Blick zu Allen, »ich dachte, es würde alles noch schlimmer machen, wenn ich versuchte herauszufinden, wer es weggenommen hatte und warum. Es war alles schon schrecklich genug«, fügte sie noch hinzu.

»Jetzt werden wir es nie mehr erfahren«, sagte Hilary ungeduldig. »Jetzt können wir nur den Verdacht haben, dass Dave es fand. Dave muss es freiwillig genommen haben. Es kann nicht anders gewesen sein. Ich bin dafür, das Ganze fallen zu lassen. Schicken wir Miss Keate nach Hause!«, schloss er wenig taktvoll.

»Aber Hilary«, protestierte Adela. »Was werden die Leute sagen? Sie werden denken, Dave tötete Bayard und dann sich selbst.«

»Sollen sie doch! Hoffentlich sagen sie nicht noch mehr.«

»Morgen früh reise ich ab«, meinte ich. »Hier braucht mich niemand mehr.«

Dr. Bouligny wirkte unsicher, murmelte aber: »Ja, ja gut, Miss Keate!«

Adela musterte mich nachdenklich. Ich konnte beinahe sehen, wie sie in ihrem Kopf einen Plan ausheckte, um mich zurückzuhalten, bis sie überzeugt war, dass ich keine Gefahr mehr für sie alle darstellte. »Es war sehr freundlich von Ihnen, so lange bei uns zu bleiben, Miss Keate«, sagte sie da, »besonders unter – eh – diesen traurigen und anstrengenden Umständen.«

Sofort überlegte ich, was sie im Schilde führte.

»Je länger wir darüber reden«, mischte sich Allen ein, »umso größer wird die Verwirrung. Seit Adela zugab, dass Bayard schon tot war – aber das weißt du noch gar nicht, Dan, nicht wahr?«

»Was?«, fragte Dr. Bouligny, und Hilary erklärte es ihm kurz.

»Du hättest von Anfang an die Wahrheit sagen sollen, Adela«, meinte Dr. Bouligny, als Hilary geendet hatte. »Es hätte die Sache etwas vereinfacht. Trotzdem glaube ich, wir sollten aufhören zu grübeln. Mögen die Leute denken, was sie wollen. Es wird nie eine gerichtliche Untersuchung geben. Da könnt ihr sicher sein.«

»Tatsächlich?«, fragte Adela.

Dr. Bouligny sah mich nachdenklich an. »Meiner Meinung nach nicht, Adela. Es wird kaum ein neuer Beweis auftauchen.

Miss Keate ist die einzige Außenstehende. Es ist nicht anzunehmen, dass sie weiterhin Interesse an dem Fall haben wird.«

Es war eine Aufforderung an meine Adresse, Schweigen zu geloben. Hilary hatte offen versucht, mich zu bestechen. Dr. Bouligny appellierte ziemlich plump an mein Taktgefühl. »Ich habe kein besonderes Interesse an dieser bedauerlichen Geschichte«, antwortete ich geistesgegenwärtig, »aber wenn Sie Beweise wollen, so kenne ich einige ziemlich merkwürdige Details, die zur Entdeckung des wirklichen Mörders führen könnten.«

»Was wollen Sie damit sagen, Miss Keate?«, fragte Adela.

»Zum Beispiel: Angeblich ließen Sie den Safe offen. Er war aber zu, als Mrs. Thatcher hereinkam. Wer hat ihn geschlossen?«

Hilary räusperte sich. »Das war ich.«

»Warum?«

»Das weiß ich nicht mehr genau«, erwiderte er. »Ich wollte mit Bayard über den alten Scheck reden, den er hatte. Ich erwartete kein angenehmes Gespräch. Bayard hat immer gestichelt. Er machte uns alle verrückt. Jeder weiß, dass er und ich nie Freunde waren. Auch die Schwester!«

»Genau!«, sagte ich ungerührt. »Aber Sie haben noch nicht erklärt, warum Sie den Safe schlossen.«

»Ich weiß es nicht!«, antwortete er mürrisch. »Er war offen, und ich machte ihn automatisch zu. Ich habe gar nicht lange überlegt.«

»Und das Telefon? Vermutlich haben Sie den Hörer wieder aufgehängt, ebenfalls ohne zu wissen, was Sie taten.«

»Ja. Das heißt, nein.« Hilary sah wieder verärgert aus. »Das war Absicht. Ich dachte, Dave habe Bayard nicht einmal eine Chance gegeben, sondern ihn ohne Warnung erschossen, während er telefonierte. Das hat mich ganz besonders berührt.«

»Hilary ist so«, warf Evelyn ein. »Ich meine«, fügte sie eilig hinzu, »ich meine, er ist sehr ordentlich. Jedes Ding an seinen Platz!«

»Aha«, sagte ich aus einem plötzlichen Gedanken heraus, »dann waren Sie das also auf dem Balkon?«

Kaum waren meine Worte heraus, als ich sie schon bereute. Angesichts Hilarys großer Empfindlichkeit war das sehr unklug von mir gewesen. Schließlich musste ich noch eine Nacht unter diesem Dach verbringen. Das Einzige, was Hilary im Augenblick tun konnte, war, wenig überzeugend zu protestieren, aber seine zusammengekniffenen Augen gefielen mir nicht.

Plötzlich kam Pansy unter Adelas Stuhl hervor, zwinkerte mir listig zu und leckte sich mit der langen Zunge über die Schnauze. Was hatte Pansy damals gesehen, fragte ich mich, hier in der Bibliothek? Was hatte sie gehört?

»War Pansy im Zimmer, als Sie zum letzten Mal mit Bayard sprachen?«, fragte ich Janice und beachtete Hilary nicht mehr.

»Ja«, antwortete Janice. »Ich musste sie in der Bibliothek einsperren, damit sie nicht hinter Dave und Allen herrannte, als sie wegfuhren. Als ich mit Bayard sprach, lag sie zusammengerollt auf der Couch im Arbeitszimmer.«

Ich wandte mich an Adela. »Lag sie noch da, als Sie herunterkamen?«

»Ja«, sagte Adela unbestimmt, mit Blick auf Hilary. »Sie schlief. Hör, Hilary – reg dich nicht so auf!«

»Ich wollte, Sie würden beim Thema bleiben, Miss Keate«, sagte Dr. Bouligny ziemlich gereizt. »Sie haben Hilary eben beschuldigt, und statt ihn anzuhören, reden Sie von Hunden. Warum sagten Sie, Hilary sei auf dem Balkon gewesen?«

»Weil ich glaube, dass er dort war«, antwortete ich prompt. »Aber ich habe keinen Grund anzunehmen, dass er dann versuchte, meinen Patienten zu töten«, fügte ich hinzu, weil ich immer fair bin.

»Auch das noch!«, explodierte Hilary.

Dr. Bouligny sagte: »Erklären Sie, was Sie meinen!«

Das tat ich kurz. »Ich nahm an, es war Mr. Thatcher«, schloss ich. »Weil er ein extrem ordnungsliebender Mensch zu sein scheint. Die Person, die auf dem Balkon gewesen ist, hat den Liegestuhl zusammengeklappt, um ihn vorm Nasswerden zu schützen. Ich kann mir nicht vorstellen, dass ein gewöhnlicher Einbrecher so was tut.«

Hilary hatte sich mit dem Taschentuch über das Gesicht gewischt, als wäre ihm sehr heiß. »Also gut, ich war es«, sagte er grollend. »Aber ich habe nichts getan. Ich bin nur an den Rosen hängen geblieben. Die verdammten Dinger haben Millionen Dornen.«

Adela warf ihm einen merkwürdigen Blick zu, ein Gemisch aus Angst und Warnung. »Aber Hilary«, sagte sie kühl. »Was hast du auf Bayards Balkon gewollt? So heimlich um Mitternacht?«

20

Hilarys Erklärung war ganz einfach – natürlich! –, und mein Gefühl, im Dunkeln zu tappen, wuchs. Das war ja die Schwierigkeit: Jede Erklärung klang einfach und glaubwürdig. Alles, was ich mir als möglichen Hinweis ausgedacht hatte, schien sich als einfache und natürliche Handlung herauszustellen, die mich der Lösung des Geheimnisses keine Spur näher brachte.

Von Anfang an hatte ich das Gefühl gehabt, dass der Mann auf dem Balkon etwas Übles plante. Doch Hilary behauptete einfach, dass er nach dem Scheck suchen wollte. Als ich ihn nach dem leeren Bogen befragte, meinte er nur, dass er Bayard hätte überlisten wollen. Wenn Bayard bei seiner Suche aufgewacht wäre, hätte er ihm den Umschlag gegeben, im Austausch gegen den Scheck, und Bayard im Glauben gelassen, dass er den neuen Scheck über die geforderte Summe enthielt.

Allen hörte verblüfft zu. »Hast du tatsächlich geglaubt, damit durchzukommen?«

»Ich hoffte es. Ich wusste, dass Dan Bayard ein Schlafmittel gegeben hatte und Bayard, falls er aufwachte, benommen sein würde. Man muss solche Typen mit ihren eigenen Waffen schlagen. Ich dachte nicht an die Schwester! Bei meinem eiligen Rückzug verlor ich den Umschlag.« Hilary sah mich finster an. »Mit was haben Sie nach mir geworfen?«

»Mit gar nichts.«

»Ich hörte es aber krachen.«

»Ich stürzte über eine Lampe«, antwortete ich würdevoll. »Dann – waren Sie es, der Bayards Zimmer gleich nach dem Mord durchsuchte? Es sah aus wie nach einem Wirbelsturm! Ich war nebenan.«

»Natürlich!«, murmelte Hilary und bedachte mich mit einem weiteren bösen Blick. »Nein, ich habe sein Zimmer nicht durchsucht. Der alte Scheck steckte in seiner Jackentasche, als ich ihn tot auffand. Deswegen war ich etwa zehn Minuten im Haus.«

»Dann waren Sie es?«, fragte ich Allen.

Offenbar marschierte ich wieder in eine Sackgasse. Auch Allen hatte das Zimmer nicht durchsucht. Ich schilderte den Hergang, und Evelyn brachte die Theorie vor, dass es Dave gewesen war, der Veronal suchte. Das war eine so plausible Erklärung wie jede andere, vor allem angesichts der Tatsache, dass Bayard zweifellos das Veronal in meiner Arzneitasche versteckt hatte. Gerade hatte Evelyn ausgeredet, als Emmeline unter der Tür erschien. Sie brachte Telegramme. Adela tat, als wollte sie sie lesen, und fragte dabei:

»Emmeline, Miss Keate sagt, jemand habe Mr. Bayards Zimmer nach seinem Tod durchwühlt. Wissen Sie etwas darüber?«

Emmeline sah mich durchdringend an, groß und hager, mit unruhigen Händen und unergründlichen Augen. Diese Frau war durchaus im Stande, eine Vielzahl düsterer Geheimnisse zu wahren. Einen Augenblick lang fragte ich mich, ob Hilarys Anschuldigung ein Körnchen Wahrheit enthalten konnte. Dann erinnerte ich mich an das Beweisstück, den Marmeladenlöffel. Emmeline antwortete: »Ja, Ma'am. Es war Mr. Dave. Ich sah ihn. Und wenn er das Zimmer durchsuchen wollte, so war das sein gutes Recht.«

»Bestimmt!«, sagte Adela. »Sie können gehen, Emmeline.«

»Nein, warten Sie, Emmeline!«, schrie Hilary. Als sich die hagere Frau umdrehte, um seinen Mund zu beobachten, fuhr er fort: »Können Sie beschwören, dass Mr. Dave an jenem Nachmittag nicht zurückkehrte?«

Nun, da war sie sich ganz sicher. Keiner war auf der Rückseite des Hauses erschienen. Nichts war geschehen, das ihre Aufmerksamkeit erregt hätte. Die ganze Zeit hatte sie das Haus und den Rasen im Blickfeld. Als sie sie schließlich gehen ließen, sagte sie etwas, das mir einen kalten Schauer den Rücken hinunterjagte: »Ich möchte noch etwas hinzufügen, Miss Adela: Der Mörder ist hier. Jetzt! In diesem Raum! Wenn Sie Mr. Bayard mit dem Gesicht nach unten begraben hätten, wie ich es empfohlen habe, so hätte der Mörder schon lange gestanden. Jetzt werden Sie es nie wissen. Sie werden nie erfahren, an welcher Hand Blut klebt.«

»Emmeline!« Adela schnappte nach Luft. Aber Emmeline, dieser große schwarze Ladestock, hatte auf dem Absatz kehrtgemacht und war verschwunden. Ich überlegte, wann und wo sie sie so seltsam gewarnt hatte.

Es lag eine grimmige Wahrheit in ihren Worten, die sehr betrüblich war. Nach den Beweisen, die wir hatten, war Janice die Letzte, die den lebenden Bayard gesehen hatte. War es am Anfang ein Gestrüpp von Lügen, Ausflüchten, gegenseitigen Verdächtigungen gewesen, so waren wir jetzt der Wahrheit so nahe wie überhaupt möglich.

»Die Frage ist, ob wir Emmeline trauen können«, sagte Hilary in das nachdenkliche Schweigen hinein. »Ich finde, nein. Sie würde Dave bis zu ihrem letzten Atemzug verteidigen!«

»Du willst Emmeline einfach nicht glauben«, antwortete Adela kalt. »Wie üblich ziehst du es vor, der Wahrheit nicht ins Gesicht zu sehen. Du weißt so gut wie ich, dass Emmeline in all den Jahren, die sie bei uns ist, nie gelogen hat. Was ich von meiner Familie nicht behaupten kann.«

»Die Wahrheit ist also heraus!«, meinte Hilary. »Aber ich sehe nicht, was wir damit erreicht hätten! Möchtest du nicht deine Telegramme lesen, Adela?«

Adela starrte sie blicklos an und legte sie dann auf den Tisch. »Jetzt nicht«, sagte sie. »Ich kann es nicht ertragen. Wir müssen uns entscheiden, was wir tun wollen. Ich kann nicht mehr lange so weitermachen. Ich habe keine Angst vor der Wahrheit, aber die physische Anspannung über die Unsicherheit ist fast mehr, als ich ertrage.«

»Miss Keate«, sagte Allen direkt, »Sie sehen, wie die Dinge liegen. Bitte, glauben Sie mir, wenn ich sage, dass wir keine Tatsachen vor Ihnen verbergen. Sie wissen ebenso viel wie wir. In Ihrer Laufbahn als Schwester dürften Sie viele Familientragödien erlebt und viele traurige und tragische Geheimnisse bewahrt haben. Wenn es nur um mich ginge, würde ich es vorziehen, weiterzuforschen, bis wir bewiesen haben, dass Dave der Täter war. Das wäre mir lieber als reine Vermutungen, gegen die obendrein alle Tatsachen sprechen. Wie die Dinge jetzt liegen, können wir wohl nicht weitermachen. Ich glaube, Hilary hat recht. Vergessen wir das Ganze! Ist es zu viel verlangt, Sie darum zu bitten?«

Ich zögerte. Alle sahen mich ängstlich an. Adela beugte sich vor. »Ist noch eine Frage unbeantwortet, Miss Keate?«, fragte sie.

»Ja«, antwortete ich prompt. »Wer war Nita Thatcher. Warum sprach Bayard im Schlaf von Nitas Grab, und warum traf ich Dave auf dem Friedhof direkt bei ihrem Grab?«

Wieder herrschte Schweigen. Auf jeden Fall war ich sicher, dass Adela die Antwort auf meine Frage wusste. Überrascht und ungläubig hörte ich sie mit einem Anstrich ihrer früheren Freundlichkeit sagen: »Kann jemand Miss Keate antworten?« Als niemand sprach, sagte sie leicht geringschätzig: »Falls Bayard im Schlaf Nita Thatchers Grab erwähnte, so bedeutet das gar nichts. Und Ihr Zusammentreffen mit Dave an jenem Ort war wohl reiner Zufall, Miss Keate.«

Ich widerstand dem Impuls, sie zu fragen, ob es auch reiner Zufall gewesen war, dass sie am Morgen nach Bayards Tod in aller Frühe auf den Friedhof gegangen war.

»Nita Thatcher ist seit vielen Jahren tot«, erklärte Hilary. »Sie hat nichts mit der Sache zu tun, Miss Keate, falls Sie darauf hinauswollen.«

»Es sagt mir gar nichts, Mr. Thatcher«, antwortete ich schnell. »Wenn ich geahnt hätte, was mich hier erwartet, glauben Sie, dass ich dieses Haus je betreten hätte? Aber ich habe Augen und Ohren und kann nicht verhindern, dass ich sehe und höre –«

»Haben Sie es überhaupt versucht?«, unterbrach Hilary mich grob, aber Adela sagte schnell: »Bitte, verzeihen Sie meinem Bruder, Miss Keate. Es ist alles eine große nervliche Belastung für ihn, und er weiß nicht mehr, was er sagt. Ich bedauere, dass ich Ihnen über Nitas Grab nicht mehr erzählen kann, obwohl es mir kein besonders wichtiger Punkt zu sein scheint. Mir ist klar, dass ich einen Fehler machte, als ich dieses allgemeine Verhör begann, aber ich dachte, es könnte uns wenigstens über Bayards Tod beruhigen. Wie Allen ganz richtig sagt, sieht es allmählich hoffnungslos aus. Fällt Ihnen vielleicht noch etwas ein, Miss Keate, das Ihrer Meinung nach Licht in die Sache bringen könnte?«

Ein Punkt musste noch geklärt werden, und ich war überzeugt, dass einer von ihnen die Antwort wusste. Aber ich ließ mir Zeit, jeden Einzelnen anzusehen. Vielleicht würde sich bei meiner Frage einer durch ein verräterisches Mienenspiel entlarven. »Wer schloss Bayard die Augen?«, fragte ich.

Keine Reaktion. Keiner rührte sich. Keiner sagte etwas.

»Ein Dieb oder Außenseiter hätte sich nicht damit aufgehalten, ihm die Augen zuzudrücken. Es muss ein Familienmitglied gewesen sein.«

»Nehmen Sie sich in Acht, Schwester!«, rief Hilary. »Gehen Sie nicht zu weit!«

»Sei nicht albern, Hilary«, wies ihn Evelyn zurecht. »Miss Keate weiß sehr genau, dass ihr hier alle denkt, es war Dave. Ohne Zweifel denkt sie es auch. Und da niemand von uns Bayard die Augen geschlossen hat, muss es Dave gewesen sein.«

Es war, als wäre man blind und tastete sich eine Mauer entlang, die an jeder Ecke wieder auf eine neue stieß.

Natürlich hätte ich die Sache im damaligen Stadium den zuständigen Behörden übergeben können, aber damit wäre Janice erledigt gewesen. Man hätte sie wegen Mordes an Bayard Thatcher verhaftet und der Schande einer Gerichtsverhandlung ausgesetzt. Man hätte ihre Gefühle für Allen durch den Schmutz gezogen und ihr Leben ruiniert. Und es wäre fraglich gewesen, ob man den Beweis erbracht hätte, dass jemand anders Bayard tötete.

Alle meine Fragen, alle meine Bemühungen, den Fall zu klären, hatten zu absolut nichts geführt. Nicht dass ich mich geschlagen gab. Ich konnte einfach nicht weiter.

»Ich bin nur zu gern bereit, die Geschichte zu vergessen«, sagte ich langsam. »Ich bin Krankenschwester und daran gewöhnt, meinen Mund zu halten. Ich werde morgen abreisen und verspreche Ihnen, dass alles ein Geheimnis bleibt, soweit es mich betrifft.«

Sie brauchten ein paar Augenblicke, um zu begreifen, dass ich wirklich meinte, was ich sagte. Es war seltsam, das allgemeine Aufatmen zu hören, das durch den Raum ging. Bis dahin war mir das genaue Ausmaß ihrer Angst nicht bewusst geworden. Evelyn und Adela kamen auf mich zu und schüttelten mir die Hand, Dr. Bouligny murmelte etwas Beifälliges, und Janice sah mich mit ihren dunklen Augen dankbar an. Allen bemerkte knapp, dass sie in meiner Schuld stünden. Nur Hilary hielt sich im Hintergrund, er war immer noch auf der Hut.

Der Fall Thatcher war erledigt. Morgen konnte ich dieses stille, geheimnisvolle Haus mit seinen großen, dunklen Räumen verlassen und würde die Thatchers nie wiedersehen. Ich würde die Wahrheit nie erfahren. Der Mord würde ein ewiges Geheimnis und eine hässliche Erinnerung bleiben.

Ich erinnere mich, dass ich mich beim Händeschütteln immer wieder fragte: Welche Hand war es? Jeder hatte einen Grund gehabt, Bayard den Tod zu wünschen.

Schließlich entkam ich in mein Zimmer. Ich erinnere mich, wie ich die weite, glänzend gebohnerte Treppe hinauflief und dass ich an meine erste Nacht in diesem stillen Haus dachte. Ich sehnte mich wegzukommen. Wieder im Krankenhaus zu arbeiten, wo Schatten nichts Bedrohliches hatten und nächtliche Geräusche nichts bedeuteten.

Der letzte Tag im Thatcher'schen Haus zog sich hin. Ich sah wenig von der Familie. Sicherlich waren alle von der Anspannung erschöpft. Irgendwann am Nachmittag brachte mir Florrie einen Brief von Adela. Er enthielt einen Scheck und kurze förmliche Dankesworte. Der Scheck war zu meiner Erleichterung um keinen Cent zu hoch ausgestellt.

Also glaubten sie an mein Versprechen und waren damit einverstanden, dass ich abreiste. Oder sie hatten erkannt, dass sie auch an einem toten Punkt angekommen waren.

Irgendwie überstand ich das Abendessen in dem steifen Esszimmer, mit Adelas beiläufigen Bemerkungen und Evelyns Bemühungen zu verhindern, dass es zu einem Alptraum des Schweigens wurde. Die Thatchers bewahrten Haltung.

Nach dem Essen ging ich direkt in mein Zimmer. Ich weiß nicht, wann Hilary seinen brillanten Einfall hatte. Ich packte gerade meine Kittel ein, als Emmeline mich wieder in die Bibliothek holte. Sie waren alle versammelt und warteten offensichtlich auf mich. Hilary hielt Daves Revolver in der Hand.

»Miss Keate«, begann Evelyn ohne Umschweife. »Hilary glaubt, er kann beweisen, dass Bayard nicht mit Daves Revolver getötet wurde, obwohl die Umstände dafür sprechen. Das Kaliber sei zu groß, man hätte den Schuss hören müssen, trotz der Schallisolation. Wir sollen hier in der Bibliothek bleiben, während er in Daves Arbeitszimmer einen Schuss abgibt. Er glaubt, wir werden ihn sehr deutlich hören.«

»Nicht nur das, Evelyn: Ich glaube, man kann ihn auch draußen auf dem Rasen hören. Sollte ich mich täuschen, sind wir genauso weit wie vorher. Wenn ihr den Knall so laut hört, wie ich vermute, müssen wir die ganze Sache unter dem Aspekt sehen, dass Daves Revolver nicht die Mordwaffe und der Täter doch ein Einbrecher mit einem Revolver von kleinerem Kaliber war.«

»Das würde eine reichlich verspätete Autopsie bedeuten, Hilary«, sagte Dr. Bouligny. »Möchtest du das denn?«

»Natürlich würden wir sie vornehmen lassen, falls es eine Chance ist, Daves Unschuld zu beweisen«, sagte Adela.

»Dann los, Hilary!«, sagte Allen trocken.

Alle sahen Hilary nach, wie er ins Arbeitszimmer ging und die Tür hinter sich schloss.

Das Licht der Lampe warf lange Schatten. Adelas graues Chiffonkleid raschelte. Sie spielte mit der Türkiskette, die blaue Funken zu sprühen schien. Janice trat näher zu Allen. Evelyn saß genau im Licht, ihr klares Profil wirkte unerschütterlich. Dr. Bouligny rieb sich das Kinn und beobachtete die Tür zum Arbeitszimmer.

Dann hörten wir das gedämpfte Geräusch des Schusses. Wir hörten es ganz deutlich. Draußen im Garten wäre es vom Lärm des Rasenmähers verschluckt worden. Davon war ich fest überzeugt. Die Lage war also unverändert.

Plötzlich kratzte es aufgeregt an die Arbeitszimmertür. Hilary öffnete, und ein braun-weißer Pfeil schoss zwischen seinen

Beinen hindurch und durch die Bibliothek in die Halle. Es war Pansy, mit flatternden Ohren und eingezogenem Schwanz.

»Der verdammte Hund!«, rief Hilary. »Ich habe nicht gemerkt, dass sie auf der Couch lag. Schüsse machen sie verrückt. Habt ihr was gehört?«

»Hat Pansy immer noch solche Angst davor?«, fragte Dr. Bouligny. »Ich dachte, das hätte sich mit den Jahren gelegt. Ja, Hilary, wir hörten ihn. Aber er war sehr leise. Draußen hätte man nichts gemerkt. Es beweist gar nichts. Wenn du trotzdem eine Autopsie veranlassen willst – nach so langer Zeit –, ich würde es nicht empfehlen.«

Ich achtete nicht mehr auf ihre sinnlose Unterhaltung. Wie benommen ging ich zur Tür. Jetzt wusste ich, wer Bayard Thatcher getötet hatte.

Adela trat auf mich zu und wollte etwas sagen. Doch mein Gesicht muss mich verraten haben, denn sie hielt die Worte zurück, die ihr auf der Zunge lagen. In diesem Augenblick näherte sich Dr. Bouligny.

»Also, Miss Keate«, sagte er und streckte mir die Hand hin. »Ich muss mich verabschieden. Ich werde Sie vor Ihrer Abreise nicht mehr sehen. Als Angehöriger der Thatcher-Familie möchte ich Ihnen danken für Ihr –« Er hielt inne. Er konnte nicht gut »Schweigen« oder »Versprechen« sagen. Während er noch zögerte, sagte Adela: »Gute Nacht, Miss Keate!«

Ich glaube, ich gab Dr. Bouligny nicht mehr die Hand. Ich murmelte irgendetwas und floh. Ich rannte die Treppe hinauf, stürzte in mein Zimmer und schloss die Tür ab. Die lange Nacht werde ich im Leben nie mehr vergessen.

Nach einer Weile merkte ich, dass das Haus in das übliche Schweigen versunken war. Vielleicht sollte ich mich beschäftigen, um dem Entsetzen zu entkommen, das mich erfasst hatte. Ich erinnere mich, dass ich meine Sachen fertig packte, wieder auspackte und wieder einpackte. Wie still es im Haus war!

Kurz nach Mitternacht fiel mir an der Tür etwas auf, etwas Weißes. Es bewegte sich fast unmerklich und wurde größer. Schließlich lag ein breiter weißer Umschlag da. Ich hörte keinen Laut im Flur. Ich wartete sehr lange, bis ich ihn mit zitternder Hand aufhob. Er war nicht adressiert. Ich nahm den Brief heraus und las.

Liebe Miss Keate, begann er. Er war in einer sauberen, zierlichen Handschrift geschrieben. Jetzt wissen Sie, wer Bayard getötet hat. Aber ich möchte, dass Sie die ganze Wahrheit erfahren, so wie ich sie sehe. Sicherlich zweifeln Sie, was Sie mit Ihrem Wissen anfangen sollen. Sie sollen die wahren Hintergründe kennenlernen, nicht nur die nackten Tatsachen. Sie werden verstehen, dass ich Ihrer Entscheidung nach der Lektüre dieses Briefes mit großem Bangen entgegensehe. Hoffentlich halten Sie mich nicht für ungeduldig, wenn ich Sie darum bitte, mir beim Frühstück zu sagen, ob Sie diese schreckliche Sache für sich behalten oder Bayards Mörder der Gerechtigkeit übergeben wollen. Sie haben Zeit bis morgen, länger kann ich nicht warten. Ich bin überzeugt, Sie verstehen, unter welcher Spannung ich stehe und warum ich Sie darum bitte.

Lassen Sie mich zunächst Ihre beiden Fragen beantworten: Dave verwahrte seinen Veronalvorrat in einer kleinen Vertiefung unter Nita Thatchers Grabstein, weil es in einem Haus wie dem unsrigen unmöglich ist, etwas lange verborgen zu halten. Wenn ich das nicht entdeckt hätte, dann sicherlich jemand anders. Bayard ließ das Mittel dort, wenn er es Dave nicht direkt geben konnte. Hätte ich früher Bescheid gewusst, wäre es wohl möglich gewesen, Dave zu retten. Aber ich wusste es nicht, bis Bayard es in jener Nacht, als Dave auf ihn schoss, erwähnte. Am Morgen nach Bayards Tod ging ich in aller Frühe zum Grab, um den Vorrat verschwinden zu lassen, falls einer dort war. Ich erzählte Ihnen dies nicht, als Sie mich danach fragten, weil es mir wie eine letzte Erniedrigung von Dave erschien.

Nun zu Ihrer anderen Frage: Ich selbst schloss Bayard die Augen. Wenigstens das war ich ihm schuldig.

Was Sie über Bayards Tod wissen, ist die ganze Wahrheit. Wir haben nichts verschwiegen. Als Pansy – die gute alte Pansy, die einen Freund nie wissentlich verraten würde – heute Abend aus dem Arbeitszimmer lief und ich Ihren Blick sah, fiel es mir wieder ein. Plötzlich erkannte ich, dass Sie alles wussten. Pansy lag in Daves Arbeitszimmer auf der Couch. Als sie den Schuss hörte, wurde sie vor Angst fast verrückt. Ich öffnete die Tür, und sie rannte hinaus, und natürlich haben Sie sie von der Laube aus gesehen.

Ich muss Ihnen sagen, warum ich es tat.

Dave ist umgebracht worden, genau wie Bayard. Bayard tat es. Er hat ihn auf unverschämte Weise ausgenommen und den armen schwachen Dave kaltblütig in jene Abhängigkeit gelockt, die mit seinem Tod endete. Bayard erpresste alle, die mir lieb und teuer sind. Es nützte nichts, für den Frieden immer wieder zu bezahlen. Er sollte sterben, damit Dave gerettet werden konnte, und dann war es zu spät. Es gab für Dave keine Rettung mehr. Dave nahm die letzte Dosis selbst, wie Dr. Bouligny gesagt hat. In Wirklichkeit hat ihn Bayard getötet. Deshalb habe ich kein Mitleid mit ihm.

Ich habe auch kein Mitleid mit Bayards Mörder, der nicht mehr lange leben wird, was Ihrem geübten Blick nicht entgangen sein dürfte. Und der nur daran denkt, wie er die Ehre und Tradition der Thatchers aufrechterhalten kann, die Generationen von ihnen soviel bedeutet haben.

Es ist sehr schwierig für mich, dies so offen auszusprechen – obwohl meine Hand nicht zitterte, als ich den Revolver aus Janices Schreibtischschublade nahm, hinunterging und ihn auf Bayards böses Herz richtete. Erst als ich auf den Abzug gedrückt hatte, wurde ich schwach und ließ die Waffe fallen, die der sterbende Bayard unter sich begrub.

Denn ich habe ihn umgebracht. Sie wissen es. Sie wissen, dass nur ich allein mit Bayard im Haus war, als Pansy vor dem Lärm des Schusses floh.

Mehr gibt es nicht zu sagen. Ich denke nicht an mich, wenn ich Sie um Gnade bitte ...

Der Brief war sehr ordentlich und sorgfältig unterschrieben: Adela Thatcher, stand da.

Der Kriminalroman
als intellektuelles Spiel

Einführung in die Welt der englischen Whodunnits von Lars Schafft

Für viele Leser und Leserinnen sind sie immer noch der Inbegriff des Kriminalromans schlechthin. Geschichten, die auf einem Landsitz in der englischen Provinz spielen, in denen die sprichwörtliche Leiche in der Bibliothek auftaucht, in denen ein nicht selten leicht schrulliges Superhirn die Ermittlungen aufnimmt und ganz zum Schluss in Gegenwart und zur Überraschung aller Verdächtiger – und des Lesers! – den Mörder entlarvt. Sie nennen sich Rätsel-, Landhaus- oder gar Häkelkrimis (wodurch nicht nur der Tatort, sondern auch die Atmosphäre treffend beschrieben wird), im Englischen spricht man vom *Cosy-Crime* (lauschig), vom *Clue-Puzzle* oder ganz einfach vom *Whodunnit* (von ›Who has done it?‹ Wer war's?).

Gemeint sind Detektivgeschichten wie die von Agatha Christie oder Dorothy Sayers, die heute gerne mit dem Attribut »klassisch« etikettiert werden. Doch Christie und Sayers, die Grandes Dames des Krimis, waren nur Teil einer ganzen Bewegung der englischsprachigen Kriminalliteratur, die um das Jahr 1913 begann und die mit Ausbruch des Zweiten Weltkriegs abrupt ein Ende fand. Unvergessliche Figuren wie Christies Hercule Poirot erblickten in diesem Zeitraum zum ersten Mal das Licht der literarischen Welt, ein Genre konstituierte sich neu und beschäftigte sich mit sich selbst, weswegen Experten bereits 1941 vom Goldenen Zeitalter, dem Golden Age, sprachen[1].

Was in dieser Zeit, insbesondere in der Zeitspanne zwischen den Weltkriegen, geschah, ist vor allem als eine Gegenbewegung zu betrachten. Die Detektivgeschichte war zu Beginn des Goldenen Zeitalters bereits siebzig Jahre alt (Edgar Allan Poes *The Murders in the Rue Morgue* aus dem Jahr 1841; dt. *Der Doppelmord in der Rue Morgue*) und hatte mit den Sherlock-Holmes-Erzählungen von Sir Arthur Conan Doyle bereits einen ersten Höhepunkt erreicht. Insbesondere der Meisterdetektiv aus der Bakerstreet 221b in London und viele seiner mehr schlechten als rechten Kopien waren den »modernen« Autoren (so sahen sie sich damals selbst) ein Dorn im Auge. Edmund Clerihew Bentley, dessen Detektivroman *Trent's Last Case* (1913; dt. *Trents letzter Fall*) als der Erste des Golden Age eingeordnet wird,[2] merkte in seiner Autobiographie *Those Days* an, dass er eine Detektivgeschichte schreiben wollte, in der der Detektiv nicht als kalter Übermensch, sondern »erkennbar als menschliches Wesen«[3] erscheinen sollte. In seinem Essay »Meet Trent« meint er gar retrospektiv, dass die Idee hinter seinem Roman die war, sich »so weit wie möglich von der Holmes'schen Tradition zu entfernen«[4].

Doch die Figur des perfekten, aber emotionslosen Ermittlers à la Holmes war nicht der einzige Punkt, der die »modernen« Autoren zu Beginn der zwanziger Jahre dazu bewog, eine neue Richtung in der Kriminalliteratur einzuschlagen. Vor Beginn des

1 Knight, Stephen: Crime Fiction *1800–2000*. Detection, Death, Diversity. Houndmills, Basingstoke; New York: Palgrave MacMillan, 2004, S. 85.

2 Vgl. Haycraft, Howard: *Murder for Pleasure*. New York: Carroll & Graf, 1984, S. 113.

3 Bentley, E.C. *Those Days*. London: Constable, 1940. Zitiert nach: Haycraft 1984, S. 112.

4 Bentley, E.C. »Meet Trent«. In: *Meet the Detective*. London: Allen & Unwin, 1935. Zitiert nach: http://www.classiccrimefiction.com/ecbentley-trent.htm

Ersten Weltkriegs waren in Großbritannien vor allem actionreiche, abenteuerlastige Spannungsromane en vogue, die damals schon als Thriller bezeichnet wurden. Größtenteils anspruchslose Literatur, Groschenromane. Und von denen wollte man sich getreu der Maxime »dies ist ein Detektivroman und kein Thriller«[5] absetzen.

Damit trafen die Autorinnen und Autoren jener Zeit genau die Gefühlswelt der Briten nach dem Ersten Weltkrieg. Werte wie Ehre und Heldentum wichen einer Lust auf leichte Unterhaltung. Man wollte sich nicht mehr so verhalten, als ob die viktorianischen Standards immer noch Geltung gehabt hätten. Zwar kultiviert und niveauvoll, aber nicht snobistisch.[6]

Die englische Kriminalliteratur der damaligen Zeit teilte sich also in zwei Lager: unfehlbare Superhelden auf der einen, billiger Thriller-Trash auf der anderen Seite. An beiden fand die immer größer werdende und immer gebildetere Leserschaft – und besonders die der weiblichen Leser – zunehmend weniger Gefallen. Eine Lücke, die die »neuen« Krimiautorinnen und -autoren schließen sollten. Dieser Gegenentwurf hatte dabei zwei Ziele zu erreichen: Die neuen Detektivgeschichten sollten intelligent unterhalten, gleichzeitig aber auch ein Amusement bieten, das nicht nur aus einem intellektuellen Miträtseln bestand, und zusätzlich ein »heimeliges« Gefühl beim Leser hervorrufen. Das Credo lautete: Die Detektivgeschichte wird zu einem Spiel. Zu einem Spiel zwischen Wettkämpfern: dem Täter und dem nunmehr ebenso menschlichen wie fehlbaren Ermittler auf der einen Seite; zwischen dem Autor, der einen Fall konstruiert, und dem Leser, der ihn zu lösen versucht, auf der anderen. Dazu eine Prise Humor und die Fähigkeit, sich

5 Panek, LeRoy Lad: *Watteau's Shepherds. The Detective Novel in Britain 1914–1940*. Bowling Green, Ohio: Bowling Green University Popular Press, 1979, S. 12.

6 Vgl. Panek, S. 12ff.

selbst nicht allzu ernst zu nehmen sowie das vollständige Ausblenden von gefährlichen gesellschaftlichen Entwicklungen – geboren war die Detektivgeschichte des Goldenen Zeitalters. Und das Genre boomte: 1926 erschienen in Großbritannien fünfmal so viele Kriminalromane wie 1914, sogar zehnmal so viele wie 1939.[7]

Dieses so erfolgreiche »Spiel« befriedigte insofern gleich auf mehreren Ebenen die Erwartungshaltung der Leserschaft: Ein Mord lässt eine wohlgeordnete, für viele Leser erstrebenswerte Lebensweise (in der Regel die der Upper-Class) aus den Fugen geraten, es folgt eine geistig anregende Ermittlung zum Miträtseln, gewürzt mit ironischen Einlagen, und schließlich durch die Aufklärung der Tat die Wiederherstellung der Ordnung. Gerade diese Berechenbarkeit war allerdings auch ein großer Kritikpunkt an diesen Whodunnits. Unrealistisch, eintönig, Schema F. Vergessen sollte man dabei nur nicht, dass es diesen Autorinnen und Autoren nicht primär um die Wirklichkeit ging: In vielen dieser Detektivgeschichten verdeutlichen die Figuren selbst, dass das, was der Leser gerade liest, reine Fiktion ist. Wie zum Beispiel in John Dickson Carrs *The Hollow Man* (dt. *Der verschlossene Raum*):

»Aber wenn Sie scheinbar Unmögliches analysieren wollen«, unterbrach ihn Pettis, »warum sprechen Sie dann über Kriminalromane?«
»Weil«, sagte der Doktor freimütig, »wir uns in einer Kriminalgeschichte befinden; und wir können keinen Leser damit täuschen, indem wir so tun, als wäre das nicht so.«[8]

7 Symons, Julian. *Bloody Murder. From the Detective Story to the Crime Novel.* 3., überarbeitete Ausgabe. New York: Mysterious Press, 1993, S. 124.
8 Carr, John Dickson: *Der verschlossene Raum.* Köln: Dumont, 1993, S. 195.

Mike Ashley, Herausgeber mehrerer Krimi-Anthologien, stellt zudem fest, dass das Erfinden eines solchen ausgeklügelten Spiels ein gar nicht so leichtes Unterfangen sei: »Um es gut hinzubekommen, muss man die List eines Illusionisten, die flinken Finger eines Falschspielers, die Geschicklichkeit eines Jongleurs und die Zuversicht eines Poker-Spielers haben. Und man muss schreiben und plotten können.«[9] Unrealistisch hin, weltfremd her – diese Fähigkeiten hatten die Autoren und Autorinnen des Golden Age zweifellos. Sie erfanden knifflige Fälle, clevere Detektive, tricksten und täuschten, sie spielten mit dem Genre.

Doch kein Spiel ohne Regeln. Und das gilt auch für die Detektivgeschichte des Goldenen Zeitalters. In der Tat haben die Schriftsteller jener Zeit selbst mehr oder weniger strikte Regularien formuliert, die die Detektivgeschichte vom herkömmlichen Thriller abgrenzen und sich so im neuen Sinne definieren sollten – und an die es sich zu halten galt. Oder andersherum: Es bestand ein besonderer Reiz darin, diese Regeln zu brechen. »Spielregeln sind logisch konsistent, aber willkürliche Beschränkungen, die die Spieler aufsetzen und sich auf diese verständigen, damit das Spiel funktioniert und um jene zu disqualifizieren, die nicht im Sinne der Gruppe spielen«, definiert LeRoy Panek.[10]

Einer der Ersten, die die Spielregeln aufstellten, war 1929 der englische Theologe und Krimiautor Monsignor Ronald A. Knox. Seine »Ten Commandments«[11] (Zehn Gebote) gelten als die Wichtigsten:

9 Ashley, Mike: »The Impossible John Dickson Carr«. In: *Crime Time*, Nr. 50 (2006), S. 136.

10 Panek, S. 21.

11 Vgl. Haycraft, Howard Haycraft: *The Art of the Mystery Story*. New York: Carroll & Graf, 1992, S. 194–196. Die »Ten Commandments« erschienen zuerst in Knox' Einleitung zu *The Best [English] Detective Stories of 1928*. London: Faber; New York: Liveright, 1929.

1. Der Täter muss jemand sein, der schon zu Beginn der Geschichte erwähnt wird, darf aber niemand sein, dessen Gedankengängen der Leser folgen darf.
2. Alles Über- und Widernatürliche wird selbstverständlich ausgeschlossen.
3. Nicht mehr als ein Geheimraum oder -gang ist erlaubt. Ich würde hinzufügen, dass ein Geheimgang überhaupt nicht ins Spiel gebracht werden darf, solange die Handlung nicht in einem Haus stattfindet, wo eine solche Einrichtung erwartet werden könnte.
4. Weder bis dato unentdeckte Gifte noch Mittel, die lange wissenschaftliche Erklärungen benötigen, dürfen verwendet werden.
5. Kein Chinese darf eine Rolle spielen.
6. Weder darf der Zufall dem Detektiv helfen, noch darf er jemals eine unerklärliche Eingebung haben, die sich als richtig herausstellt.
7. Der Detektiv darf das Verbrechen nicht selbst begangen haben.
8. Der Detektiv darf sich auf keine Indizien stützen, die dem Leser nicht unmittelbar zur Prüfung vorgelegt worden sind.
9. Der dumme Freund des Detektivs, der Watson, darf keinen seiner Gedankengänge verheimlichen; seine Intelligenz muss ein bisschen, wenngleich nur ein kleines bisschen, unter der des durchschnittlichen Lesers liegen.
10. Zwillinge und Doubles überhaupt dürfen nicht auftauchen, soweit wir nicht gebührend darauf vorbereitet worden sind.

Sicherlich etwas ungewöhnlich wirkt hierbei das fünfte Gebot. Knox selbst erklärt es damit, dass, wenn er über eine Passage wie »die Schlitzaugen Chin Loos« stolpere, das Buch direkt weggelegt gehöre, es schlicht »schlecht« sei.[12] Das fünfte Gebot darf nicht rassistisch verstanden werden, vielmehr dient das Verbot des Auftauchens eines Asiaten als deutliche Abgrenzung zum herkömmlichen Thriller zu Anfang des zwanzigsten Jahrhunderts, in denen Asiaten oder Fremde gerne als die Gegenspieler des Helden dargestellt wurden – bekannteste Figur diesbezüglich dürfte Dr. Fu-Manchu von Sax Rohmer (1913) sein.

Knox' »Zehn Gebote« wurden nicht nur zum universellen Regelset für Detektivgeschichten des Goldenen Zeitalters, sie spiegeln sich auch wider im Londoner Detection Club, einer exklusiven Vereinigung von Krimiautorinnen und -autoren, die 1928 von Anthony Berkeley ins Leben gerufen wurde. Dort galten sie nicht nur als Statuten, sondern als elementarer Bestandteil des Eids, den jeder bei Eintritt in den Club abzulegen hatte. Bezeichnenderweise beendete ein »Amen« die Aufnahmezeremonie.[13]

Auch wenn Regeln wie die von Knox oder von S. S. van Dine (d.i. Willard Hunting Wright, »Twenty Rules for Writing Detective Stories«[14]) aus heutiger Sicht teils skurrile Züge aufweisen, sind sie doch charakteristisch für ein ganzes Genre geworden. Oder wie Bertolt Brecht zusammenfassend schrieb: »Der gute englische Kriminalroman ist vor allem fair. [...] To play the game ist Ehrensache.«[15]

Jedoch: Als in Stein gemeißelt wurden sie nicht aufgefasst, keinesfalls wurden sie von den Autorinnen und Autoren jener

12 ebd.

13 Vgl. Haycraft 1992, S. 199.

14 Siehe Haycraft 1992, S. 189–193. Die »Twenty Rules for Writing Detective Stories« erschienen zuerst im *American Magazine*, 1928; später in *Philo Vance Murder Cases*. New York: Scriberner's, 1936.

15 Brecht, Bertolt. »Über die Popularität des Kriminalromans«. In: *Gesammelte Werke*, Bd. 19. Frankfurt/Main: Suhrkamp, 1969, S. 450ff. Zitiert nach: Schmidt, Jochen. *Gangster, Opfer, Detektive. Eine Typengeschichte des Kriminalromans*. Frankfurt/Main, Berlin: Ullstein, 1989, S. 88.

Zeit so strikt eingehalten, wie der Regeln Wortlaut es nahelegte. Bereits die frühe Agatha Christie hielt sich nicht an sie (vgl. *The Murder of Roger Ackroyd*, dt. *Alibi*), später »brach sie systematisch jedes von Knox' Geboten, obwohl sie auf eine posthume Veröffentlichung wartete, um das siebte niederzuschmettern«[16]. Insbesondere die Briten betrachteten diese Regularien mehr »als Jux«[17] denn als strammes Korsett ihrer Romane; Gilbert Keith Chesterton, Präsident des Detection Clubs, musste gar lachen, als Margery Allingham ihren Eid ablegte.[18]

Gut zwanzig Jahre sollten sie dennoch Bestand haben, obwohl das Ende des Goldenen Zeitalters schleichend kam. In Amerika setzte sich schon zu Beginn der zwanziger Jahre ein neuer Stil durch: »*Hardboiled*« genannt. Harte, großstädtische, actionreiche Krimis, in der Regel von Männern (wie Dashiell Hammett oder Raymond Chandler) geschrieben, und mit Privatdetektiven als Protagonisten, die statt zum Notizblock auch gerne zur Knarre griffen.

Setzte sich der *Hardboiled* nach amerikanischem Strickmuster in Großbritannien zunächst noch nicht durch, so besiegelte spätestens der Ausbruch des Zweiten Weltkriegs das Ende der Detektivgeschichten à la Christie, Sayers und Co. – die Zeiten hatten sich endgültig geändert, sowohl in Amerika als auch in Europa. Der Kriminalroman splittete sich auf in die verschiedensten Sub-Genres, und die klassische Detektivgeschichte, der *Whodunnit*, war nur noch ein Teil des breiten Spektrums. An die Stelle hochintelligenter Rätsellöser traten hartgesottene Schnüffler, Agenten mit Spezialaufträgen, bemühte Polizisten oder abgehalfterte Bullen. Auch wenn Autorinnen und Autoren wie Agatha Christie, Michael Innes (John-Appleby-Reihe) oder

16 Winks, Robin W. *Modus Operandi: An Excursion into Detective Fiction*. Boston: D. R. Godine, 1982, S. 10.
17 Panek, S. 21.
18 ebd.

Edmund Crispin (Gervase-Fen-Reihe) mit ihren Romanen die Fahne des Whodunnits bis in die achtziger Jahre hochhielten, ist der Landhauskrimi dem »realistischen« Kriminalroman gewichen. Doch tot ist er beileibe nicht, nur ein wenig altmodisch, etwas antiquiert wirkend in der Masse aktueller Krimis. Insbesondere Bestseller-Autorinnen wie P. D. James, Martha Grimes oder Ann Granger belegen trotzdem ein Fortbestehen des *Cosys* mit beeindruckenden Auflagenzahlen.

Und die »gute, alte Zeit« des Krimis lebt auch abseits der Bücher fort: Gesellschaftsspiele (sic!) wie »Cluedo« arbeiten ebenso mit den Motiven des Goldenen Zeitalters wie Events, die sich Krimi-Dinner nennen, in denen ganz reale Menschen in die Rollen von Poirot und Miss Marple schlüpfen, um für eine kurze Zeit aus dem wirklichen Leben auszusteigen, um den Mord als Freizeitvergnügen für die grauen Zellen wiederzuentdecken. Ein Ausstieg auf Zeit, in der die Rollenspieler nach gemütlichem Mahl im Landhaus und der Leiche in der Bibliothek die Ordnung wiederherstellen. So betrachtet hat sich in den letzten neunzig Jahren vielleicht doch nicht so viel verändert.

A. A. Milne

Das Geheimnis des roten Hauses

Ein klassischer Kriminalroman aus dem Jahre 1922

Aus dem Englischen von Elisabeth Simon

Band 18245

Fischer-Crime-Classics

»Der einzige Krimi des Erfinders Winnie-the-Pooh – ›eine der drei besten Kriminalgeschichten aller Zeiten‹ (Alexander Woollcott).«
Krimi-Couch.de

Mark Ablett, Gentleman und Snob, versammelt in seinem englischen Landhaus – genannt das Rote Haus – gerne seine Freunde und Bekannten um sich. Doch die Idylle wird jäh zerstört, als Marks Bruder, das schwarze Schaf der Familie, ermordet wird und Mark spurlos verschwindet. Zwei seiner Freunde, Antony Gillingham und Bill Beverley, wollen die Sache aufklären – auf ihre Weise.

Fischer Taschenbuch Verlag

fi 18245 / 1

R. Austin Freeman

Das Auge von Osiris

Ein klassischer Kriminalroman aus dem Jahre 1911

Aus dem Englischen von Sonja Hauser

Band 18243

Fischer-Crime-Classics

»CSI vor hundert Jahren – mit Dr. Thorndyke gelangt die Forensik in den Kriminalroman.«

Krimi-Couch.de

Wie bestimmt man den genauen Todeszeitpunkt, wenn die Leiche unauffindbar ist? Für Dr. Thorndyke stellt sich genau diese Frage, denn John Bellingham, ein anerkannter Ägyptologe, ist spurlos verschwunden.

Fischer Taschenbuch Verlag

fi 18243 / 1

Peter Lovesey

Abschied auf Englisch

Eine Kriminalkomödie der feinsten englischen Art

Aus dem Englischen von Herbert Neumaier

Band 18246

Fischer-Crime-Classics

»Mord auf hoher See:
Wenn ein Zahnarzt auf Spurensuche geht.«
Krimi-Couch.de

Im Jahre 1921 führt eine leidenschaftliche Affäre einen Londoner Zahnarzt und seine Geliebte an Bord der »Mauretania«, die in die Staaten ausläuft. An Bord gibt er sich als »Mr. Dew« aus, als falschen Inspektor, der seinerzeit den berüchtigten Dr. Crippen verhaftete. Als an Bord ein Mord geschieht, soll »Inspektor Dew« den Fall rasch aufklären.